mainbook

ISBN 978-3-947612-43-7

Lektorat: Gerd Fischer
Layout: Olaf Tischer
Bild Cover: © Manfred Neumann

Weitere spannende Bücher auf: www.mainbook.de

Der Krimi „Elektro-Schock“ ist im Rahmen der Schreibwerkstatt „Tod im Turm“ der KVHS Groß-Gerau entstanden. Initiator: Heinrich Krobbach. Dozenten: Marc Rybicki und Gerd Fischer. Das Pseudonym „Viola Haas“ steht für „VHS“ und stellvertretend für folgende Autorinnen und Autoren (in alphabetischer Reihenfolge):

Oliver Baier
Annette Berg
Christiane Gagel
Stefan Grossmann
Anke Jentsch
Malin Kröcker
Sandra Leutner
Marion Liebrich
Andrea Neumann
Christina Pils
Andreas Raab
Ulrike Reich
Elke Rödner-Kraus
Hanni Roth
Norbert Schätzlein
Karolin Seidel
Claudia Töffke-Stumm
Claudia Traser
Heike Wetzel
Klaus Weyrauch

1

Donnerstag, 14. September 2017

Das Schönste an der Nachtschicht war immer der Heimweg, wenn er aus Rüsselsheim nach Hause fuhr in seinem alten Opel Rekord. 78er Baujahr, gehegt und gepflegt. Das orangefarbene Juwel mit dem schwarzen Dach war seit seiner Fabrikation in seinem Besitz. 40 Jahre Opel und das mit ganzem Herzen und vollem Einsatz. Einmal Opel, immer Opel! So war das in der ganzen Region. Herrje, was waren das für Zeiten, als er beim Opel angefangen hatte. Nach den Amis hatte er jetzt die Franzosen am Hals, aber arrangieren konnte und musste er sich immer. Mit Uschi war es ja auch nicht immer einfach gewesen, aber sie hatten in den 35 Jahren auch gute Zeiten gehabt und dank seiner motorisierten Schönheit konnte er sich öfter mal abseilen, um zu werkeln.

Jürgen passierte das neu entstehende Logistikzentrum an der B40. Das wird Alcatraz, dachte er kopfschüttelnd. Naja, denen in Gere gehört es auch nicht anders. Wir in Wallerstädten müssen auch genug aushalten. Heute Abend würden sie sich alle noch im Löwen treffen und ihr Vorgehen besprechen, wie sie den zunehmenden Verkehrsstrom nach Geinsheim etwas begrenzen könnten.

An der Aral Tankstelle nahm er, wie immer, die Abkürzung, um nicht an der Ampel stehen zu müssen. Er blickte über das nebelverhangene Feld, auf dem sich zwei Rehe tummelten. Rehbraten hatte die Uschi früher auch gemacht, ging es ihm durch den Kopf. Gleich würde er daheim sein und dann schnell noch die Kontaktanzeigen checken, vielleicht hatte ja dieses Mal eine angebissen. Sein Bild war zwar nicht brandaktuell, aber das würde den Damen hoffentlich nicht auffallen, wenn er mit seinem Schlitten vorfuhr.

Als er sich im Rückspiegel betrachtete, fiel ihm sein etwas fahler Teint und die grobporige Nase auf, dennoch musste er sich loben. Mit seinen 61 Jahren wirkte er deutlich attraktiver als Alois, dieser Säufer, der ein Riesengroßmaul war und sich in den Besprechungen immer aufspielte. Und dieses hämische Grinsen in seine Richtung, weil ihm seine Uschi mehr als einmal auf den Leim gegangen war. Dem würde er heute Abend ordentlich Kontra geben!

Er parkte sein Auto im Hof, nahm das Echo aus der Zeitungsbox und legte es auf der Motorhaube ab. Als er die Schlagzeile überflog, kappte etwas seine Sicherungen. Ihm wurde heiß und kalt. Und er tat etwas, wozu er niemals dachte fähig zu sein: Er kotzte auf seinen Opel!

2

„Einen Moment, ich bin gleich für Sie da", sagte die dunkelhaarige Frau am Empfang, ohne aufzusehen. Sie saß am Rechner, den Telefonhörer zwischen Kopf und Schulter geklemmt, während ihre Finger über die Tastatur des Computers flogen. Ihr Gesprächspartner schien einen enormen Redebedarf zu haben, denn sie kam kaum dazu, etwas einzuwerfen und mehr als ein „Da stimme ich Ihnen vollkommen zu", war von ihr nicht zu vernehmen. Nachdem sie sich verabschiedet hatte, legte sie den Hörer auf und schaute freundlich lächelnd zu Joe auf. Beim Anblick der Uniform erstarb das Lächeln.

„Hat einer unserer Gäste die Polizei gerufen?" Ihr Blick glitt an Joe vorbei. Unruhig musterte sie die menschenleere Halle des Hotels Adler.

Joe schüttelte den Kopf. „Ich bin wegen des Vortrags der Polizei Groß-Gerau hier – Enkeltrick 2.0."

Das Lächeln der Empfangsdame kehrte zurück. Sie tippte einige Befehle auf ihrer Tastatur ein und starrte auf den Bildschirm. Stirnrunzelnd schaute sie vom Flatscreen auf. Ihr Blick ging von Joes dunklem Pagenkopf mit den rotgefärbten Spitzen über das ovale Gesicht bis hin zu der Stelle der Uniform, wo Joes Name stand.

„Sie sind nicht Hauptkommissar Schröder?“, fragte sie zu allem Überfluss.

„Das letzte Mal, als ich in meinen Personalausweis geschaut habe, stand da ein anderer Name“, sagte sie und grinste. „Ich bin Polizeioberkommissarin Johanna Kramer. Hauptkommissar Schröder ist krank geworden und man hat mich gebeten, einzuspringen. Die Kollegen werden vergessen haben, das bekanntzugeben. Ich weiß auch erst seit heute Morgen davon.“ Das Lächeln der Rezeptionistin kehrte erneut zurück. Bekam man das auf der Hotelfachschule beigebracht?

„Sie sind früh dran. Es ist kurz nach drei und der Vortrag beginnt erst um halb vier.“

Nein, sie würde der souverän wirkenden Dame nicht auf die Nase binden, dass sie mit Lampenfieber zu kämpfen hatte und sich mit der Umgebung vertraut machen wollte, um dann ihren Vortrag ein letztes Mal in Ruhe durchzugehen. Niemand sollte merken, dass sie nur die Notlösung war.

Stattdessen hob sie die Laptoptasche in die Höhe. „Ich muss noch einiges vorbereiten“, fügte sie erklärend hinzu.

Die Rezeptionistin, Frau Weber, wie ihr Namensschild verriet, stand auf und stellte eine Tafel mit der Aufschrift ‚Wir sind gleich wieder für Sie da‘ auf die nussbaumfarbene Theke. Dann öffnete sie eine Schublade, aus der sie einen Schlüssel hervorholte, und trat hinter dem Tresen hervor.

„Ich bringe Sie schnell nach unten. Viel Zeit habe ich allerdings nicht. Mir geht es wie Ihnen, mein Kollege ist krank geworden. Seine Vertretung ist noch unterwegs.“

Während sie sich darüber unterhielten, dass Krankheiten von Kollegen Segen und Fluch zugleich sein konnten, gingen sie über die Treppe ein Stockwerk tiefer. Frau Weber schloss die Tür auf und übergab ihr die Schlüssel. Nach einer kurzen

Einweisung zur Funktionsweise des Beamers verschwand sie wieder.

Joe schaute sich im mit kirschbaumfarbenem Holz verkleideten Raum um.

„Verdammter Mist", fluchte sie. Sie hatte ihren Rechner an den bereitstehenden Beamer anschließen wollen, doch das vorhandene Kabel erwies sich als zu modern für den antiquierten Laptop der Groß-Gerauer Dienststelle. Daran hatte natürlich keiner gedacht und sie hatte kein passendes Kabel eingesteckt.

Sie blickte auf die Uhr. Um ins Revier zu fahren und die fehlende Ausstattung zu holen, war die Zeit zu knapp.

Seufzend schnappte sie sich die Schlüssel, schloss den Raum ab und ging zum Fahrstuhl. Die Türen des Aufzugs öffneten sich beim Erreichen des Erdgeschosses mit einem leisen Quietschen und gaben den Blick auf die mit Menschen überfüllte Lobby frei. Stimmengewirr aus aller Herren Länder begrüßte sie. Woher kamen die alle so plötzlich? Vor nicht einmal zehn Minuten war kein einziger Gast zu sehen gewesen und nun sah die Halle aus, als wäre ein Bus mit Rentnern auf Kaffeefahrt eingetroffen. Wobei die Wartenden nicht aussahen, als seien sie im Seniorenalter. Die meisten von ihnen waren Männer, die Business-Anzüge trugen, was Joe entfernt an die grauen Herren aus Michael Endes ‚Momo' denken ließ. Etliche hatten Handys in der Hand und telefonierten in übertriebener Lautstärke, um den Nachbarn, der mindestens genauso laut sprach, zu übertönen oder um die anderen damit zu beeindrucken, wie wichtig sie selbst waren.

„Ja, den Deal haben wir in der Tasche."

„Keine Sorge, wenn wir sagen, dass wir Berger mit an Bord haben, dann werden sie mit einsteigen."

„Bis heute Abend haben wir das Angebot." Solche und weitere Phrasen schwirrten durch den Raum.

Am Empfang stand Frau Weber, die nun gar nicht mehr so besonnen wirkte, sondern hektisch gestikulierte. Ihre Wangen zierten zwei rote Flecken.

Geduldig wartete Joe, bis der Gast vor ihr seine Sachen nahm und ging.

„Ist etwas nicht in Ordnung?“, fragte die Empfangsdame bei Joes Anblick.

„Ich befürchte, die Polizei Groß-Gerau ist nicht so fortschrittlich wie Ihr Haus. Haben Sie irgendwo einen DVI-Anschluss übrig? HDMI kann mein Laptop noch nicht.“

Erschöpft sah Frau Weber sie an. „Ich müsste den Techniker fragen, aber im Moment ist hier die Hölle los. Die Fachbesuchertage auf der IAA fangen morgen an und alle wollen genau jetzt einchecken. Geben Sie mir ein paar Minuten, dann kümmere ich mich um Ihr Anliegen.“

„Gut, ich warte hier.“ Sie deutete auf die roten Ledersessel unweit des Tresens, was Frau Weber mit einem abwesenden Gesichtsausdruck zur Kenntnis nahm. Sie hatte sich bereits dem nächsten Gast zugewandt.

Joe schlenderte auf die Sitzgelegenheiten zu, die bis auf zwei verwaist waren, und setzte sich. Sie hätte ihren Laptop mitnehmen sollen, dann hätte sie die Präsentation ein letztes Mal anschauen können. Sie war sie zwar mehrfach durchgegangen und hatte eine Trockenübung gemacht, doch sicher war sicher.

Der Strom der Anreisenden schien nicht abebben zu wollen. Ein Blick auf die Uhr sagte ihr, dass kein Grund zur Panik bestand.

„Mais, bien sûr, mon cher“, drang die rauchige Stimme einer Frau, die in ihrer Nähe stand, zu ihr.

Klasse Beine, dachte Joe. Bewundernd musterte sie die attraktive Brünette. Der Rock ihres blauen Businesskostüms war so kurz, dass er in anderen Kulturkreisen vermutlich als Gürtel bezeichnet worden wäre. Die Figur dazu hatte sie, vor allem einen süßen Hintern. Und erst diese langen Beine auf den High Heels, die diese Fremde trug. Sie selbst stand mit derartigen Folterinstrumenten auf Kriegsfuß und begnügte sich mit knöchelfreundlicheren Pumps.

„Yes, I'll be there. Can't wait for it." Die dunkelhaarige Schönheit war unvermittelt ins Englische gewechselt, das zwar gut, aber doch mit dem unverwechselbaren Akzent einer englischsprachigen Französin gefärbt war.

Ob sie sich am Abend für ihr Date mit ihrem Gesprächspartner noch mehr in Schale werfen würde? Denn dass es ein Mann war, hatte das *mon cher* – so viel Französisch verstand Joe – verdeutlicht.

Am Tresen war eine zweite Frau aufgetaucht, die nun gemeinsam mit Frau Weber die Gäste begrüßte; die Halle begann sich zu leeren.

Joe entschied sich, erneut nach dem Kabel zu fragen. Sie erhob sich von ihrem Platz und warf einen letzten Blick auf die Brünette, die sie entfernt an Angelina Jolie erinnerte.

Noch bevor Joe ihr Anliegen erneut vortragen konnte, hatte Frau Weber bereits zum Hörer gegriffen und eine kurze Nummer eingegeben.

„Ja, ein Kabel, DTM oder so", erklärte sie der Person am anderen Ende. Pause. „Er fragt, ob es ein DVI- auf HDMI-Adapter sein soll oder ...?"

„Geben Sie ihn mir, ich erklär es ihm schnell!" Joe nahm das Mobilteil des Telefons entgegen. „Also, ich brauche ..."

Es dauerte nicht lange, bis sie dem Techniker erzählt hatte, was sie benötigte. Er glaubte sich daran zu erinnern, so etwas in seiner Kabelsammlung zu haben und würde es ihr schnellstmöglich in den Konferenzraum bringen. Sie bedankte sich bei ihm und überreichte Frau Weber das Telefon.

Joe ging rasch zurück ins Kellergeschoss. Dort waren inzwischen einige der Senioren eingetroffen. Sie standen um die bereitgestellten Bistrotische und unterhielten sich.

Sie musste wieder an die brünette Fremde denken. Konzentrier dich auf den Vortrag, mahnte sie sich selbst. Schließlich wollte sie nicht, dass man in Darmstadt über einen völlig inadäquaten Ersatz für den Kollegen Schröder berichtete. Auch wenn man sie nur ausgewählt hatte, weil sie die Einzige ihrer Dienststelle war, die sich mit Computern auskannte, so war es ihre Chance, dass man auf sie aufmerksam wurde. Das durfte sie nicht vermasseln.

*

Nach einer knappen Stunde bestätigte ihr der Applaus der Senioren, dass sie ihre Sache gut gemacht hatte. Als sie mit dem geliehenen Kabel zurück zur Rezeption kam, bemerkte sie einen Mann mittleren Alters in einem olivgrünen Parka, der mit einem Schild in der Hand in der Hotelhalle stand:

In Gier verendeter Verstand, bringt Unheil Mensch und Land! Kein Autobau/ Fabrikneubau in Groß-Gerau!, las Joe.

Die Rezeptionistin ging gerade auf den Demonstranten zu und bat ihn dezent, bitte das Hotel zu verlassen.

Der Angesprochene ignorierte Frau Weber und schrie stattdessen: „Keine neuen Fabriken, kein Landraub durch Alva, wehret den Anfängen!!!“

Die Empfangsdame plusterte sich nun vor ihm auf. „Bitte verlassen Sie jetzt sofort dieses Hotel! Sie stören unsere Gäste, so geht das nicht!“

„So geht das nicht, so geht das nicht“, wiederholte der Demonstrant gehässig. „Wir dürfen so lange wegschauen, bis Fakten geschaffen sind. Die wollen eine riesige Fertigungsfabrik vor unserer Haustür bauen, das wird so groß wie Opel in Rüsselsheim. Das darf nicht sein!“

Jetzt mischte sich ein älterer Herr im schwarzen Anzug ein: „Wie Sie hier rumpöbeln, hört Ihnen doch sowieso keiner zu. Hauen Sie ab!“ Er fasste den Demonstranten am Arm und wollte ihn Richtung Ausgang schieben. Zwei weitere Männer mischten sich in das Geschehen ein: „Los, geh jetzt! Du bist hier nicht erwünscht!“

„Aber bitte meine Herren!“, griff Frau Weber ein. „Machen Sie hier keine Szene, sonst muss ich die Polizei rufen.“

Joe hatte die Auseinandersetzung mit etwas Abstand verfolgt, aber jetzt musste sie eingreifen. „Die Polizei ist schon da! Wie kann ich Ihnen helfen, Frau Weber?“

Kaum hatte sie sich zu erkennen gegeben, drehte sich der Demonstrant mit dem Schild blitzschnell herum und rannte durch die Eingangstür aus dem Hotel hinaus.

Joe warf das Verbindungskabel in Richtung Rezeption und rannte hinterher. Draußen stoppte sie und blickte sich nach ihm um. Wo war der Kerl nur hin? Lief da nicht jemand an der evangelischen Kirche vorbei? Sie spurtete los. Das war einer der seltenen Momente in ihrem Leben, wo sie sich wünschte, eine Mischung aus Claudia Schiffer und Nicole Best zu sein. Die langen Beine des 1,80m Models gepaart mit der Schnelligkeit und Ausdauer der Groß-Gerauer Triathletin. Das wär‘s jetzt. Als sie zur Schulstraße gelangte, war der Mann nirgends zu sehen, auch in der Helwigstraße Fehlanzeige.

„Mist!“, rief Joe enttäuscht. Irgendetwas war merkwürdig an seinem Auftritt und der plötzlichen Flucht. Ihr Polizeiinstinkt war geweckt.

Ich werde schon herausfinden, was du mit deinem Schild im Schilde führst, dachte sie.

3

Kleinert und Kugler standen vor dem Hotel Adler und lutschten an ihren E-Zigaretten. „Stecken uns mit der schlimmsten Konkurrenz in dieses Provinz-Hotel! Und auch noch in Groß-Gerau! Die ticken doch nicht mehr richtig.“

„Zur IAA wird in Frankfurt nix mehr frei gewesen sein", erwiderte Kugler.

Kleinert nickte. Genüsslich nebelten sie weiter und betrachteten das morgendliche Treiben vor dem Hotel Adler.

„Ausgerechnet hier will Alva einen neuen Produktionsstandort eröffnen. Wie das klingt: Elektroauto-City Groß-Gerau!", frotzelte Kleinert.

Kugler lachte und knuffte seinen Kollegen jovial in die Seite. Synchron zogen sie an ihren Glimmstängeln und bliesen Rauchwolken in die kühle Herbstluft.

„Aber mal ernsthaft; glaubst du, die Amerikaner werden PSA in der Software-Entwicklung endgültig ausstechen und wir müssen um unsere Jobs fürchten?"

In diesem Moment fuhr ein Auto aus der Tiefgarage des Hotels heraus und die beiden erkannten sofort den Alva-Prototyp.

„Wow!", entfuhr es Kleinert und Kugler fügte ein „Wahnsinn" hinzu.

Das Fahrzeug hielt in Höhe des Hoteleingangs an und wartete – nicht lange.

Die Eingangstür des Hotels schob sich auf und Jeanne Cassel stöckelte heraus.

„Bonjour Messieurs."

Kleinert und Kugler schauten ihr bewundernd nach, wandten jedoch ihre Blicke sofort wieder dem Alva zu.

Die Französin winkte dem Fahrer zu und streckte ihre Rechte gerade nach dem Türgriff aus, als sie Michael Richter aus dem Hotel kommen sah. Ruckartig zog sie die Hand zurück, schwankte auf den Bürgersteig und wühlte fahrig in ihrer Handtasche. Der Fahrer trat das Gaspedal durch. Lautlos wie ein Hai glitt das Auto an Jeanne vorbei der Hauptverkehrsader zu.

Jeanne beeilte sich, die Straße zu überqueren und in einer Bankfiliale zu verschwinden.

Kugler und Kleinert entdeckten Richter.

„Unser Genie", raunte Kleinert Kugler zu. Die beiden grinsten verschwörerisch und winkten ihren Kollegen zu sich heran.

Richter blieb stehen und starrte Jeanne hinterher. Er war blass, blasser als sonst. Als Kleinert erneut winkte, ging er widerstrebend auf die Männer zu.

Kleinert begrüßte ihn. „Morgen, Mister Hightech. Bisschen viel getrunken gestern, was?"

Kugler kam direkt zur Sache. „Habt ihr das auch gesehen? Wollte unser Zuckerstückchen aus dem Marketing etwa gerade bei der Konkurrenz einsteigen?"

Kleinert fügte hinzu: „Oder war das Groß-Gerauer Pflaster zu uneben für Pariser Schuhe?" Beide schauten Richter erwartungsvoll an.

„Wenn ihr zwei Flachpfeifen genauso gut Autos bauen würdet, wie ihr blöde Witze reißt, müssten wir uns keine Sorgen um unsere Jobs machen", sagte Richter. „Wenn der neue Alva tatsächlich 600 Kilometer Reichweite hat und die Batterieladezeit bei einer Viertelstunde liegt, dann können wir uns die Wartemärkchen bei der Agentur demnächst im Zehnerpack schicken lassen."

Richter musterte Kleinert und Kugler kalt. Er hatte nicht laut gesprochen, aber seine Stimme hatte einen seltsam bedrohlichen Unterton bekommen. Beiden war das Lachen vergangen. Offenbar hatten sie den Bogen überspannt, wenn sie auch nicht so genau wussten warum.

„Tja, wie dem auch sei. Ich glaube, ich geh jetzt besser mal rein und mach mich fertig." Kugler machte einen Schritt in Richtung Eingang.

„Ich muss auch bald los", beeilte sich Kleinert. Beide knipsten ihre E-Zigaretten aus und verschwanden Richtung Zimmer.

Michael Richter steckte die Fäuste in die Taschen seines Kaschmirmantels und wartete. Er beobachtete, wie seine französische Kollegin die Bankfiliale verließ und zögernd die

Straße überquerte. Mit gesenktem Blick lief sie Richtung Hoteleingang. Sie musste auf alle Fälle an ihm vorbei.

„Nun“, er trat ihr direkt in den Weg.

„Du hier?“, entgegnete sie erstaunt. Sie blickte sich hilfesuchend um, entdeckte aber keine weiteren Kollegen.

„Was glaubst du eigentlich, was du da machst?“, knurrte Richter.

„Casse-toi! Ich glaube nicht, dass dich das etwas angeht“, zischte sie. Mit einer reflexartigen Geste strich sie sich eine Haarsträhne hinters Ohr.

Er ging nicht auf ihre Provokation ein. „Das sehe ich ein bisschen anders“, erwiderte er. „Egal wie. Du bewegst dich auf sehr dünnem Eis, meine Liebe. Und ich bezweifle, dass dir klar ist, wie dünn es ist.“

4

„Großartig. Bis gleich, Bussi“, tippte Joe nach Feierabend im dm, grinste und freute sich auf Simone. Sie schob das Handy in die Gesäßtasche ihrer Jeans und wandte sich den Duftkerzen zu, die im obersten Regalfach standen, konnte jedoch nur die in der ersten Reihe erreichen.

„Mist, kein Erdbeer-Vanille dabei!“

Mit dem Fuß schob sie die Teelichtpackungen aus dem untersten Regalfach mit dem Fuß auseinander, um es als Tritt zu benutzen. Sie stellte sich mit beiden Füßen ins Regal, hielt sich mit der linken Hand fest und hangelte mit der rechten nach den Kerzen.

Als sie nach dem zweiten Anlauf endlich die richtige Duftnote in der Hand hielt, tönte es hinter ihr „Zwerge haben`s schwer!“

Joe drehte sich um und sah einen hochgewachsenen Typen

grinsend an ihr vorbeigehen. Wäre er stehengeblieben, hätte sie es als Anmache sehen und ihn so richtig abblitzen lassen können. Aber er war schon um die Ecke und der Ärger verschlug ihr die Sprache. Wütend schnappte sie sich im nächsten Regal noch eine Packung Küchenrollen und ging zur Kasse. Da stand der Typ und wollte gerade seinen Wagen ausräumen. Ohne lange nachzudenken, ging Joe an ihm vorbei, und platzierte Kerze und Küchenrollen ganz vorne auf dem Band. Sie zwinkerte der Kassiererin zu und drehte sich zu dem Typen um. Es war ihm deutlich anzusehen, dass er sich beschweren wollte, aber Joe war schneller und sagte mit strahlendem Lächeln: „Zwerge haben Vorfahrt!"

Auf dem Parkplatz entriegelte Joe ihren Opel mit einem Hochgefühl, schwang sich auf den Sitz ihres berryfarbenen Adams und zog die Tür schwungvoll zu. Doch gleich wurde sie wieder runtergeholt, denn es knirschte.

„Himmelherrgottnochmal", fluchte sie, öffnete die Tür einen Spalt und zog den Zipfel ihrer neuen Fleece-Jacke zu sich, an deren Ende der zertrümmerte Reißverschluss-Zipper baumelte.

Sie startete den Wagen und fädelte sich in den Feierabendverkehr ein. Immer wieder warf sie einen Blick in den Spiegel. Sie gefiel sich; was würde Simone sagen?

Zu Hause am Wasserturm angekommen schnappte sie sich die Küchenrollen und die Duftkerze. Der Tretroller des Nachbarjungen, Jasper, stand wie immer akkurat ausgerichtet an seinem Platz unter den Briefkästen. So ein intelligentes Kerlchen, schade, dass er nur spricht, wenn er will, dachte Joe.

Seit einem Jahr, als Jaspers Mutter Arbeit am Frankfurter Flughafen gefunden hatte, gingen die beiden bei Joe ein und aus und gehörten schon fast zur Familie.

Joes Blick fiel auf ihre Zeitungsrolle. Das Groß-Gerauer Echo fehlte. Auch darüber wollte sie sich nicht ärgern, heute nicht. Sie sprang die Stufen hoch.

Kaum in der Wohnung, huschten ihre Mitbewohner Chip und Chap vor ihre Füße und baten um eine Runde Kuscheln. Für die beiden Ragdoll-Katzen hatte Joe normalerweise immer Zeit. Heute nicht.

„Keine Chance, ihr Süßen!“, sagte sie. Chip und Chap trollten sich. Joe überprüfte rasch Flur und Wohnküche, fegte Brotkrümel vom Esstisch und stellte ihren Kaffeebecher in die Spülmaschine. Ihr Herz hüpfte beim Gedanken an die kommenden Stunden. Der letzte Abend dieser Art war schon länger her.

Joes Handy vibrierte. *Komme in 20 Minuten. Hab Deinen Schlüssel vergessen. Lässt du mich rein?* Und ein augenzwinkernder Smiley.

Joes Mundwinkel zogen sich in die Breite. Auf dem Weg zum Bad schlüpfte sie aus ihren Kleidern und stieg in die Dusche.

Vorsichtig, um ihre neue Frisur nicht zu ruinieren, brauste Joe ihre Schultern ab. Das Wasser plätscherte leise, Dampfwolken vernebelten das Bad. Vom Flur her hörte sie ein Knacken.

Joe entspannte sich. Da hörte sie wieder ein Geräusch – es klang wie ein Tappen. Sie drehte das Wasser ab und lauschte. Schon wieder, direkt vor der Badezimmertür. Das Blut schoss ihr in die Wangen. So eine Frechheit. Na warte, Freundchen! Da hast du dir genau die richtige Wohnung ausgesucht. Joe sah bereits die Schlagzeile im Echo vor sich: *Einbruch bei Polizistin: Johanna K. streckt Einbrecher mustergültig nieder.*

Sie spannte alle Muskeln an, griff ein Handtuch und wickelte sich hastig ein. Mit pochendem Herzen, das Tuch fest vor der Brust, stieg sie aus der Dusche, als sich die Tür langsam öffnete. Joe ließ los, das Tuch glitt zu Boden. Den linken Arm zur Abwehr vor sich, hob sie den rechten zum Schlag. Ihr Arm flog durch die Luft. Ihr Handkantenschlag ging ins Leere. Trotzdem polterte ihr Gegner zu Boden. Joe wollte ihn am Kragen packen. Als sie nach unten griff, blickte sie in Jaspers schreckgeweitete Augen.

„Ach du!“, entfuhr es ihr. „Ich dachte, es ist ein Einbrecher. Hab ich dir wehgetan?“

Er antwortete nicht. Sie griff nach Jaspers Arm, doch der Junge entzog sich und starrte sie mit offenem Mund an. Joe erinnerte sich an ihre Blöße. Hoffentlich hat er beim Anblick meiner nackten Tatsachen keinen Schaden genommen, dachte sie, packte das Duschtuch und wickelte sich ein.

„Deine Mama hat dich reingelassen.“ Der Junge blieb stumm. Siedend heiß fiel ihr ein, dass sie Jaspers Mutter versprochen hatte, während ihrer Spätschicht, also heute, auf den Kleinen aufzupassen.

Himmelherrgottnochmal, ausgerechnet heute. Wie konnte sie das vergessen?

Joe lotste Jasper an den Küchentisch. Wie üblich setzte sich der Junge an seinen Platz. Sie nutzte die Chance und zog sich schnell an. Wenn es um Jasper ging, war Gurkenbrot Joes Geheimwaffe. Sie wusste, er würde die Scheiben mehrmals kunstvoll auf dem Teller arrangieren und sie danach einzeln wegknabbern. So blieb ihr Zeit, Simones Lieblingsessen zu zaubern: Spinaträllchen. Für sich selbst hatte sie ein Filetsteak besorgt. Sie platzierte die Erdbeer-Vanille-Kerze als Überraschung im Bad. Eigentlich war es gar nicht so schlimm, dass Simone sich heute verspätete, denn so gegen halb neun würde Jasper schlafen gehen und dann könnten sie noch einen schönen Abend zu zweit haben. So anstrengend Jasper sonst war, beim Thema Zubettgehen brauchte er nur seine Kuscheldecke und den Sessel in Joes Arbeitszimmer.

Er half ihr wie immer den Tisch zu decken. Danach holte er sein Autoquartett und begann die Karten zu sortieren.

Es klingelte. Hallo Schatz!

„Wow! Du hast die Haare schön.“

Joe schlang Simone die Arme um den Hals, zog sich aber schnell wieder zurück. „Puh, du riechst nach Pferd ...“

„Naja, kein Wunder, ich musste das halbe Gestüt verarzten, irgend so ein komischer Ausschlag, hoffentlich breitet sich das nicht noch mehr aus, die Salbe ist echt schwer zu kriegen."

Joe schüttelte sich bei dem Gedanken an Pferde voller Pusteln. Simone schnupperte in Richtung Küche: „Sag mal, hast du was gekocht? Ich sterbe vor Hunger ..." Sie winkte Jasper zu, der kurz aufschaute und sich wieder seinen Karten zuwandte.

„Überraschung Liebes, es gibt Spinaträllchen! Aber mit meinem Steak bin ich noch nicht ganz fertig. Du kannst ruhig noch duschen gehen." Eigentlich stimmte das nicht, aber so sehr Joe Simone auch liebte, mit ihrem Beruf hatte sie so ihre Probleme: wie sie manchmal roch! Erleichtert atmete sie auf, als sich Simone tatsächlich in Richtung Bad bewegte. Aber kaum war sie hinter der Tür verschwunden, schoss sie schon wieder heraus und hüllte Joe erneut in eine Pferdeduftwolke ein: „Die Kerze – wie gut das riecht!"

Endlich, nach einer Viertelstunde, saßen sie zusammen am Tisch und genossen das Abendessen. „Wie ist dein Vortrag gelaufen?"

„Ach, nichts Besonderes. Ich musste nur danach noch eine sportliche Einlage hinlegen. Da stand doch glatt ein Typ mit einem Schild im Adler-Foyer. Ein-Mann-Demo! Als sie ihn rausschmeißen wollten, ist er erst zickig geworden und dann hat er einfach sein Schild fallen lassen und ist weggerannt. Ich hinterher, konnte ihn aber nicht schnappen." Joe schüttelte den Kopf. „Er hat irgendwas von Landraub in Groß-Gerau gefaselt. Ich hab nicht verstanden, was er damit gemeint hat."

„Mmmh, da geht´s wohl um die Baupläne von diesem amerikanischen Elektroautobauer. Der Rasende Roland hat im Echo schon was drüber geschrieben", entgegnete Simone. „Die planen eine neue Fertigung in Europa und man munkelt, sie werden von Groß-Gerau hofiert. Die Stadt sucht händeringend nach Quellen für Gewerbesteuern. Die üblichen Totschlagargumente, Arbeitsplätze, Ausbau der Infrastruktur et cetera. Ich finde das auch nicht toll."

„Gerade du müsstest doch für Elektroautos sein. Du würdest doch am liebsten mit einem Pferd durch die Stadt reiten."

„Und du nimmst das Autos sogar zum Brötchen holen."

In diesem Moment hielt Jasper Simone eine Karte aus seinem Quartettspiel vor die Nase. „Das ist ein Alva 1.1."

Verblüfft schauten beide ihn an. „Du hast ja wieder gut zugehört." Sie nahm die Karte und betrachtete sie nachdenklich.

„Noch ist nichts spruchreif, aber du weißt ja, wie die Leute sind. Wenn sie jetzt schon im Adler stehen, formiert sich erster Widerstand. Es gibt hier so viele unterschiedliche Interessengruppen. Hoffentlich eskaliert das nicht!"

5

Jeanne Cassels Blick glitt suchend über die Köpfe der Barbesucher.

Die moderne Bar im Hotel Adler war gut besetzt. Dunkles Mahagoni und Stein in angenehmes Licht getaucht. Die langsam wechselnden Farben schufen auf den Klinkersteinen eine Illusion von Mondlicht auf dem Meer. Mehrere anerkennende Blicke einer Männergruppe am Tresen fielen auf Jeanne. Sie trug ihr schwarzes Kleid so natürlich wie eine zweite Haut. Für einen Moment sank der Geräuschpegel und im Hintergrund war Dave Stewarts „Lilly was here" zu hören.

Jeanne gratulierte sich innerlich. Die Investition in dieses Kleid hatte sich gelohnt.

Hilfreich unterstützten gut zehn Zentimeter High Heels ihren ohnehin großen schlanken Körper bei der Suche. Ein erkennendes Lächeln und Jeanne bewegte sich geschmeidig in den hinteren Bereich der Bar. Dabei strich sie sich verführerisch über ihre langen dunkelbraunen Haare. An einem Bistrotisch wurde sie von einem großen dunkelhaarigen Mann begrüßt. Sein maßgeschneiderter Anzug betonte seine stattliche Erscheinung.

„Endlich, meine Liebe!"

Maxims Arme umschlangen ihre Schultern. Es war ein gutes Gefühl, sich an seine muskulöse Brust zu schmiegen. Sein Duft nach Zedernholz und Limette weckte Verlangen in ihr.

Maxim neigte den Kopf und küsste sie sanft. Seine tiefblauen Augen musterten sie begeistert. „Du siehst bezaubernd aus."

„Merci, mon cher", erwiderte Jeanne.

„Nimm Platz, Honey." Maxim deutete auf das halbrunde Clubsofa. „Ich habe mir erlaubt, dir etwas zu trinken zu bestellen." Maxims Gesichtsausdruck verriet gespannte Erwartung. Flüssiger Rubin schimmerte in zwei bauchigen Gläsern. „Auf uns!" Das dünne Glas entließ beim Anstoßen einen wundervollen, tiefen Ton.

Jeanne fixierte Maxims Blick und führte das Glas an ihre Lippen. Mit dem ersten Schluck kamen die Erinnerungen wie ein Film. Reife, volle Beeren. Genf im Frühling, Morgensonne auf zerwühlten Laken. Maxim nur mit einem Handtuch um die schmalen Hüften und nassem Haar. Ein wohliges Gefühl durchströmte ihren Körper.

Dieser Mann kann sich an den Wein erinnern, den ich liebe! Mon Dieu, wo soll das nur hinführen? Maxim hat in Kalifornien seine Familie! In Genf schien alles noch so einfach, eine kleine Affäre, um einen Job im Marketing bei Alva zu bekommen. Ich fasse es nicht! Habe ich mich etwa in diesen Guy verliebt? Das war nicht der Plan ... Ja, dann: Vive l'amour.

Seine Hand umfasste ihre Wange und ein weiteres Mal spürte sie seine vollen Lippen. Sanft streichelte seine Zunge ihren Mund und Jeanne öffnete ihn, ließ ihn nur zu gerne gewähren.

Jeanne berührte ihre Lippen mit den Fingern, wie um seinen Kuss zu halten, bevor er verflog.

„Du bist aufmerksam, du bist romantisch, Maxim, bist du dir sicher, dass du aus Kalifornien kommst?" Jeanne strahlte.

„Nicht jeder Amerikaner ist oberflächlich. Wie du siehst, verstehen wir auch etwas von Wein – zumindest wir in Kalifornien." Maxim grinste frech. „Ich bin glücklich, dich zu sehen. Glücklich, dich spüren zu dürfen. Die Zeit nach dem Genfer Salon bis heute erschien mir ewig."

„Mir auch", erwiderte Jeanne.

„Ich bedaure es sehr, dass uns der Atlantik trennt", beklagte sich Maxim.

„Das muss nicht ewig so bleiben."

„Ich bin verheiratet, Jeanne", erinnerte Maxim sie. „Haben wir das nicht schon in Genf geklärt?"

Sie sah für einen Moment betroffen drein, als ihr Glück, ihn wiederzusehen, von der Wirklichkeit eingeholt wurde. Maxims Familie war so weit weg, dass sie für sie gar nicht existierte. Für sie zählte nur seine Gegenwart. Sie so aus ihrer Seligkeit zu reißen, war unfair. Doch davon wollte sie sich nicht den Abend verderben lassen.

Jeanne nahm sich zusammen: „Wie sieht es aus, mon cher, hast du im Anschluss ein paar Tage Zeit, um mit mir gemeinsam wegzufahren? Oder werdet ihr Typen von Alva nur einfach aufgeladen und optimiert weiter den Umsatz?"

Maxim unterdrückte ein Lachen bei ihrer Frage. „Mach nur deine Witze ... Aber bei Alva tut sich was. Wenn die Gespräche positiv verlaufen, werde ich schon nächstes Jahr sehr, sehr viel Zeit in Europa verbringen."

„Erzähl mir mehr!", forderte Jeanne.

Maxim vergewisserte sich mit einem Blick über die Schulter, dass keine ungebetenen Zuhörer in der Nähe waren. Er neigte sich zu ihr. „Alva wird europäisch. Wir erhöhen die

Akzeptanz unserer Elektroautos, indem wir hier in Deutschland produzieren. ‚Made in Germany' ist wieder im Trend. Alva ist Marktführer und hat klar die besten Produkte auf dem Markt, aber um hier in Europa Marktanteile zu gewinnen, gehen wir einen neuen Weg."

„Klingt spannend. Und wie soll der neue Weg aussehen?", fragte Jeanne.

„Keine Konkurrenz aus Asien oder USA. Wir werden künftig hier, genau hier vor den Toren Groß-Geraus produzieren. Wir werden französisch, spanisch und deutsch. Und da kommst du ins Spiel: Wir bauen eine europäische Marketingabteilung auf. Wie sieht es aus – bist du an dem Job als Leiterin dieses Bereiches interessiert?"

Jeanne betrachtete Maxim fasziniert, sein offenes weißes Hemd ließ ein paar seiner Brusthaare sehen und brachte seine gebräunte Haut besonders gut zur Geltung; er sah einfach verdammt gut aus ... Keine Unsicherheit, klares Statement, Charisma. Sicher sehr überzeugend in Verhandlungen. Diese Mischung aus äußerer Attraktivität und souveränem Auftreten war es gewesen, die sie bereits in Genf ein Auge auf ihn hatte werfen lassen. Gewiss, am Anfang war es Kalkül gewesen, sich mit ihm einzulassen, aber jetzt ...

Sie fasste Maxims Hand. „Du hast schon in Genf diese Andeutungen gemacht, und ich danke dir für dein Vertrauen. Aber eigentlich wollte ich mehr von deinen Plänen hören." Ihre Augen suchten seine.

Maxim drückte beruhigend ihre Hand. Sein Daumen rieb zärtlich über ihren Handrücken. „Sag mal, kennst du jemanden von den Typen, die da an der Bar hocken?"

Jeannes Augenbrauen hoben sich fragend. Langsam, wie zufällig, ließ sie ihren Blick über den Eingangsbereich mit seinen hinterleuchteten Bildern und den Gästen am Tresen gleiten. „Einige hab ich bereits auf der Messe gesehen. Opel glaub ich. Warum fragst du?"

„Nur so ein Gefühl ... egal." Wieder zeichnete sein Daumen kleine Kreise sanft auf ihrem Handrücken. „Um auf deine Frage zurückzukommen: Nach der IAA werde ich hier in Groß-Gerau an Gesprächen teilnehmen. Ich denke, dass wir noch diesen Monat zu einem Abschluss kommen. Danach könnte ich mich für eine Weile freimachen. Wird mein wunderbarer französischer Engel solange auf mich warten können?"

Jeannes Herz klopfte bei Maxims Worten. „Was glaubst du, wie lange es dein französischer Engel noch aushält, ohne dich spüren zu dürfen?", flüsterte sie.

Maxims Lippen formten ein stimmloses „O". Seine Augen leuchteten. „Komm!", sagte er mit rauer Stimme und legte seinen Arm um sie.

Beide erhoben sich und Jeanne spürte Maxims angenehm führende Hand auf ihrer Hüfte. Kurz darauf betraten sie mit mühsam unterdrückten Emotionen den Aufzug.

„Dritte Etage", hauchte Jeanne, an die Wand gelehnt.

Die Türen schlossen sich und Sekunden später lagen sie sich in den Armen. Maxim küsste sie mit hungriger Leidenschaft.

„Wenn wir aussteigen, solltest du verbergen, was sich hier so gut anfühlt."

Maxim grinste, zog sein Jackett aus und hielt es gefaltet vor den Schoß.

Jeanne wischte mit dem Daumen über seine Lippen. „Koralle steht dir", feixte sie.

6

Das Licht der Leuchtstoffröhre hing über der alten Hobelbank und leuchtete den Arbeitsbereich gut aus. Der Rest des Kellers lag im Dämmerlicht. Er rückte seine altmodische Brille zurecht. Gerade bei kniffligen Arbeiten war die Brille unabdingbar, seine Sehkraft war mit 58 Jahren nicht mehr die Beste.

Die Konstruktionspläne hingen direkt an der Wand vor ihm. Er wischte sich den Schweiß von der Stirn. Obwohl es im Keller kühl war, schien er im Moment noch mehr als sonst zu schwitzen. Dass er dabei einen leicht säuerlichen Geruch ausströmte, roch er nicht. Er musste sich jetzt konzentrieren. Ein einziger Fehler und alles war hin!

„Hoooorst!" Er zuckte zusammen.

„Hoooorst, wo bleibste? Bist du wirrer in deim Kellerloch und versteckst dich?"

„Ich komme, Mutter! Gleich!"

Hastig schaltete er den Lötkolben aus. Zum Glück war er damit nicht gerade auf der Platine gewesen.

„Hoooorst!", rief es erneut von oben, begleitet von einem heftigen Aufstampfen. Wahrscheinlich stand sie wieder vor der Kellertür und stieß ihren Stock ungeduldig auf die Holzdielen. Manchmal würde er sie am liebsten mit bloßen Händen erwürgen. Dann wäre endlich Ruhe!

„Sch ... schon ... unterwegs, Mutter", rief er mit besänftigender Stimme.

Nach einem letzten Kontrollblick hängte er seinen alten Arbeitskittel an den Haken und stieg die steile Holztreppe nach oben, dabei zog er sein linkes Bein leicht hinter sich her. Er löschte das Licht und schloss auf.

Der Gedanke an den nächsten Tag ließ ihn ruhiger werden. Auf seinem Gesicht erschien ein Grinsen.

7

Freitag, 15. September

Nach dieser Nacht mit Jeanne hätte er eigentlich ein ausgiebiges Frühstück verdient, dachte Maxim Wills.

Er stieg verärgert in seinen Wagen, den neuen Alva. Der Tag fing ja gut an. Es war schon 7.30 Uhr und er musste schleunigst zur Messe nach Frankfurt. Dort wartete die Standbesetzung auf ihn. Er lenkte den Alva nach rechts auf die Frankfurter Straße und fuhr über den regennassen Asphalt von Groß-Gerau. Der nächtliche Dauerregen hatte glücklicherweise aufgehört und im Osten kam langsam die Sonne heraus. Lautlos rollte das nagelneue Elektroauto in Richtung Überführung und Römerkreisel auf dem Weg zur Autobahn. Bei der Ausfahrt aus dem Kreisel leitete ihn das Navigationssystem plötzlich weiter über die B44.

Maxim Wills richtete seinen Blick auf das Navi und erkannte die Alternativroute. Damit verlängerte sich die ursprünglich angenommene Fahrtdauer um 30 Minuten. Das entwickelte sich langsam wirklich zu einem gebrauchten Tag.

Mit einem Hotel in Frankfurt gäbe es diese morgendlichen Probleme nicht. Aber nicht die horrenden Übernachtungskosten in Frankfurt waren Grund für die Wahl des Hotels in Groß-Gerau. Die Nähe zum künftigen Fabrikationsstandort und damit zu lokalen Entscheidungsträgern in Politik und Wirtschaft standen im Vordergrund.

Da warten noch kritische Gespräche auf mich, ging es Maxim durch den Kopf.

Auf Höhe der Autobahn blickte er zur Seite und entdeckte die Fahrzeugschlange Richtung Frankfurt. Er fluchte still vor sich hin, folgte der Anweisung des Navis und blieb weiter auf der B 44.

Langsam entspannte sich Maxim und genoss die angenehm ruhige Fahrt im neuentwickelten Prototypen. Er war sehr stolz darauf, dieses Fahrzeug jetzt schon in Deutschland fahren zu können. Der Öffentlichkeit sollte es in neuem Design erst auf dem Genfer Autosalon im Frühjahr 2018 vorgestellt werden.

Auf der rechten Seite passierte er die Mercedes Niederlassung und schickte ein freundliches Winken an die Konkurrenz.

Links sah er das große Gelände der Ahmadiyya Gemeinde, diese Community kannte er auch aus den USA.

Das Handy klingelte. Kaum hatte er den Empfang über die Lenkradeinrichtung hergestellt, überfiel ihn schon ein hysterischer Wortschwall. Lucille! Auch das noch!

Undeutlich verstand er einzelne Worte seiner Ehefrau: „E-Mail", „An other woman", „Bitch ..." Der Rest war unverständliches Krachen und Rauschen.

Maxim brach der Schweiß aus, er neigte sich nach vorne und brüllte in den Lautsprecher: „Lucille, hello! Hello Lucille!?", doch es ertönte nur noch das Freizeichen.

Maxim schlug mit der Hand auf das Lenkrad. Wer hatte da gequatscht und seine Frau informiert? Er schluckte ein paar Mal, sein Mund war trocken. Diese Komplikation hatte ihm gerade noch gefehlt. Er rief: „Calling Home!" Das Display leuchtete auf, kein Netz. In dem dichten Waldstück war die Verbindung schlecht. Er beschloss, später von der Messe zurückzurufen. Bis dahin konnte er überlegen, wie er die Situation am besten entschärfen würde.

Mit einem tiefen Durchatmen richtete er seine Aufmerksamkeit wieder auf die Straße und beschleunigte. Aus den Augenwinkeln registrierte er einen Radfahrer, der in neongrün leuchtender Regenjacke die Landstraße entlang strampelte. Flott, dachte er, und stellte sich grinsend dessen dummes Gesicht vor, in hohem Tempo von einem Auto überholt zu werden, das völlig geräuschlos an ihm vorbeiglitt.

Er legte noch einen Zahn zu und ließ den Radfahrer rasch hinter sich.

Die Morgensonne schimmerte durch die Baumwipfel und warf lange Schatten auf die kerzengerade Straße. Maxim näherte sich zügig dem Falltorhaus, als der Alva plötzlich ins Schleudern geriet, der Wagen brach nach rechts aus und streifte den Fahrbahnrand.

„Goddammit, holy shit!", schrie Maxim und packte das Lenkrad fester. Der Versuch gegenzulenken, misslang. Doch bevor er diese Tatsache in ihrer ganzen Tragweite realisieren konnte, krachte er bereits frontal in die erste Baumreihe.

Im Zeitraffer nahm Maxim jedes Detail war. Den näherkommenden Baumstamm, der mit einem hässlichen Knirschen die Motorhaube verformte, den absplitternden Lack, die Frontscheibe ... näher, immer näher. Schwarz!

8

Joe riss ihre Autotür auf, sprang hinaus und rannte los. Sie verfing sich mit ihrer Jacke an einem Ast, stürzte und holte sich einen Kratzer an der Wange. Der musste warten. Sie sah die ersten umgeknickten Bäume, eine Schneise von sterbendem Holz, rotes Laub. Blutrot! Jetzt nahm sie ein Auto wahr, das sie an den letzten Science Fiction-Film erinnerte, den sie mit Simone gesehen hatte.

Der Motor still. Ihre Schritte wurden langsamer. Was war da passiert? Ungebremst in den Wald gerast, warum?

Sie näherte sich dem Auto von hinten, platter Reifen hinten links, Kofferraum intakt, amerikanisches Kennzeichen, die Seitentür hinten nicht vorhanden.

„Hallo, hören Sie mich?", rief sie.

Die Fensterscheiben waren zersplittert, genauso wie die Windschutzscheibe. Überall Blut im Wageninneren, Äste im Fahrerraum.

Sie hörte ein leises Stöhnen.

Joe zog an der Tür. Sah eine männliche Gestalt im Inneren des Wagens. Der Kopf des Fahrers lag unnatürlich nach hinten. Er war noch am Leben.

„Durchhalten! Die Rettung kommt gleich, wir holen Sie da raus."

Joe stand neben dem Autowrack. Irgendetwas erschien ihr merkwürdig, aber sie konnte es nicht greifen. Was war mit dem Airbag los?, dachte sie bei sich. Er war nicht ausgelöst worden. Bei der hohen Geschwindigkeit? Jedenfalls schien das kein Routineunfall zu sein.

Sie ging um den Wagen auf die Beifahrerseite, dort ließ sich die Tür auch nicht öffnen. Sie schrie: „Chris, beeil dich! Er lebt!"

Chris stand plötzlich hinter ihr und zerrte ebenso an der Tür. Nichts zu machen. Sekunden wurden zu Minuten, wo blieb die Rettung? Schafften sie es noch rechtzeitig? Wieso ging diese verdammte Tür nicht auf? War das früher nicht einfacher ohne diesen ganzen Elektronikscheiß? Sie musste warten, konnte nicht zu ihm. Aus der Ferne hörte sie das Martinshorn. Hoffnung.

Die Rettungssanis kamen. Kurz darauf erreichte auch die Feuerwehr die Unfallstelle. Sie begannen ihre Arbeit, Joe wurde zur Seite gedrängt.

Chris hatte inzwischen die Unfallstelle abgesichert. Laute Rufe wechselten sich ab, die Feuerwehr benötigte die Rettungsschere. Das Unfallopfer war so stark eingeklemmt, dass sie ihn aus dem Wrack herausschneiden mussten.

Nach einer gefühlten Ewigkeit war der Mann frei. Er wurde aus dem Auto geborgen, Sanitäter und Notarzt knieten über ihm.

Joe näherte sich. Blut. Kompressen, hektisches Wühlen in Taschen, Spritzen wurden aufgezogen. „Ich habe keinen Puls mehr", hörte sie. „Die Blutung lässt sich nicht stoppen." Verzweiflung. Dann Stille. Kein Stöhnen mehr.

Die Retter gaben den Blick auf den Mann frei. Die Augen waren geschlossen, ein Teil des rechten Ohres abgerissen, das Gesicht zerschnitten.

Joe konnte nicht sagen, ob er alt oder jung war. Sie taumelte, machte einen Schritt zur Seite. Schwindel, wacklige Beine. Das Adrenalin verlor seine Wirkung.

„Wir haben es nicht geschafft“, sagte der Notarzt. Betretene Gesichter.

Joe blickte sich um. Der Notruf eines Radfahrers hatte sie hierher bestellt. Die Stelle lag kurz hinter dem Parkplatz, der ‚Entsafterschneise‘, wie der Abschnitt im Polizei-Jargon genannt wurde, wo die Mädchen des horizontalen Gewerbes sexuelle Dienste anboten. Hatte der Fahrer des Unfallwagens womöglich die Straße nicht im Blick gehabt, weil er zu lange auf einen der Miniröcke geschaut hatte? Aber um diese Uhrzeit? Unwahrscheinlich.

Joe wandte sich zu Chris. Er trat zu dem Auto, betrachtete es und sagte: „Kann das sein?!?“

Jetzt fiel auch ihr Blick auf das Auto. Eins dieser neumodischen Dinger. Zukunftsmodell. Sie wunderte sich. So eins hatte sie zuvor noch nie gesehen.

Chris zog hörbar die Luft ein. „Der Hammer!“, rief der Kollege in aufgeregtem Tonfall. „Sieht nach einem nagelneuen Alva aus. Was ein Geschoss! 450 PS unter der Haube – sieht man dem Kleinen gar nicht an.“ Er zwinkerte Joe zu. „Aber bei dir ahnt man ja auch nicht, wie viel Power in 1,60 Meter stecken können.“ Chris fuhr fort. „Spitzenbeschleunigung von 0 auf 100 in 5 Sekunden, also ich meine natürlich das Auto. Ist schon serienmäßig mit so vielen Details ausgestattet, da wird einem Autonarren wie mir richtig warm ums Herz.“

Leider war es jetzt nur noch ein Trümmerhaufen, dachte Joe. Für mich müssen Autos zweckmäßig sein, sonst nix. Aber wie sich Chris begeistern konnte!

„Also Joe“, meinte Chris, „hier ist mal wieder jemand zu

schnell gefahren. Wie so oft auf dieser Strecke. So zerknautscht wie das Auto aussieht, muss er mindestens 180 drauf gehabt haben." Für ihn schien die Sache damit klar. „Brauchen wir die Spusi? Was meinst du?", fragte er.

„Ich finde hier gar nichts eindeutig", erwiderte Joe. Ihr kam das alles komisch vor. Ein kurzer Gedanke huschte ihr durch den Kopf. „Wir müssen den Radfahrer befragen. Vielleicht hat der was gesehen."

„Der Unfallzeuge wollte schon abhauen", sagte Chris. „Aber ich konnte ihn gerade noch erwischen. Die Personalien habe ich notiert ..." Er überreichte ihr den Zettel.

„Chris, kommst du mal?", rief einer der Feuerwehrmänner und fuchtelte mit etwas in der Hand herum.

Der Kollege entfernte sich, während Joe zu dem Radfahrer ging. Mike Wagenhof las sie, Mitte dreißig. Sein blondes Haar hing ihm verwegen ins Gesicht. Er hatte braune Augen und war nicht besonders groß. Nun stand er da wie festgenagelt.

„Ich heiße Johanna Kramer und bin von der Polizei in Groß-Gerau. Haben Sie den Unfall gesehen?", fragte sie.

Mike Wagenhof blickte zu Boden. „Es ... es ging ... alles ... sehr schnell. Das ... das Auto ist volle Kanne gegen den ... den Baum ... gerast ..."

Er stand unter Schock, erkannte Joe. Immer wieder strich er sich seine Haarsträhnen hinters Ohr.

Sie wartete, ob noch etwas kommen würde. „Und weiter?", bohrte sie nach.

„Da ... da war ein ... kreischendes Geräusch. Dann ... ein, ein Knall."

Sie nickte. Von weitem hörte sie Wortfetzen. „Papiere ..., amerikanische Zulassung ..., Konsulat ..." Sollte sich Chris darum kümmern.

Mike Wagenhof wischte sich den Schweiß von der Stirn. „Ich ... ich ... war sofort bei ... bei, ... konnte ..., konnte ... ihm aber nicht helfen", stotterte er.

„Ist Ihnen sonst noch was aufgefallen? Ein Hinweis? Irgendetwas, das uns weiterhelfen könnte? Überlegen Sie noch mal, bitte." Sie hob eine Augenbraue und sah ihn erwartungsvoll an. Er musste doch mehr beobachtet haben, verflixt!

„Da ... da war ... noch ... was." Er verstummte wieder.

„Und was?" Mit diesem Zeugen hatte sie es nicht leicht.

„Es ... es ... flog ..."

„Aha!" Sie seufzte. „Können Sie es beschreiben?"

„Naja ... In der Luft ... da schwebte so ein ... so ein technisches Gerät. Es ... flog. Hatte einen schwarzen Körper und ... und vier Beine."

„Äh? Ein Ufo? Oder was meinen Sie?"

„Ich ... ich ... weiß ... nicht ..."

Sie schnaubte. Ruhig Joe, ganz ruhig. „Sie wissen es ganz bestimmt."

„Ich ... ich meine ... so ... so eine ... ‚Technik-Fliege'. Sie umkreiste das Auto und dann ... war sie weg."

Technik-Fliege?, dachte Joe. Konnte das sein? „Meinen Sie etwa eine Drohne?"

9

Auf dem Weg von Wallerstädten über die B44 Richtung Jugendzeltplatz Wildpark war wenig Verkehr. Horst bog gegenüber dem islamischen Freizeitgelände zum Parkplatz des Schäferhundevereins ab, um von dort zu starten. Er holte zuerst das alte orangefarbene Klappfahrrad aus dem Kofferraum seines blauen Opel Rekords B, Baujahr 1966. Einer der letzten, der vom Band gelaufen war, bevor der Rekord C mit neuer Karosserie produziert wurde. Das Klapprad hatte ihm schon manch gute Dienste geleistet. Die Drohne hatte er in den grünen Jägerrucksack seines Uropas gepackt. Diesen schulterte er nun und machte sich mit dem Rad auf den Weg zu der für sein Vorhaben geeigneten Stelle.

Der Regen hatte die Luft gereinigt. Im Wald roch es frisch und erdig. Eine halbe Stunde später war außer dem Zwitschern der Vögel nur noch das leise Surren der Drohne über den Baumwipfeln zu hören. Vorsichtig dirigierte Horst die Drohne in Richtung der Straße, er selbst blieb im Schatten der Bäume. Sein ‚verlängertes Auge', wie er sie für sich nannte, hatte jetzt den kompletten Straßenverlauf und den anschließenden Parkplatz im Blick. Die Drohne schwebte über dem Gelände.

Plötzlich ertönte ein lauter Knall, gefolgt von einem Schrei.

Horst riskierte einen Blick aus seinem Versteck. Ein Radfahrer in neongrüner Regenjacke stand kreidebleich am Straßenrand, Augen und Mund weit aufgerissen. Ein Auto hing zusammengequetscht an einem Baumstamm.

Jetzt war Eile geboten. So schnell wie möglich landete Horst seine Drohne. Trotz aller Hast verstaute er sie behutsam in seinem Rucksack. Nachdem er sich vergewissert hatte, dass ihn keiner bemerkte, schwang er sich auf das Rad und fuhr zügig zu seinem Auto zurück. Sicher würde es hier gleich von Einsatzfahrzeugen wimmeln. Das Risiko, mit seiner Drohne gesehen zu werden, wollte er keinesfalls eingehen.

Mit seinem Auto wieder auf der B44 Richtung Groß-Gerau bog er im Kreisel in den Nordring ab, um sich zügig vom Ort des Geschehens zu entfernen.

Noch völlig aufgewühlt von dem gerade Erlebten wäre Horst fast am Einkaufsmarkt „einmal hin, alles drin" vorbei gefahren. Dabei musste er doch unbedingt noch die Liste seiner Mutter abarbeiten. Den Kassenbon würde er diesmal sorgfältig verschwinden lassen. Mutter bevorzugte den lokalen Markt in Wallerstädten und auf eine weitere Auseinandersetzung mit ihr konnte er heute gut verzichten.

An der Kasse entdeckte Horst ein bekanntes Gesicht. Ausgerechnet sein Nachbar, Herr Schneider, stand an der kürzesten Schlange. Er war der Letzte, dem er hier begegnen wollte, und seine Frau war sicher auch nicht weit.

Schnell drehte Horst sich mit seinem Wagen weg, um eine der hinteren Kassen anzusteuern, da rempelte er fast eine ältere Dame um.

„Vorsicht! Ei Horst, was machst du denn hier? Ich denke, deine Mutter will nicht, dass du hier einkaufst?“

„Guten Tag, Frau Schneider.“ Unwillkürlich wanderte seine Hand in den schweißnassen Nacken. „Ich ... ich wollte für Mutter noch einen Strauß Blumen ... hier ist die Auswahl größer“, entgegnete er.

Der strenge Blick seiner ehemaligen Grundschullehrerin Frau Schneider wanderte in den Einkaufswagen. „Soso, und die Lauchzwiebeln sollen dann wohl in die Vase?“

„Trudiii, wo bleibst du denn? Wir sind gleich dran!“

Die Köpfe mehrerer grinsender Kunden drehten sich dem Geschehen zu.

„Bin schon da, Helmut“, flötete die Dame mit hochrotem Kopf und eilte davon. Ihr „Grüß deine Mutter von mir, Horst!“, war kaum noch zu hören.

*

Eine knappe Stunde später hatte Horst den Einkauf glimpflich hinter sich gebracht, ohne weiteres Aufsehen zu erregen. Zu Hause angekommen räumte er leise die Sachen weg und stellte die Blumen, die er dann doch noch gekauft hatte, in eine Vase.

Vermutlich schlief seine Mutter auch die nächste Stunde weiter und so blieb ihm noch etwas Zeit. Der Rucksack mit der Drohne stand bereits an der Kellertür und wartete auf ihn. Mit einem Blick über die Schulter vergewisserte er sich, dass alles zu Mutters Zufriedenheit war.

Die Tür öffnete sich geräuschlos, dank seiner sorgfältigen

Pflege. Er schnappte den Rucksack, lauschte, auf der dritten Stufe angekommen, noch einmal nach oben und überstieg dann vorsichtig die vierte Stufe, die nach wie vor laut knarrte. Von diesem Geräusch wachte Mutter stets auf, das würde wieder Ärger geben.

Nachdem er sich seinen Kittel angezogen hatte, breitete er behutsam seine Baumwolldecke auf der unregelmäßigen Oberfläche der Hobelbank aus und strich sie sorgfältig glatt. Für einen kurzen Augenblick schloss er die Augen und genoss das flauschig-weiche Gefühl unter seinen Fingern, das ihn an das Fell eines Welpen erinnerte, den er nie haben durfte. Zu gerne hätte er als Kind einen Hund gehabt, aber seine Mutter hatte es ihm stets verwehrt. „Iwwerall die Hoarn", hatte sie ihn angeblafft, wenn er schüchtern seinen Wunsch äußerte, „unn donn der gonze Dreck, den die Viecher immer roitroche, des kimmt mer überhaupt net in Fraache!"

Horst nahm die Speicherkarte aus der Kamera der Drohne und schob sie in den Laptop. Nun war er gespannt, ob die Aufnahmen zu seiner Zufriedenheit ausgefallen waren. Die ersten Baumwipfel waren deutlich zu sehen, aber was danach kam, überstieg bei weitem seine Erwartung.

10

„Alle mal herhören, wir hatten vorhin einen Unfall mit Todesfolge auf der B44."

Der Leiter der Polizeistation Groß-Gerau, Polizeihauptkommissar Berthold Schwarz, hatte sich in die Mitte des Großraumbüros gestellt, in dem es wie immer ziemlich geräuschvoll zuging. Für einen Moment erstarb das Klappern der Tastaturen und die Gespräche der Kollegen verstummten.

„Der Fahrer, ein US-Amerikaner, ist mit seinem Alva von der Straße abgekommen und gegen einen Baum geprallt. Joe und Chris waren vor Ort und haben den Unfall aufgenommen. Wir brauchen noch zwei Leute für unser Ermittlerteam: Steffen und Tarik, ihr unterstützt die beiden."

Die Angesprochenen nickten zustimmend.

„Chris, hast du schon Kontakt zum amerikanischen Konsulat herstellen können?", fuhr Schwarz fort.

„Erledigt. In Frankfurt kümmern sie sich um die Benachrichtigung der Angehörigen."

Er wandte sich um. „Joe, was ist mit dem Staatsanwalt?"

„Der kam direkt an die Unfallstelle. Unser Zeuge, der Fahrradfahrer, hatte eine Drohne in der Nähe des Autos gesehen. Wir können nicht ausschließen, dass sie die Ursache für den Unfall war. Oder es war ein anderes Auto beteiligt", antwortete Joe.

„Gut, wissen wir schon etwas über die Identität des Toten?", fragte Schwarz.

„Er heißt Maxim Wills, kommt aus San Francisco und ist für Alva auf der IAA", antwortete Joe. „In seinen persönlichen Sachen haben wir einen Ausstellerausweis und eine Hotelbestätigung gefunden. Er wohnt hier in Groß-Gerau im Hotel Adler."

„Gut, dann fährst du gleich ins Adler und versiegelst das Zimmer. Bis auf weiteres darf da niemand rein und nichts verändert werden. Außerdem fragst du nach Kollegen von Wills. Wenn noch mehr Alva-Leute dort abgestiegen sind, gehst du heute Abend nach Schließung der IAA dorthin und sprichst mit ihnen."

„Okay Chef, wird erledigt", antwortete Joe.

„Steffen, du setzt dich mit Alva in Verbindung und informierst sie über den Tod ihres Mitarbeiters. Du, Tarik, kümmerst dich darum, dass das Auto möglichst schnell von den Technikern untersucht wird und wir einen Bericht bekommen. Die Amerikaner werden uns ziemlich schnell im Nacken sitzen."

„Alles klar, wird gemacht", erwiderte Tarik.

„So das war`s Leute, an die Arbeit!", schloss Schwarz das Briefing und verließ das Büro.

„Hey, was ist denn mit dir los?", fragte Chris vom Schreibtisch gegenüber. „Hat dir der Unfall auf den Magen geschlagen? War ja echt kein schöner Anblick."

„Das ist es nicht", antwortete Joe nachdenklich. „In meinem Jahr als Rettungssanitäterin war ich viel auf der Autobahn im Einsatz, da bin ich einiges gewohnt. Unfälle mit hohen Geschwindigkeiten sind echt übel. Und wenn erst mal die Feuerwehr anrücken muss, weißt du, was dich erwartet."

„Und was ist es dann?", hakte Chris nach.

„Irgendetwas geht mir nicht aus dem Kopf ... Ich kann es aber nicht so recht greifen. Es ist mehr so ein Gefühl", sagte Joe.

„Frauen und ihre Gefühle", spottete Chris. „Da verlasse ich mich doch lieber auf Fakten. Apropos: Mein Magen knurrt, kommst du mit zum ‚Gino'?"

Die Kollegen standen schon an der Tür und warteten. Das geschäftige Treiben im Großraumbüro hatte sich etwas gelegt, nur vereinzelt waren Telefonate zu hören. Joe hätte ein Zweierbüro mit Chris besser gefallen. Manchmal ging ihr das Gewusel ziemlich auf die Nerven. Aber es sollte die Kommunikation unter den Kollegen fördern. Platz für Privates blieb kaum, keine Wand für Bilder oder Ähnliches.

„Sorry, ich muss noch ins Adler, dann komme ich nach. Bis gleich."

*

Nach Feierabend griff Joe ihre Jacke, nahm ihren Autoschlüssel vom Schreibtisch und ging zum Parkplatz, wo ihr Adam stand. Beim Einsteigen fiel ihr Blick auf den kaputten Zipper ihrer neuen Jacke. Mist, dachte sie, bevor es kühler wird, muss ich mir einen neuen Reißverschluss besorgen. Das Einnähen wird Omama bestimmt für mich machen, aber komisch gucken wird sie wieder. Wird Zeit, dass ich mal bei ihr vorbeischaue, der letzte Besuch ist schon eine ganze Weile her. Omama kocht immer so leckere Sachen und mein Lieblingsessen Kartoffelpuffer mit Apfelmus ist deutlich überfällig.

Von der Gernsheimer Straße kommend bog sie in die Darmstädter ein. Sie erinnerte sich noch gut daran, wie dieser Bereich nach Kanalarbeiten neu gestaltet und die Verkehrsführung geändert worden war. Seither quälte sich eine oft nicht enden wollende Blechlawine Richtung Autobahn, die die Geduld der Autofahrer gehörig strapazieren konnte.

Mit dieser Maßnahme war zugleich die kurze Fußgängerzone geschaffen worden, mit der die Frankfurter Straße nun begann und die ihren Abschluss an der Kurve fand, an der die Mainzer Straße hinzustieß.

Joe bekam einen der wenigen freien Parkplätze, stieg aus und betrat das Hotel Adler. Am Tresen stand Frau Weber – wie schon am Vortag – und schaute auf, als Joe sich näherte.

„Ah, guten Abend Frau Kramer, haben Sie unseren Störenfried von gestern erwischt?"

„Leider nicht. Hat sich dem Zugriff entzogen. Möchten Sie Anzeige erstatten wegen seines Auftritts hier im Hotel?"

„Lassen Sie nur! So schlimm war das ja nicht", wiegelte Frau Weber ab. „So etwas kommt schon mal vor. Hauptsache unsere Gäste beschweren sich nicht. Was kann ich denn heute für Sie tun?"

„Ich hatte heute Morgen schon mit Ihrer Kollegin, Frau Keller, das Vergnügen. Ein Gast Ihres Hauses ist bei einem Autounfall tödlich verunglückt. Herr Maxim Wills aus den USA."

Frau Webers Augen weiteten sich erschrocken. „Was? Ich hab ihn heute früh noch verabschiedet", entfuhr es ihr. Sie wirkte betroffen.

„Wir haben sein Zimmer versiegelt", fuhr Joe fort.

„Das habe ich gar nicht mitbekommen", zeigte sich Frau Weber erstaunt.

„Wie viele weitere Gäste der Firma Alva sind denn momentan im Hotel?", fragte Joe weiter.

Frau Weber sah im Computer nach. „Aktuell sind nicht alle im Haus. Zwei von ihnen sitzen gerade in der Bar, hier gleich um die Ecke."

Das kam Joe sehr entgegen. „Danke sehr."

Sie betrat den geschmackvoll eingerichteten Raum und schaute sich um. Es war früher Abend und noch nicht viel los. Der Barkeeper stand mit einem Tuch in der Hand hinter dem Tresen und polierte Gläser. Nur ein Tisch etwas abseits der Theke war mit zwei Personen besetzt. Es handelte sich um einen Mann und eine Frau, die sich leise unterhielten und Joe nicht bemerkt hatten.

Joe trat zu ihnen. „Guten Abend, ich bin Polizeioberkommissarin Johanna Kramer von der Polizeistation Groß-Gerau. Sie sind beide Mitarbeiter der Firma Alva aus San Francisco?"

Der Mann nickte und sah sie erstaunt an.

„Sprechen Sie Deutsch?", versicherte sich Joe.

„Ja", antwortete der Mann. „Mein Name ist Bill Cummings, Leiter der Technik-Abteilung bei Alva. Ich habe einen Teil meiner Kindheit in Deutschland verbracht und bin hier zur Schule gegangen. Mein Vater war als Oberstleutnant der US Army lange in Wiesbaden-Erbenheim stationiert." Er machte eine Handbewegung in Richtung seiner Begleiterin. „Das ist Deborah Taylor, Leiterin der Entwicklungs-Abteilung."

Joe atmete auf. Bis auf den amerikanischen Akzent sprach er perfekt Deutsch. Sie war über ihr Schulenglisch nie hinausgekommen.

Joe setzte sich. „Kennen Sie Maxim Wills?"

Cummings nickte. „Er gehört zu unserem Team auf der IAA. Ist etwas passiert?"

„Herr Wills ist heute Morgen bei einem Autounfall ums

Leben gekommen."

Cummings wurde bleich, Deborah Taylor riss die Augen auf und bedeckte ihren Mund mit der flachen Hand. Dann sagte sie etwas auf Englisch, das Joe nicht verstand.

Cummings fing ihren irritierten Blick auf. „Deshalb ist er also heute nicht am Stand erschienen", übersetzte er und fügte erklärend hinzu: „Frau Taylor versteht Deutsch, spricht es aber nicht. Ich werde daher dolmetschen."

Joe lächelte dankbar.

„Was ist genau geschehen?", wollte Cummings wissen.

„Sein Auto ist auf der B44 von der Fahrbahn abgekommen und gegen einen Baum geprallt."

„Wie konnte das passieren?", fragte Cummings.

„Das wissen wir noch nicht. Das Unglück geschah heute Morgen und wir ermitteln noch."

Cummings starrte vor sich hin und schüttelte dann den Kopf. „Das kann ich nicht so recht glauben. Nicht bei dem Auto ... Wir haben doch Technik dafür, damit so etwas nicht vorkommt." Er trank mit einem tiefen Schluck seinen Whiskey aus und bestellte sich gleich einen neuen. Joe machte eine abwehrende Handbewegung in Richtung Barkeeper, sie wollte nichts trinken.

„Das kann doch nicht wahr sein", fügte Frau Taylor hinzu.

„Was vermuten Sie?", fragte Joe. „Etwa Selbstmord?"

„Gott bewahre, nein. Maxim liebte es, schnell zu fahren. Aber er war ein guter und sicherer Fahrer, kein Raser. Er lebte in stabilen familiären Verhältnissen, seine Ehe war glücklich, beruflich lief alles bestens; für Selbstmord gab es also keinen Grund."

„Haben ihn Angehörige nach Deutschland begleitet?"

„Nein, er ist rein geschäftlich hier." Cummings versank in Schweigen und ließ die Eiswürfel im leeren Glas kreisen. Er war sichtlich aufgewühlt, Joe ließ ihm Zeit. Frau Taylor hatte die Augen niedergeschlagen, wirkte abwesend und war bislang sehr still gewesen.

„Er war so ein guter Mensch“, hob Cummings erneut an. „Immer fair in seinen Entscheidungen und bei seinen Mitarbeitern sehr beliebt.“

„Im ganzen Unternehmen“, ergänzte Deborah Taylor. Ihr Blick bekam trotz der Trauer etwas Verklärtes. „Gutaussehend, charmant, die Frauen mochten ihn.“

„Und die Männer respektierten ihn“, vervollständigte Cummings. Sein neuer Drink wurde gebracht. Frau Taylor trank erstmals von ihrem Kaffee, seit Joe mit am Tisch saß.

„Welche Position hatte er bei Alva?“

„Er war Teil der Geschäftsleitung. Und in dieser Funktion häufig auf Dienstreise, vornehmlich durch Europa und den USA.“

Joe sog die Informationen auf. Sie war auf einem guten Weg. Das Bild begann sich zu vervollständigen. „Was ist mit seiner Familie?“

„Er war verheiratet und hatte zwei Töchter im Teenager-Alter.“

„Klingt nach einem glücklichen Leben, meinen Sie nicht?“

Ihre Gesprächspartner zögerten. Dies war die erste Frage, die sie nicht unmittelbar beantworteten. Joe überlegte, ob das etwas zu bedeuten hatte.

„Ich glaube nicht, dass sie etwas vermisst haben“, antwortete Cummings schließlich. „Aber was ist Glück, was Zufriedenheit? In das tiefste Innere eines Menschen kann man nun mal nicht blicken. Maxim war ein bodenständiger Mann. Natürlich ging es ihm gut und er konnte sich gewiss manches leisten, was für andere ein Traum bleiben wird. Aber es war ein bescheidener Luxus, wenn Sie verstehen, was ich meine. Er warf sein Geld nicht zum Fenster raus, aber er gönnte sich durchaus das eine oder andere und genoss das Leben. Ich denke da vor allem an sein Segelboot.“

Bevor Joe an dieser Stelle einhaken konnte, ergänzte Frau Taylor: „Lucille und Maxim gaben oft Partys. Sie liebten die Geselligkeit, hatten gerne Freunde um sich herum. Und davon gibt es viele. Mitunter waren auch Mitarbeiter eingeladen, zu denen sich ein engeres Verhältnis entwickelt hatte. Die beiden waren ein harmonisches Paar." Deborah schüttelte den Kopf. „Ich kann noch nicht begreifen, dass Maxim tot sein soll. Ich muss immerzu an Lucille und die Kinder denken. Wissen sie es schon?"

„Wir haben die Botschaft verständigt, sie veranlassen alles Weitere."

Joe dachte kurz nach. Das alles klang sehr nach einem völlig normalen Leben. Sie wurde für einen Moment unsicher. Sollte sich ihre Ahnung als Hirngespinst erweisen? Vielleicht steckte hinter dem Unfall doch nichts Ungewöhnliches. Und trotzdem sagte ihr eine innere Stimme, dass sie weiter graben müsse. Für den Augenblick hatte sie jedoch keine Fragen mehr und stand auf. „Das war sehr interessant. Vielen Dank, dass Sie mir Ihre Zeit geschenkt haben."

Sie wollte sich schon abwenden und gehen, als Bill Cummings sie zurückhielt: „Darf *ich* Sie jetzt noch etwas fragen?"

Joe wandte sich ihm zu. „Natürlich."

„Es geht um das Auto", sagte er. „Was passiert mit unserem Wagen?"

„Die Umstände des Unfalls sind noch unklar. Das Fahrzeug wird noch untersucht. So lange behalten wir es und informieren Alva, wenn die Untersuchung abgeschlossen ist. Wie lange sind Sie noch in Deutschland?"

„Bis zum Ende der IAA."

„Wir halten Sie auf dem Laufenden." Sie reichte Cummings und Taylor die Hand und verabschiedete sich.

Joe hatte gehofft, aus der Befragung von Maxims Kollegen einen Hinweis zu erhalten; irgendetwas, das ihr weiterhelfen würde. Aber die Aussagen liefen alle auf eines hinaus: Es war ein stinknormaler Unfall gewesen.

Nachdenklich ging sie zur Rezeption und ließ sich von Frau Weber die Karte von Maxim Wills Zimmer geben: „301, die Juniorsuite."

Joe nahm die Karte und ging zum Aufzug. An der Tür brach sie das Siegel. Im Zimmer sammelte sie sich und überlegte, wie die Spurensicherung vorgehen würde: Auf jeden Fall dürfte sie nichts anfassen und müsste sehr vorsichtig sein.

Am besten alles fotografieren, das kann ich mir dann nachher in aller Ruhe anschauen.

Das Zimmer war modern eingerichtet, ein Designersofa und ein Sessel in cremefarbenem Leder mit dazu passendem Tisch in Rauchglas. Teppichboden, der jeden Schritt dämpfte, und schwere, dunkelrote Samtvorhänge.

Joes Blick fiel auf das gemachte Bett. War das Zimmermädchen etwa doch vor der Versiegelung im Zimmer gewesen und hatte aufgeräumt? Aber auf dem Sessel lag seine Kleidung recht unordentlich auf einem Haufen, das passte so gar nicht zusammen.

„Na du lieber Familienmensch, wo waren wir denn gestern Nacht?“, sprach Joe zu sich selbst.

Vorsichtig nahm sie sein Hemd und roch daran: „Wenn das mal kein weiblicher Duft ist ... Und das am Kragen, rötlich, könnte Lippenstift sein.“

Im Schrank fand sie eine Reihe Anzüge und weiße Hemden, der übliche Business-Look, nichts Besonderes, nur ein Golf-Outfit stach etwas hervor.

Auf der Suche nach persönlichen Gegenständen blieb ihr Blick auf dem Nachttisch hängen. Ein Familienfoto, wahrscheinlich Maxim mit Ehefrau und seinen beiden Töchtern.

Nachdem sie alles mit ihrem Handy fotografiert hatte, ging sie ins Bad. Dort entdeckte sie die typisch männlichen Accessoires: Nassrasierer, Rasierschaum, Aftershave. Es hing noch ein leichter Duft nach Zedernholz und Limette im Raum, eine maskuline Mischung. Ein Duftflakon stand auf der Ablage: ‚Nature‘ von Yves Rocher. Joe konnte nicht widerstehen, daran zu schnuppern. „Könnte mir auch gefallen“, sinnierte sie. Auch dort hielt sie alles mit ihrem Smartphone fest.

Zurück im Zimmer ließ Joe zum Abschluss noch einmal den Blick schweifen. Auf der Kommode lag ein Stapel Flyer, den sie jetzt erst bemerkte. Neugierig nahm sie einen davon und stellte fest, dass es ein Werbeprospekt für den neuen Alva war. Augenscheinlich genau das Auto, das Maxim Wills gefahren hatte. Intuitiv steckte sie ihn ein.

Joe verließ das Zimmer, versiegelte es wieder und begab sich zurück in die Eingangshalle. Dort reichte sie Frau Weber die Zimmerkarte und verabschiedete sich.

Joe verließ das Hotel und lief die Kirchstraße entlang zu ihrem Auto. Sie stieg ein und schaute sich die Fotos auf ihrem Handy an, konnte jedoch nichts Auffälliges erkennen. Rasch überflog sie den Flyer. Immer noch hatte sie das Gefühl, dass etwas nicht zusammen passte. Ihr Blick fiel auf die Uhr am Armaturenbrett: 20 Uhr! Simone! Das Jazzkonzert! Oh nein!

11

Wilfried Katz keuchte. Sein grüner Parka klebte ihm wie eine zweite Haut am Körper. Gerannt war er, mit seinem selbstgebastelten Pappschild, ein erstes Zeichen des Widerstandes wollte er setzen. Nicht viele waren zu radikalen Maßnahmen bereit. Er schon. Die Menge hatte ziemlich blöd dreingeschaut, und sofort kam diese junge Kommissarin hinter ihm her, mit ihrer Waffe am Halfter. Sollte sie mal nur in Versuchung kommen, er war immer vorbereitet. Das Phantom konnte sich noch schnell aus dem Staub machen und seine Botschaften übermitteln. Er war wieder unerkannt geblieben. Das war sein Ziel. Es war aber erst der Anfang gewesen. Seine Kampfbereitschaft hatte er in den Startbahn-West-Zeiten schon mehrfach bewiesen, auch wenn es nicht zum gewünschten Erfolg geführt hatte. Das sollte nun anders werden. Dieses Mal würde er siegen und es würde kein Werk in Wallerstädten gebaut werden. Technik war ihm verhasst, die Liebe zur Natur und ihrer Unberührtheit hatten sich wie eine fixe Idee in ihm breitgemacht. Er konnte mit Stolz von sich sagen, dass er militanter Umweltschützer war.

Neulich war ihm zu Ohren gekommen, dass diese Heuchler aus dem Ort, die damals eine Bürgerinitiative gegründet hatten, heute Abend eine Versammlung abhalten würden. Der Weg zum Gasthaus Zum Löwen war nicht weit und er wollte unerkannt an den Gesprächen teilhaben. Für ihn war das alles nur loses Geschwätz ohne wirkliche Ergebnisse und ohne den nötigen Schuss Radikalität. Ein Kuschelkurs, der ihm zuwider war.

Katz nahm seinen Kamm, um seine fettigen Haare nach hinten zu kämmen, und machte sich in seinem vor Dreck und Gestank stehenden Parka auf den Weg ins Gasthaus.

Er nahm in einem Zwischengang Platz, von dem er Blick auf den Versammlungsraum und die Gaststätte hatte, jederzeit bereit auch schnell wieder verschwinden zu können.

Die Wirtin machte keinen Hehl daraus, wie angewidert sie von ihrem Gast war und warf ihm aus gebührender Entfernung die Karte auf den Tisch.

Im Gasthaus Zum Löwen waren schon einige Mitglieder der BI versammelt. Sie wurde bereits 1997 gegründet, nachdem das Safariland seine Pforten für immer schließen musste und es unklar war, welche Projekte nun auf dem verbleibenden Gelände verwirklicht werden sollten. Die Europapark GmbH hatte einen großen Plan vorgelegt, der glücklicherweise auch durch ihr Mitwirken nicht verwirklicht werden konnte. Zumindest redeten sie sich das schulterklopfend ein. Immer wieder gab es bewegende Themen, zu denen sich ein Teil der Bewohner seit zwanzig Jahren in unregelmäßigen, aber zahlreichen Versammlungen im Löwen trafen. Zum 1.1.1977 waren sie der Kreisstadt im Zuge der Gebietsreform Groß-Gerau zugeteilt worden und auch dieser Umstand bewog noch viele echte Wallersteerer die Entscheidungen der Kreisstadt nicht immer auch zu ihren Entscheidungen werden zu lassen.

Katz amüsierte sich, als er Alois Zimmer erblickte, den Leiter der BI. Er war Besitzer eines landwirtschaftlichen Betriebes, der einst den Eltern seiner Frau Andrea gehört hatte und durch den Alois zu einem reichen Bauern geworden war. Heute schien er wieder mal den Vorzeige-Ehemann zu spielen, obwohl jeder im Ort wusste, wie gerne er das auch immer wieder vergaß.

Da konnte seine Andrea noch so stoisch bleiben und immer wieder gute Miene zum bösen Spiel machen, wenn Katz ihr reinen Wein einschenkte, wo und vor allem mit wem er Alois alles beobachtet hatte.

Der Versammlungsraum im Löwen war von der Gaststätte etwas abgetrennt und die Tür geöffnet. So konnte er wunderbar die komplette Versammlungstruppe beobachten. Alois thronte wie ein König am Kopf der aufgestellten Tischordnung. Ihm fehlte nur noch die Krone und das Zepter. Sein huldvolles Lächeln, das er jedem Teilnehmer schenkte, war filmreif.

Mit schnellen Schritten passierte Jürgen Frommer den Tisch von Wilfried Katz. Na, das konnte ja noch lustig werden, wenn die beiden Kampfhähne aufeinandertreffen würden. Allein deswegen hatte es sich schon gelohnt herzukommen, dachte Katz, und er konnte sich ein Lachen kaum verkneifen.

Alois‘ Miene verzog sich zu einem hämischen Grinsen, als Jürgen den Raum betrat.

Katz bemerkte, wie eine kurz Stille im Raum eintrat, als ein Stuhl lärmend zurechtgerückt wurde und sich jemand darauf warf. Er glaubte, den Gong hören zu können, der Runde 1 eröffnete.

„Ich würde dann gerne anfangen, wir haben einiges zu besprechen“, ermahnte Alois die Gruppe und vor allem Jürgen zur Ruhe. Ein Großteil der Teilnehmer war aus Sensationslust anwesend und die Gespräche erstarben nur zaghaft. Mit zwei lauten Stockschlägen auf den Boden, kam Alois dem König mit Zepter dann doch unfreiwillig nahe und alle Blicke richteten sich auf ihn.

„Wie einige von euch wohl schon mitbekommen haben, soll in naher Zukunft ein Werk des amerikanischen Elektrofahrzeugherstellers Alva errichtet werden. Das Ausmaß der Belastung für uns ist den Politikern in Gere nicht bewusst. Sie ignorieren gezielt und bewusst, wie sehr wir bereits durch das ehemalige Mitsubishi-Geländes in Geinsheim belastet sind. Der Bau eines Werkes schräg gegenüber der Tennisanlage macht aus unserem Wallerstädten einen Ort des Grauens."

Erste Zwischenrufe ertönten, Diskussionen wurden vereinzelt geführt und die Ruhe wich einem Stimmengewirr aus Aggression, Wut und Entsetzen.

„Es ist mir zu Ohren gekommen, dass es hier einige Wallersteerer gibt, die auch mit Gewalt gegen diese Ignoranten und Spekulanten vorgehen möchten. Im Protokoll möchte sicher keiner davon etwas lesen, da wir offiziell natürlich nur den Widerstand anstreben können, den uns die Gesetzeslage einräumt."

Aus dem Schutz der Menge rief jemand: „Geschwätz, der Zimmer will nur seine eigenen Schäfchen ins Trockene bringen!" Zustimmender Applaus machte sich breit und Katz konnte erkennen, wie Alois' Stirn sich wütend in Falten legte.

„Sowas kann doch nur vom Frommen Jürgen kommen", brach es unkontrolliert aus Alois heraus. „Geh deine Opel-Königin schrubben, vielleicht ist noch Kotze dran. Wenn du etwas Kultiviertes beisteuern kannst, würdest sogar du mal Eier zeigen können."

Gelächter und Zustimmung machten sich im Raum breit. Runde 1 schien an Alois gegangen zu sein.

Im Ort hatte sich schnell herumgesprochen, dass Jürgen seinen heißgeliebten Opel mit seinem Mageninhalt versehen hatte, weil ihm offensichtlich der Artikel des Rasenden Rolands über den Fortschritt der Gespräche über das neue Alva-Produktionswerk auf den Unterleib geschlagen war. Jürgens Aufschrei war keinem seiner Nachbarn entgangen.

Kurz drauf rauschte Jürgen mit hochrotem Kopf an Katz vorbei zur Toilette. Mit der Hand fest seine Bierflasche umschlossen, die unter dem Druck zu zerplatzen drohte, und einem deutlichen Hervortreten der Kiefermuskulatur. Da war aber jemand geladen.

Katz konnte sich gut an die gemeinsame Geschichte von Alois und Jürgen erinnern, die seit Kindertagen zunächst glücklich, dann voller Abneigung miteinander verbunden waren. Für Alois war das Abenteuer mit Uschi Frommer nur eines von vielen gewesen, einige der Frauen erhofften und versprachen sich mehr.

Uschi Frommer war damals eine wahre Klette gewesen und es kam zwischen ihm und Jürgen immer wieder zu unschönen Szenen, wenn sie sich über den Weg liefen. Sie kannten sich bereits seit der Grundschule und der Fromme Jürgen, wie ihn Alois getauft hatte und er von vielen genannt wurde, war nur auf den ersten Blick so zurückhaltend, wie er wirkte. Alois provozierte ihn gerne und Uschi war damals sein absoluter Triumph über Jürgen. Seine Trophäe. Sie musste ihm hörig gewesen sein und stellte Jürgen damit vor allen Leuten bloß. Katz war damals froh gewesen, sich nichts aus Frauen zu machen. Schnell war Alois von Uschi gelangweilt und so glaubten alle, dass sie sich von einer Autobahnbrücke in den tosenden Verkehr gestürzt und ihrem Leben damit ein Ende gesetzt hatte.

Im Ort munkelte man, dass Jürgen Alois die Schuld gab an seiner ganzen Misere und seiner Einsamkeit. Auslöser für den beginnenden Dauerstreit zwischen Jürgen und Alois war Alois' heißgeliebtes Fahrrad in der Grundschule, welches

Jürgen zu Klump gefahren hatte. Katz hatte schon des Öfteren mitbekommen, wenn Alois bierselig schwadronierte, dass außer einem „Tschuldigung“ von Jürgen nichts gefolgt war, und so war sein glühender Zorn auch nach so langer Zeit immer noch ein loderndes Feuer.

Katz konnte von seinem Sitz aus die lauten Rufe, den Applaus und die Diskussion gut verfolgen. Er trank eine Apfelsaftschorle. Alkohol war ihm zuwider und auch für den selbstgekelterten Äppler aus dem Gasthaus konnte er sich entgegen der Meinung der restlichen Besucher nicht erwärmen.

Die Diskussionen versandeten in selbstdarstellerischen Äußerungen diverser Teilnehmer. Noch schien sich Alois in seiner Führungsrolle zu sonnen und am Rande der Versammlung kam es zu hitzigen Gesprächen, die auch dem Alkohol geschuldet waren. Konflikte, die hier nichts zu suchen hatten, entluden sich und so eskalierte die Stimmung in heißen Parolen und Belanglosigkeiten. Katz nahm es mit Genugtuung wahr, was sich da für Anfänger versammelt hatten. Er lachte still in sich hinein.

„Tut mir leid, mir geht‘s nicht gut“, stammelte Alois plötzlich und machte sich schwankend auf den Weg zum Ausgang des Versammlungsraumes. Katz konnte sehen, wie Alois kalkweiß und durchgeschwitzt den Raum mit deutlichen Gangschwierigkeiten verließ, sich an die Brust fasste, und keuchte. Ihm schien alle Energie zu entweichen.

„Wer voll ist, geht heim“, hörte er es an sein Ohr dringen. „Mensch Alois, du siehst schlecht aus, kann ich dir helfen?“, rief es aus einer anderen Richtung.

Jürgen trat kurz darauf in den Türrahmen und Katz erkannte einen Gesichtsausdruck, der sogar ihm einen kalten Schauder über den Rücken laufen ließ. Jürgen ging wie eine Raubkatze, die ihr Opfer gleich überwältigen würde, bereit zuzuschlagen, hinter Alois her und hinaus aus dem Löwen.

Bevor sich Katz aus der aufbrechenden Versammlung unbemerkt verabschiedete, um nicht zu viel Aufsehen zu erregen, vernahm er noch, wie die erst 21-jährige Protokollantin Sophia von Dimpel ihr Schriftstück mit den Worten „Eine Mobilmachung der Bevölkerung gegen den Bau des Elektrofahrzeugwerkes hat oberste Priorität" verlas. Der Aufmarsch zum Stadthaus wurde auf Sonntag, den 24.9.2017 um 10.30 Uhr datiert.

12

„Verdammter Mist!"

Die Scheibe der Haustür hinter ihr klirrte immer noch. Joe erkannte sich selbst nicht mehr. Sie hatte das Jazz-Konzert vergessen! Hatte Simone am Ende recht? So unzuverlässig war sie doch sonst nicht. Unschlüssig machte sie einen Schritt nach vorne, schaute nach oben. War da nicht gerade das Fenster von Simones Wohnzimmer aufgegangen?

Nein! Na gut, dann nicht.

Joe seufzte. Es nutzte nichts. Sie stopfte ihre Hände in die Fleece-Jacke und setzte sich Richtung Auto in Bewegung.

Es hätte ein wunderschöner lauer Sommerabend werden können. Genau wie sie es mochte. Ein Feierabend-Bierchen, was könnte es Schöneres geben? Gemeinsam den Tag ausklingen lassen.

Pustekuchen!

Sie stieg in den Adam und suchte sich Baker Street von Gerry Rafferty aus ihrer Playlist. Eine Runde Selbstmitleid war angesagt. Das klappte am besten mit dem weltbesten Saxophonsolo. Obwohl sie Jazz bevorzugte und beim Üben zu Hause hauptsächlich Jazz-Stücke nachspielte. Ausnahmesituationen erforderten Ausnahmemusik.

Sie fuhr los.

Dann mach ich mir eben allein einen schönen Abend und grill daheim, dachte sie. Wo kann ich mir denn noch ein paar Würstchen holen? Funk hat schon zu, Dornheimer Hoflädchen auch, bleibt Helvetia Parc. Geht doch.

Auf dem Weg war ihr Trotz schnell verflogen. Ob man das schon zur ‚posttraumatischen Belastungsstörung' zählte? Joe hatte schon so einige Verkehrsunfälle im Raum Groß-Gerau aufgenommen, Bremsspuren untersucht, Ausweichmanöver nachvollzogen. Aber heute Morgen, diese Heftigkeit, diese Wucht des Aufpralls, da war etwas Unausweichliches geschehen. Da war kein Entrinnen möglich gewesen. Wieso musste sie ständig über diesen blöden Unfall nachdenken? Unfälle waren in ihrem Job nun wirklich keine Seltenheit. Gerade die B44 Richtung Mörfelden durch den Wald unterschätzten Autofahrer gern. Die gerade Strecke schien praktisch zum schnellen Fahren und unüberlegtem Überholen einzuladen. Da passierte ständig was. Aber die Umstände waren diesmal ungewöhnlich. Dieses merkwürdig futuristisch anmutende Fahrzeug, ein Prototyp auf dem Weg zur IAA, wie sich herausgestellt hatte. An dem Auto hatte scheinbar überhaupt nichts funktioniert. Warum ist er ungebremst von der Spur abgekommen? Warum war der Airbag nicht ausgelöst worden? Was war mit dem Sicherheitsgurt? Und vor allem: Was zum Teufel sollte das mit der Drohne?

Es ging schon wieder los. Tatsächlich, Simone hatte recht! Aus irgendeinem Grund war sie viel zu betroffen von dem Unfall. Lag es an dem Opfer? Seit sie heute Morgen sein Foto auf dem Messeausweis gesehen hatte, ging ihr das Bild von seinem blutüberströmten Kopf nicht aus dem Sinn. Amerikaner, 1,93 groß, nur wegen der IAA hier.

Sie musste sich irgendwie ablenken. So würde sie heute Abend keine Ruhe finden. Wochenlang hatten sie sich beide auf heute gefreut. Wie konnte sie das vergessen?

Simone hatte wirklich super ausgesehen in dem neuen grünen Kleid. Die blonden Haare gekonnt hochgesteckt, ein aufregendes Make-up mit verruchten Smokey-Eyes, hochhackige Pumps, alles farblich perfekt aufeinander abgestimmt.

„Oha“, war alles, was sie bei Simones Anblick unter vollen Segeln rausbrachte. Daneben sie selbst. Alte Fleecejacke voller Katzenhaare, ausgefranste Jeans und die abgetretenen Wanderschuhe. Simones entgeisterter Blick sprach Bände.

Sie hatte gar nicht erst versucht, sich rauszureden. Was hätte sie auch sagen sollen? Sorry, Liebes, der Autohersteller, gegen den ihr hier so eifrig demonstriert, hat seinen neusten Prototypen samt vertrieblichem Hoffnungsträger in den Mörfelder Wald geschossen. Und ich denke lieber darüber nach, was mir an der ganzen Sache Spanisch vorkommt, statt mit dir auf das Jazz-Konzert zu gehen, für das wir uns schon vor Wochen Karten besorgt haben. Der enttäuschte Blick von Simone machte ihr ein schlechtes Gewissen. Und getreu dem Motto ‚Angriff ist die beste Verteidigung‘ ergab dann ein Wort das andere.

Deswegen saß sie jetzt hier im Auto und musste alleine grillen – blöder Stolz.

Zu Hause angekommen roch es wider Erwarten verführerisch nach Grillkohle. Maja, Jasper und der Kugelgrill standen auf dem Rasenstück hinter dem Haus.

„Was machst du denn hier?“ Maja stocherte in der glühenden Kohle. Jasper saß am Camping-Tisch und daddelte auf seiner Playstation Vita. Er würdigte sie keines Blickes. „Wolltest du nicht mit Simone ...?“

„Ich glaube, das wird heute nix.“ Joe packte ihr Grillgut aus und nahm sich ein Bier. „Frag nicht, es war heute sowieso ein verkorkster Tag.“

„Ist was passiert?“, entgegnete Maja.

„Ein Unfall ... Aber sei mir nicht böse, jetzt ist Feierabend ...“, schnaubte Joe und nahm einen Schluck Bier.

„Wie wäre es mit einer Runde Saxophon?“, schmunzelte Maja. „Jetzt kriegst du noch keinen Ärger mit den Nachbarn."

Nach einer Viertelstunde hatte sie sich den Frust von der Seele gespielt und ihr knurrender Magen trieb sie wieder hinunter zum Grill.

„Jasper? Jasper? Dein Würstchen ist fertig", rief Maja gerade nach ihrem Sohn. Wo steckte er denn bloß?

Statt Jasper hörten sie einen Knall. Etwas schlug gegen den Grill, der bedenklich ins Wanken geriet. Jaspers ferngesteuertes Auto. Das hatte Joe ihm zu seinem letzten Geburtstag geschenkt. Knallrot war es und prallte unablässig an die Beine des Grills.

„Jasper, was soll denn das? Dein Auto geht doch kaputt, was machst du denn da?", fragte Joe.

Das Auto rollte langsam zurück und schoss erneut mit voller Wucht gegen den Grill.

Joe griff danach und hielt es vor sich. Die Räder drehten durch. „Jasper, lass das jetzt! Du machst dein Auto kaputt."

„Da sitzt ein böser Mann drin. Das Auto muss fahren. Der böse Mann geht tot", erwiderte er.

„Jasper, was ist denn das für ein komisches Spiel?" Joe stellte das Auto ab und wollte Jasper in die Arme nehmen. Aber auch wenn er das jetzt gebraucht hätte, er würde es niemals zulassen. Also schaute sie ihn nur an. „Da sitzt ein böser Mann drin?" Auf was für Ideen kam das Kind denn auf einmal?

Unwillkürlich flogen ihre Gedanken wieder zurück zum Unfall. Ein Kugelgrill war zwar nicht im Spiel gewesen, aber vielleicht hatte da auch jemand nachgeholfen?

13

Samstag, 16. September

Joe parkte ihren Opel Adam auf dem Mitarbeiterparkplatz. Im Seitenspiegel überprüfte sie den korrekten Sitz ihrer Uniform. Die Schuhe hatte sie auf Hochglanz poliert. Sie überquerte den Parkplatz und betrat die Polizeistation am Europaring, nickte dem Kollegen an der Pforte einen freundlichen Gruß zu und eilte in Richtung Treppenhaus. Zwei Stufen auf einmal nehmend erreichte sie den ersten Stock. An geschlossenen Türen vorbei lief sie zum Ende des Ganges, blieb an der vorletzten Tür stehen und sammelte sich kurz für ihr wichtiges Anliegen. Auf ihr Klopfen tat sich nichts. Entschlossen drückte Joe die Klinke nach unten und betrat das Vorzimmer ihres Chefs. Erstaunt blickte sie auf den verwaisten Schreibtisch. Frau Bender, die Sekretärin war nicht an ihrem Platz. Ja, klar heute war ja Samstag.

Unschlüssig blieb Joe einen Moment mitten im Raum stehen. Durch die geöffnete Tür zum Nachbarzimmer konnte sie Berthold Schwarz telefonieren hören.

Joe hüstelte verhalten, ging zur Bürotür und klopfte zaghaft an den Rahmen.

Berthold Schwarz wendete sich ihr zu und runzelte die Stirn. Mit den Worten: „Ich melde mich später noch einmal, es ist eine Mitarbeiterin hereingekommen“, beendete er das Telefonat.

„Tut mir leid, dass ich Sie störe, aber das Vorzimmer ist nicht besetzt.“

Der Dienststellenleiter kam um den Schreibtisch herum und stand in seiner blauen Uniform vor ihr. „Hallo Frau Kramer, meine Assistentin Carola Bender hat Wochenende.“ Er streckte die Hand zum Gruß aus.

Joe ergriff sie, schaute zu dem großen breitschultrigen Mann auf und sagte freundlich: „Guten Morgen, Herr Schwarz.“

Ihr Chef erwiderte den Händedruck. „Man wird sehen, ob es ein guter Morgen ist.“ Er drehte ihr den Rücken zu, wies auf einen Stuhl und nahm hinter seinem Schreibtisch Platz. Joe ließ sich nieder, schlug die Beine übereinander und sah ihren Chef an.

„Nun, Frau Kramer. Was kann ich für Sie tun?“, kam er direkt zur Sache. Small Talk war nicht seine Stärke, besonders nicht Joe gegenüber.

Joe blickte ihm in die Augen. „Es geht um den Unfall gestern auf der B44. Ich habe mich abends noch einmal mit dem Ablauf beschäftigt, es gibt da etwas, was mir merkwürdig vorkommt.“

„Ist das die Sache mit dem US-Amerikaner?“, unterbrach Schwarz ihren Vortrag. „Ich will keine diplomatischen Verwicklungen oder Schwierigkeiten mit der amerikanischen Botschaft.“

„Bitte hören Sie mir kurz zu! Ich möchte Ihnen gern meine Bedenken schildern.“

Schwarz lehnte sich in seinem Sessel zurück, das hellblaue Hemd spannte über seinem Bauch, und er schloss kurz die grauen Augen. Er öffnete sie wieder, beugte sich vor und schaute Joe durchdringend an: „Sie haben fünf Minuten, um mich zu überzeugen!“

Joe richtete sich gerade auf. „Meiner Meinung nach besteht der dringende Verdacht, dass wir es nicht mit einem Verkehrsunfall zu tun haben, sondern mit einer beabsichtigten Tötung durch Fahrzeugmanipulation.“

Schwarz verdrehte die Augen: „Zu viele schlechte Filme geschaut, oder wie kommen Sie auf solche Ideen?“

„Internetrecherche! Ich hab mir die Nacht um die Ohren geschlagen.“ Joe legte eine bewusste Pause ein und beobachtete die Reaktion ihres Gegenübers, bevor sie fortfuhr: „In der Autoindustrie wird die automatisierte Kommunikation der einzelnen Steuerungsmodule im Fahrzeug über einen sogenannten CAN-Bus gesteuert. Zwar nutzen die Hersteller ein System ähnlich einer Firewall, um zu verhindern, dass bei einem eventuellen externen Angriff auch auf sicherheitsrelevante Funktionen Einfluss genommen werden kann ..."

„Stopp! Stopp!", griff Schwarz ein. „Ich verstehe nicht, wovon Sie da reden!"

„Okay, also ich versuche es einfacher: Es scheint Schwachstellen in den Elektrofahrzeugen zu geben. Ein Hacker hat die Möglichkeit, nicht direkt durch Eingriff auf die Software, sondern über die Einschleusung eines beschädigten Bits bei der Informationsweitergabe, das System zu täuschen und dadurch in den Prozess einzugreifen. Voraussetzung ist allerdings, dass der mutmaßliche Hacker umfassende CAN-Kenntnisse und Zugriff auf das Netzwerk im Fahrzeug hat. Zum Beispiel über die WLAN- oder die Mobilfunkverbindung des Infotainment-Systems. Dazu ist es nicht einmal notwendig, dass der Eindringling sich in der Nähe des Fahrzeugs aufhält." Joe holte Atem und sagte: „Chef, bitte lassen Sie mich kurz an Ihren PC, dann zeige ich Ihnen die entsprechenden Artikel."

Schwarz war beeindruckt. „Ähhh, ja ...!" Er wollte dies aber nicht zu offensichtlich zeigen, also drehte er die Tastatur und den Monitor in Joes Richtung und nickte auffordernd.

Joe gab den Suchbegriff ‚Car hacking' in den Browser ein und sofort erschienen mehrere Meldungen über das Thema. Sie wies auf einen Artikel, der gestern schon ihre Aufmerksamkeit erregt hatte.

„Hier sehen Sie, da wurde das autonome Fahrsystem gehackt und das Auto in ein Waldstück gelenkt. Das Fahrzeug war in London unterwegs und der Hacker saß in Australien", zeigte Joe auf den Bericht, indem sie den Bildschirm wieder zu ihrem Chef drehte.

Schwarz beugte sich interessiert vor. „Wieso beschäftigen Sie sich überhaupt mit dem Thema?"

„Die Situation an der Unfallstelle kam mir merkwürdig vor, keine Bremsspuren auf der Straße und der Airbag hat sich nicht geöffnet. Bei diesem Auto handelte es sich um einen mit

Hightech vollgepackten Prototypen. Der Ausfall des Sicherungssystems an zwei Stellen gleichzeitig ist also mehr als unwahrscheinlich! Nach Aussagen der Kollegen von Maxim Wills deutete nichts auf einen Selbstmord hin ..."

„Haben Sie etwa mit ihnen gesprochen?"

„Ja, Chef."

„Sie haben also eigenmächtig ermittelt?"

„Äh ja ... Es kam mir komisch vor." Schnell fügte sie hinzu: „Es gibt auch keinen Abschiedsbrief. Und der Unfallzeuge erinnerte sich an eine Drohne in der Nähe. Als ich später ein Kind mit einem ferngesteuerten Auto habe spielen sehen, machte es plötzlich klick." Joe beendete ihre Ausführungen mit geweiteten Augen, als wolle sie sagen: Bitte glauben Sie mir! Hier stimmt was nicht!

Ein Moment herrschte Schweigen. Schwarz blätterte durch weitere Artikel und fragte: „Was war das gestern für ein Auto?

„Ein Elektroauto von Alva, Technologie auf modernstem Stand."

„Ein Alva sagen Sie? Moment! Ist das nicht dieser Ami-Konzern, der hier in Groß-Gerau oder Wallerstädten eine Produktionsstätte bauen will?" Schwarz richtete sich in seinem Stuhl kerzengerade auf: „Negative Publicity können die sicher nicht gebrauchen!"

„Aber es ist doch wichtig, den Unfall aufzuklären! Sind wir das nicht dem Opfer schuldig?", fragte Joe mit Nachdruck. „Ich denke, der Hersteller hat ein Interesse daran zu erfahren, was wirklich passiert ist. Ist es nicht deren Pflicht, sich um Aufklärung zu kümmern? Immerhin war der Tote ein leitender Mitarbeiter! Falls sich die Unfälle häufen, weckt das Aufmerksamkeit in den Medien und der Öffentlichkeit. Das wird sich ungünstig auf die Entwicklung und den Verkauf der Fahrzeuge auswirken. Man sollte uns auch nicht vorwerfen können, dass wir die Ermittlungen nicht korrekt und intensiv geführt haben." Joe hoffte, dass jetzt kein Vortrag über politische Verwicklungen oder Schwierigkeiten am Wirtschaftsstandort

Groß-Gerau folgen würde. Oder gar eine Standpauke, weil sie die Füße nicht stillhalten konnte.

Schwarz schaute sie nachdenklich und skeptisch an. „Wie wäre es mit einem Espresso? Im Vorzimmer gibt es eine neue Maschine, die produziert auf Knopfdruck alles, was Sie sich vorstellen können", versuchte er Zeit zu gewinnen.

„Vielen Dank, dann bitte einen Espresso mit Zucker für mich", antwortete Joe.

„Ich werde sehen, was ich tun kann." Schwarz ging nach draußen und Joe hörte ihn mit Geschirr klappern.

Sie grinste innerlich: Verkehrte Welt, mein Chef kocht Kaffee für mich. Sie hing schweigend ihren Gedanken nach und suchte nach weiteren Argumenten, ihren Chef zu überzeugen. Vielleicht, dachte sie, sollte ich ins Feld führen, wie gut sich so ein Ermittlungserfolg in einer Pressekonferenz darstellen ließe?

Nach einigem Dampfen und Zischen kam Berthold Schwarz mit einem Tablett herein. Darauf standen die Espressotassen und ein Teller mit Gebäck.

„Zeit für mein zweites Frühstück." Der Chef biss voller Genuss in das Teilchen. „Die schmecken hervorragend, das Rezept müssen Sie sich von meiner Frau geben lassen. Sie backen doch auch?"

Joe nippte an ihrem Espresso und hob bedauernd die Schulter: „Ich backe nicht!"

„Schade ... Wo waren wir stehengeblieben? Ja genau, Sie wollten fortfahren, mir zu erklären, warum weitere Ermittlungen bei diesem Unfall notwendig sind."

Joe trank einen weiteren Schluck, räusperte sich und sagte: „Chef, ich bin mir sicher, jemand hat das Fahrzeug gehackt!"

Jetzt war es deutlich ausgesprochen und sie hatte sich mit dieser Aussage sehr weit aus dem Fenster gelehnt. Aber ihr Gefühl signalisierte, du bist auf dem richtigen Weg.

Schwarz schaute Joe an und nickte langsam mit dem Kopf. „Gut! Ich rufe jetzt den zuständigen Richter an. Wollen wir doch mal sehen, ob wir an die Daten aus dem Fahrzeug kommen.“ Er griff zum Hörer.

Joe wartete auf einen Hinweis, ob sie gehen sollte. Halb erhob sie sich von ihrem Stuhl, doch Schwarz bedeutete ihr mit einer Handbewegung zu bleiben.

„Guten Tag, Richter Hart, hier spricht Berthold Schwarz, Polizeistation Groß-Gerau. Gestern gab es auf der B44 zwischen Groß-Gerau und Mörfelden einen tödlichen Verkehrsunfall. Unsere Ermittlungsergebnisse schließen eine Manipulation an dem Elektrofahrzeug nicht aus.“ Während er angestrengt lauschte, nickte er Joe zu. „Ja genau, ich benötige einen Beschluss zur Herausgabe der gespeicherten Fahrzeugdaten. Mmmh, ich schicke POK Johanna Kramer vorbei, sie wird Ihnen die Details schildern und danach den Antrag stellen.“ Schwarz legte auf und wischte sich einen Krümel aus dem Mundwinkel. „Frau Kramer, das wäre erledigt. Sie nehmen jetzt die Unterlagen und gehen damit zu Richter Hart. Er wird das Dokument ausstellen. Ich hoffe, Sie haben recht mit Ihrer Vermutung, sonst stehen Sie dumm da. Ich habe Ihnen einen großen Vertrauensvorschuss gewährt. Enttäuschen Sie mich nicht!“ Mit diesem Schlusssatz ging Schwarz zur Tür und komplimentierte sie nach draußen.

Joe durchquerte beflügelt das Vorzimmer und lehnte sich im Flur an die Wand.

Sie atmete tief durch. „Ja!“, rief sie. Der erste Schritt war geschafft. Hoffentlich habe ich mich nicht verrannt, dachte sie. Egal, jetzt hab ich einen Beschluss und kann weiter ermitteln. Allerdings werden jetzt die Rüsselsheimer Kollegen übernehmen wollen, falls sich meine These als richtig erweist. Ich muss mir eine Strategie überlegen, wie ich mir die Ermittlungen nicht aus der Hand nehmen lasse.

Vielleicht wäre das sogar die ersehnte Chance zur Kripo nach Rüsselsheim zu wechseln? Joe ließ die Faust mit einem weiteren triumphierenden „JA!“ durch die Luft fahren und rannte die Treppe runter.

14

Joes Gedanken überschlugen sich. Berthold Schwarz himself folgte ihren Ausführungen. HA! ... Das war fast ein Ritterschlag! Sie grinste breit, als sie vom Parkplatz fuhr. Ihr Magen knurrte. Die letzten Stunden waren aufregend gewesen und nun signalisierte ihr Körper Hunger und Durst. Und er machte keinen Hehl daraus, dass er seine Wünsche schnellstens erfüllt haben wollte.

Apfelplunder vom Frey! Genau das, was Elke Kramers Tochter jetzt brauchte!

Etwas ruppiger als beabsichtigt steuerte Joe ihren Adam in die Parklücke vor der Bäckerei.

Minuten später betrachtete Joe ihre Beute auf dem Beifahrersitz. Eine Nussecke für Simone, Bienenstich für Jasper, Windbeutel für Maja und zwei große Apfelplunder für sie selbst. Hunger ist ein schlechter Einkaufsberater, dachte sie, egal ... das und der große Cappuccino mussten jetzt sein!

Ihren eigenen Bedürfnissen unbewusst folgend, steuerte sie Schloss Dornberg an. Ein Ort der Ruhe. Genau richtig, um sich zu sortieren. Sie betrachtete die alten Mauern. Als Kind war sie oft hier gewesen – mit einem Buch zum Lesen und Träumen.

Später Vormittag, um diese Uhrzeit gehörte ihr die Anlage fast allein. Die VHS, die auf dem Gelände mit dem modernen Anbau residierte, würde heute kaum für Betrieb sorgen.

Wunderbar! Sie machte es sich auf der Schlossmauer bequem. Mit Blick auf die angrenzende Schilfwiese genoss sie den ersten Apfelplunder und den Cappuccino in kleinen Schlucken. Sie schlug das Groß-Gerauer Echo auf, das sie mitgebracht hatte, und blätterte bis zum Regionalteil durch. Hier war er, der Artikel des Rasenden Roland, wie die Groß-Gerauer ihren Lokalredakteur Roland Wimmer liebevoll nannten. *Tödlicher Unfall mit Alva auf der B44* lautete die Schlagzeile. Roland Wimmer hatte sich mal wieder mächtig ins Zeug gelegt, eine halbe Seite plus Bild, das bekam er auch nicht alle Tage. Joe überflog den Artikel, immerhin bis jetzt keine Interna aus Polizeikreisen. Nur allgemeine Informationen zum Unfall und ansonsten nur Spekulationen. Der Radfahrer kam mit seiner Drohnenbeobachtung zu Wort. Machte sich ordentlich wichtig, als hätte er den Fall schon gelöst. „Das waren bestimmt so Halbstarke, die sich einen Spaß draus machen, Autofahrer abzulenken und sich dann hinter der Hecke über einen Unfall freuen. Genau die gleichen, die auch Steine auf die Autobahn schmeißen."

Oh je! Joe legte die Zeitung zusammen. Ihre Gedanken wanderten zurück bis Donnerstag, als ihr Leben noch in ruhigeren Bahnen verlaufen war.

Erst die Schulung im Hotel Adler, für die sie eingesprungen war. Am Tag darauf der Unfall mit seinen eindrücklichen Bildern, die sie ständig beschäftigten. Wills Zimmer, das noch immer bewohnt gewirkt hatte. Simone – sehr wortkarg nach dem verpassten Konzert. Jasper, der ihr mit seinem Auto die Augen geöffnet hatte. Und ihr forsches Auftreten bei Berthold Schwarz.

Ohhhhh Himmel! ... Hoffentlich liege ich richtig, dachte sie. Zweifel nagten an ihr. Ihre Vermutung war ohne jede Substanz!

Ihre Kollegen würden sie mit mildem Spott behandeln. Berthold Schwarz' Ohr würde wahrscheinlich kein zweites Mal ihren Vermutungen lauschen.

Und letztlich basierte alles nur auf ihrem Gefühl. Dieses verdammte Gefühl! Dafür hatte sie Simone vergrault, riskiert, dass sie zum Gespött der Polizeistation wurde. Ihre Brust verengte sich bei dem Gedanken.

Unbewusst hatte sie bei ihren Überlegungen den zweiten Plunder zur Hälfte aufgegessen. An einen Wechsel zur Kripo wäre dann auch nicht mehr zu denken.

Bleib ruhig, Johanna! Bleib ruhig und denk nach ...

„Sortiere mal deine Gedanken", hatte ein Lehrer immer zu

ihr gesagt, wenn sie laut über eine Aufgabe nachdachte. Sie konzentrierte sich auf ihren Atem, bis er flacher wurde. Jagende Gedanken verwirrten nur. Einer pro Minute war in Ordnung. Angenommen, es war alles nur ein Unfall. Aber warum dann keine Bremsspur, kein Airbag, freie Sicht, kein offensichtlich Beteiligter? Dafür ein Hightech-Fahrzeug mit allem, was einen solchen Unfall verhindern sollte.

Dankbar nahm sie zur Kenntnis, wie die Logik ihre Gedanken beruhigte.

Angenommen es war ein Eingriff in die Elektronik des Fahrzeugs ... Wo konnte, wo sollte sie ansetzen?

„Hallo, sind Sie wegen des Krimi-Schreibkurses hier?"

Joe zuckte zusammen. Sie hatte den Mann nicht kommen hören.

„Krimi was?"

„Oh, entschuldigen Sie; ich war unhöflich. Krobbach, Heinrich Krobbach, mein Name. Ich schließe gerade auf und dachte, jetzt hat sich der Schreibkurs Hilfe von der Polizei geholt", erklärte er lächelnd.

„Ah ... ähmm ... nein, ich mache gerade Pause. Johanna Kramer. Polizei Groß-Gerau." Sie ergriff die ausgestreckte Hand des sympathischen älteren Mannes. Etwas schuldbewusst blickte Joe auf die leere Tüte und den Cappuccino-Becher und begann diese zusammenzuknüllen.

„Es wird ein lokaler Krimi der VHS. Mit zwei Profis im Krimischreiben, die den Kurs leiten. Sie könnten sicher viele Fragen der Kursteilnehmer über die Polizeiarbeit beantworten ... Ein Mülleimer steht da am Eingang." Heinrich Krobbach deutete in die angegebene Richtung.

Joe stand auf und fiel in den gleichen langsamen Gang wie ihr plauderndes Gegenüber.

„Vielleicht wird auch hier in der VHS gemordet. Ich trau dem Kurs alles zu, hab mich sogar als Opfer angeboten, um ins Buch zu kommen. Alles sehr spannend. Verhöre, Spurensuche, Befragung der Zeugen. Was rede ich, für Sie muss das

Alltag sein."

Joe lachte auf. „Wo denken Sie hin? Der Alltag eines Polizisten ist bei weitem nicht so spannend, wie man denken sollte. Verkehrsdelikte, Diebstahl und Ehestreitigkeiten. Ein Mord fällt in die Zuständigkeit der Kripo. Wenn ich dort mal angekommen bin, werde ich auf Ihr Angebot zurückkommen."

„Ahhh, Sie haben Ziele. Das gefällt mir! Viele, die ich hier kommen und gehen gesehen habe, haben erkannt, dass man Ziele braucht. Dass man etwas tun muss, wenn man weiterkommen will. Als Leiter der VHS bin ich stolz darauf, dies zu ermöglichen. Aber für die Kripo kann ich Ihnen leider keinen Kurs anbieten."

„Sehr schade, dann werde ich diesen Weg ohne die VHS antreten müssen." Beide lachten herzlich.

Joe mochte Heinrich Krobbach auf Anhieb. Seine Art erinnerte sie an ihren Großvater. Wenn du willst, dass eine Situation eintritt, musst du alles dafür tun, dass sie eintreten kann, Kleines. Ein Satz, den sie von ihm viele Male gehört hatte. Joe fühlte förmlich, wie sie ihre zeitweise verlorene Mitte wieder fand.

Sie verabschiedete sich von Heinrich Krobbach, als bereits die ersten Kursteilnehmer auf sie zusteuerten.

„Ihr Müll, vergessen Sie Ihren Müll nicht." Hastig stopfte sie ihren Becher und das Papier in die Tonne und verabschiedete sich winkend.

Es hat keinen Sinn untätig zu warten, bis die Untersuchungsergebnisse vorliegen, dachte sie. Wenn sich mein Gefühl bestätigen sollte, will ich vorbereitet sein. Und wenn nicht ... Diesen Gedanken verbannte sie sofort wieder.

Wenn eine Manipulation vorlag, hatte der oder die Täter zumindest billigend den Tod des Fahrers in Kauf genommen. War Wills überhaupt das Ziel? Oder ging es um Alva? Oder waren es unüberlegte Hacker, die einfach nur ihre Fähigkeiten testen wollten? Wenn die Kripo den Fall übernähme, würden sie sicher jede Möglichkeit in Betracht ziehen. Zeugen würden befragt werden. Die letzten Stunden des Opfers würden recherchiert werden.

Frau Weber hatte Wills nach ihren Aussagen am Morgen des Unfalls noch im Hotel verabschiedet. Doch was hatte Wills davor getan?

In diesem Moment klingelte ihr Handy. „Frau Kramer, Schwarz hier. Wir haben die ersten Untersuchungsergebnisse aus dem Alva. Man glaubt gar nicht, wie schnell das gehen kann, wenn die Amerikaner im Spiel sind. Sie hatten recht mit Ihrer Vermutung, es wurde tatsächlich von außen auf das Auto zugegriffen und zwar über die Funkschnittstelle."

„Die Funkschnittstelle?", wiederholte Joe. „Wie geht das denn?"

„Über diese Schnittstelle kann der Alva normalerweise automatisch zur nächstgelegenen Ladestation navigiert werden. Der oder die Hacker haben aber über Funk die Kontrolle über die Lenkung und die Geschwindigkeit von Wills' Alva übernommen. Die Lenkung war zum Zeitpunkt des Unfalls blockiert und die Geschwindigkeit auf ‚konstant' gestellt. Wills konnte als Fahrer nicht mehr eingreifen. Wir ermitteln also ab sofort möglicherweise in einem Mordfall. Morgen wird eine SoKo gebildet unter der Leitung der Rüsselsheimer Kripo. Ich erwarte Sie um 10 Uhr in der Polizeistation."

Joe wusste nicht so recht, ob sie sich darüber freuen sollte, dass sie recht gehabt hatte, oder entsetzt sein sollte über die technischen Möglichkeiten der Manipulation. Letzten Endes siegte die Professionalität und die Aussicht auf eine Mitarbeit bei der Kripo.

„Danke, dass Sie mich angerufen haben, ich bin morgen früh zur Stelle", schloss Joe das Gespräch.

*

Mit neuem Elan steuerte Joe am späten Nachmittag ein weiteres Mal das Hotel Adler an.

Zu ihrer Enttäuschung war Frau Weber nicht an ihrem gewohnten Platz. Eine jüngere Kollegin, der Joe bisher nicht begegnet war, lächelte ihr zu. „Guten Tag. Was kann ich für Sie tun?“

„Hallo, Johanna Kramer von der Polizei Groß-Gerau. Ist Frau Weber im Haus?“

„Leider nicht. Frau Weber hat dieses Wochenende frei. Kann ich Ihnen weiterhelfen?“

„Ich wollte Frau Weber befragen ... zu dem Unfallopfer aus Ihrem Haus, Herrn Wills, Maxim Wills. Aber vielleicht können Sie mir Auskunft geben?“

„Dachte ich mir schon. Das ganze Haus spricht von nichts anderem. Und Frau Weber hat mir von Ihnen erzählt. Aber ich kann Ihnen nicht helfen. Ich bin heute den ersten Tag nach meinem Urlaub im Dienst.“

„Und was wird so im ganzen Haus gesprochen?“

„Hat er leiden müssen? Hatte er Familie? Solche Sachen eben. Sonst liest man das nur in der Zeitung, aber plötzlich ist es ganz nah. Obwohl man die Gäste nicht persönlich kennt, ist man ja doch betroffen.“

Joes Zuversicht, die sie eben noch verspürt hatte, verschwand schlagartig. „Schade, aber trotzdem danke für Ihre Hilfe. Ich hatte gehofft, mehr über Herrn Wills‘ Tagesablauf zu erfahren.“

„Moment, vielleicht hab ich ja was für Sie!“ Joes Herz hüpfte. Nach einigen Eingaben drehte die Rezeptionistin den Computermonitor zu ihr. „Die Geschäftsleitung hat uns angewiesen, mit der Polizei zusammenzuarbeiten, um schnellstmöglich das Zimmer von Herrn Wills wieder frei zu bekommen.“

Joe betrachtete den Monitor zunächst ohne Erkenntnis. Zimmernummer, Log-File, Uhrzeiten ...

Oh Himmel, das waren die Daten der Zimmerkarte. Rechnungsbeträge von der Bar. Buchungsdauer, Nutzung des Videoprogramms und der Tiefgarage. Halleluja!

Mein lieber Maxim! Du warst also erst kurz vor deiner Abfahrt morgens in deinem Zimmer. Vorher war es ohne Stromversorgung. Wo warst du also die ganze Nacht?

Der letzte Eintrag von seiner Zimmernummer war am Abend in der Hotelbar – mehrere Gläser Wein. Joe drehte den Monitor zurück. „Sehr gut, vielen Dank, das hilft uns schon weiter. Kann ich davon einen Ausdruck bekommen?"

Die Rezeptionistin lächelte und händigte ihr kurze Zeit später eine erstaunliche Anzahl Blätter in einem Umschlag aus.

Joe schritt mit ihrer Beute entschlossen zur Bar. Hinter dem Tresen waren zwei Barkeeper damit beschäftigt, die Regale zu füllen. Joe erkannte einen davon. Sie hatte ihn gesehen, als sie mit den Mitarbeitern von Alva gesprochen hatte.

Er nickte ihr freundlich zu. „Was darf es sein?"

„Ein Espresso und Informationen bitte."

Der Barkeeper hob fragend die Augenbraue, machte sich dann aber an der Kaffeemaschine zu schaffen.

Joe nahm ihr Handy und googelte ‚Maxim Wills'. Es erschienen mehrere Bilder. Sie wählte eines aus, das in ihrer Erinnerung Ähnlichkeit mit dem Passbild von Wills hatte.

Der Barkeeper stellte den Espresso zusammen mit einem Glas stillem Wasser vor ihr ab.

„Kennen Sie den Mann?" Joe hielt ihm das Handy hin. Der Barkeeper nahm vorsichtig das Handy und betrachtete eine Weile das Bild. Dann ging er zu seinem Kollegen und tauschte sich mit ihm aus.

„Der war hier vor ein paar Tagen", sagte der Barkeeper wieder an Joe gewandt. „Ich vermute, das ist das Unfallopfer aus unserem Hotel, oder?"

„Ja, das war Maxim Wills. War er mehrmals hier?"

Der Barkeeper stellte ein kleines Schälchen Gebäck vor ihr ab und blickte nachdenklich nach oben.

„Drei-, viermal, immer am späten Nachmittag oder gegen

Abend."

„Allein oder in Begleitung?"

„Jedes Mal mit mehreren anderen Amerikanern. Einige davon sind auch heute hier gewesen."

„Mich würde der Donnerstag interessieren. Haben Sie ihn Donnerstag gesehen?"

„Ich nicht, aber mein Kollege Frank meinte, er hätte ihn mit einer Frau gesehen." Er drehte sich um. „Frank, wann war das?"

Der Gerufene stellte sich zu ihnen. „Ich bin ziemlich sicher, dass es Donnerstag war. Donnerstagabend."

„In Begleitung einer Frau, sagen Sie. Kennen Sie diese Frau?"

Jetzt grinste der Barkeeper. „Casell oder so ähnlich, ich glaube Jeanne. Aber nageln Sie mich nicht fest. Sie ist ein- oder zweimal mit der PSA-Gruppe hier an der Bar gewesen. Dieser Wills hat da drüben auf sie gewartet." Er deutete auf zwei Plätze an einem Tisch.

„Und daran können Sie sich erinnern?"

„Wissen Sie, es ist unser Job, aufmerksam zu sein. Einen Drink fertig zu haben, wenn das Glas leer ist. Wenn ein Gast häufiger kommt, weiß ich, was er bevorzugt trinkt. Und die meisten wissen es zu schätzen, wenn sie ohne Worte verstanden werden ... Dieser Wills trank meist mit den anderen Kollegen am Tresen Bier. Aber am Donnerstagabend war er ohne Kollegen da, bestellte Wein an diesem Tisch dort. Und seine Begleitung ...? Die konnte man nicht übersehen! Für eine Frau recht groß, bestimmt 1,80m. Schlanke Beine, dunkelbraunes langes Haar. Sehr gut aussehend, sexy Figur, wenn Sie verstehen, was ich meine."

Vor Joes Augen entstand das Bild der brünetten Frau, telefonierend in der Hotellobby, französischer Akzent, süßer Hintern, Angelina Jolie, das könnte sie gewesen sein ...

„Ich verstehe sehr gut, vielen Dank für Ihre Hilfe." Joe grinste und trank ihren Espresso aus, während die Barkeeper sich anderen Gästen zuwandten.

Casell, Jeanne, bei PSA?, notierte Joe nachdenklich. Mein lieber Maxim, scheint so, als hättest du deine Geschäftsbeziehungen intensiv gepflegt ... Dann ist es doch Lippenstift an deinem Kragen!

15

„Ich verstehe ja, dass du wahnsinnig enttäuscht bist."

Joe stand abends in der Mitte von Simones Wohnzimmer. Die orange getünchten Wände und das gemütliche gelbe Sofa erinnerten Joe an harmonische Abende, an die sie gerne anknüpfen würde.

Doch Simone war noch nicht fertig. „Du hättest wenigstens anrufen können. Was ist nur los mit dir, Joe?"

„Sieh mal", begann Joe und machte eine Bewegung zum Sofa hin, doch Simones reglose Haltung und ihr eisiger Blick ließen keinen Zweifel daran aufkommen, dass sie die Diskussion im Stehen fortsetzen wollte.

„Ich stecke mitten in einer Ermittlung. Stell dir vor, es hat sich tatsächlich herausgestellt, dass der Wagen dieses Amerikaners manipuliert worden ist. Jemand hat sich in die Systeme des Alvas gehackt."

„Und du arbeitest neuerdings bei der Mordkommission? K1 Groß-Gerau! Hast du mir gar nicht erzählt", höhnte Simone.

Joe hob begütigend die Hände. „Simone, hör mir doch bitte zu ...!"

Steif ging Simone zum Sofa und ließ sich nieder, weit entfernt von ihrem Lieblingsplatz und weit entfernt von Joe, die sich langsam auf die Kante ihres Lieblingssessels setzte.

Zögernd fuhr Joe fort. „... Ich konnte meinen Chef überzeugen, die Fahrzeugdaten auswerten zu lassen. Mein Gefühl hat mich nicht getäuscht. Da wurde absichtlich manipuliert, um den Wagen von der Straße abkommen zu lassen. Die Kripo aus Rüsselsheim hat sich eingeschaltet. Das ist doch meine Chance, Simone!"

„Wie jetzt? Bist du hinzugezogen worden?"

„Noch nicht ganz, aber morgen früh muss ich in die Polizeistation, wenn die Rüsselsheimer eintreffen. Und da wollte ich schon mal schauen, ob ich noch etwas herausfinden kann. Vielleicht bekomme ich einen Fuß in die Tür bei der Kripo."

„Na, das ist natürlich ein Grund! Da geht's mir ja gleich viel besser!", schnappte sie.

„Jetzt stell dich doch nicht so an. Ich hab doch schon gesagt, dass es mir leid tut. Mein Gott, wir holen das nach ..."

Weiter kam Joe nicht. Simone lief feuerrot an. „Sag mal spinnst du jetzt völlig?" Sie sprang auf und stieß ihr gemeinsames Lieblingsfoto vom Beistelltisch, das scheppernd zu Boden fiel. Überall lagen kleine Glassplitter. Erschrocken sahen sie sich an. Simone stiegen die Tränen in die Augen, dann schluchzte sie los.

„Dass es so weit gekommen ist, weil du immer nur an deine Karriere denkst. Wie ich mich fühle, ist dir völlig egal. Ich muss auch sehen, wie ich über die Runden komme. Glaubst du, ich habe keinen Zeitdruck?"

Joe war völlig perplex. „Ich hole erst mal den Staubsauger", sagte sie und verschwand in Richtung Flur. Im Hinausgehen sah sie, wie Simone sich schluchzend auf die Couch warf.

Kurz vor der Besenkammer stoppte sie, schlug sich an die Stirn. „Ich bin so eine Idiotin."

Sie drehte um und ging zurück ins Wohnzimmer. „Schatz, das kann man doch alles ersetzen." Sie begann die Reste aufzuklauben.

„Es geht mir doch nicht um den Bilderrahmen", schluchzte Simone. „Es geht um uns." Simone putzte sich die Nase.

„Das mit dem Jazzkonzert tut mir sehr leid. Das holen wir

nach."

Simone funkelte Joe an. „Wann denn? Das war sein letztes Konzert in Deutschland und außerdem hast du sowieso nie Zeit. Deine Karriere steht für dich an erster Stelle und wann kommt unsere Beziehung?"

„Simone bitte! Ich hab doch nur die eine Chance. Jetzt oder nie! Ich will doch weiterkommen und mach das für uns – damit du stolz auf mich sein kannst."

„Du brauchst mir nichts zu beweisen. Das machst du nur für dich, nicht für mich."

Joe schaute sie lange an. „Für dich ist immer alles einfach, dir fliegt der Erfolg zu. Ich muss hart dafür kämpfen, aber das heißt doch nicht, dass du mir nicht wichtig bist. Wir haben nicht jeden Tag solche Fälle in Groß-Gerau."

Mit diesen Worten setzte sich Joe neben Simone auf das Sofa.

„Steißgeburten sind auch anstrengende Fälle und meine Patienten leben immerhin noch", erwiderte Simone.

„Die Betonung liegt auf ‚noch'", lächelte Joe.

Simone knuffte sie am Arm. „Und, was hast du entdeckt?"

Joes Mund verzog sich zu einem angedeuteten Lächeln, bevor sie anfing zu erzählen. „Ich war im Hotelzimmer des Amerikaners. Er war mit Kollegen im Adler untergebracht. Die Konkurrenz von nebenan übrigens auch. Alva und PSA/Opel. Die geballte Kompetenz auf dem Markt für Elektro-Autos versammelt sich wegen der IAA in Groß-Gerau." Joe sah kurz auf und begegnete Simones interessiertem Blick. Aufgeregt fuhr sie fort. „Im Hotelzimmer habe ich ein Hemd des Toten gefunden. Mit Lippenstift-Spuren am Kragen! Da habe ich mich natürlich mal im Hotel umgehört. Leider konnte ich noch nicht hundertprozentig herausfinden, wer die Spuren hinterlassen hat. Aber ich habe einen starken Verdacht ..."

Beide schwiegen nachdenklich, bis Simone sagte: „Alva, das sind doch die, die hier um die Ecke ein Werk bauen wollen."

„Genau die. Eine Endmontage ist geplant."
„Gegen die sich Widerstand regt."
„Richtig. Der flüchtige Demonstrant, den ich nach meinem Enkeltrick-Vortrag nicht stellen konnte."
„Nicht nur das. Du weißt doch, dass es in Wallerstädten eine Bürgerinitiative gegen den Werkneubau gibt. Ich kenne sogar den Vorsitzenden, Alois Zimmer. Erst neulich hab ich eine seiner Kühe betreut. Hatte eine Euterentzündung das arme Ding. Kein Wunder, so wie der Typ mit seinem Vieh umgeht."
„Ach echt! Du kennst den?"
„Ja, unangenehmer Typ. Geht nicht nur mit seinen Tieren schlecht um, sondern auch mit seiner Familie. Ein Sparbrötchen vor dem Herrn, immer nur das Nötigste, außer für sich selbst natürlich. Außerdem glaube ich, dass er seinem Vieh irgendwas ins Futter mischt. Bei dem Scheißfutter haben die trotzdem eine fantastische Milchleistung. Und wenn wir gerade bei Sklaverei sind, seine drei Töchter verschachert er ja auch wie auf dem Bauernmarkt. Meistbietend verheiratet zum größten Nutzen für den Hausherren. Das Schlimmste ist, dass seine Frau das mitmacht. Sie macht gute Miene zum bösen Spiel. Hauptsache die Fassade bleibt gewahrt."
„Der Kerl scheint ja ein echter Kotzbrocken zu sein. Aber das trifft sich gut. Wenn du so viel über die Leute weißt, arbeiten wir künftig als Dreamteam zusammen. Zwei Engel für Charlie." Sie grinsten sich an.
Gerade wollte Joe den Arm um Simone legen, da meldete sich Simones Handy mit der Notfallmelodie: *Spiel mir das Lied vom Tod.*
„Na toll! Das sind sicher die trächtigen Sattelschweine von Frau Thomas aus Dornheim."
„Ja, ja", entgegnete Joe säuerlich. „Wer ist jetzt hier der Karrierist? Die kommen doch eh in die Wurst, wieso brauchen die einen Tierarzt?"

16

Sonntag, 17. September

Der ungewöhnliche Crash eines amerikanischen Prototypen im Wald bei Groß-Gerau am Falltorhaus, bei dem auch der amerikanische Fahrer ums Leben kam, hatte die Kripo Rüsselsheim auf den Plan gerufen. Jetzt galt es in Zusammenarbeit mit der örtlichen Polizei in Groß-Gerau eine SoKo auf die Beine zu stellen, um schnellstmöglich erste Ergebnisse zu erzielen, denn das amerikanische Konsulat forderte dringlich Resultate.

Kriminalhauptkommissar Frank Ulrich Nachtwey verabschiedete sich von seiner Frau Marlies mit einem Kuss. „Kann spät werden heute, Schatz", sagte er, „du musst mit dem Essen nicht auf mich warten."

Er wandte sich zum Gehen. „Ich rufe dich an, sobald ich mehr weiß", rief er ihr noch zu. Sie lächelte enttäuscht und winkte kurz zum Abschied.

Er stieg in sein Dienstfahrzeug, einen VW Passat, der direkt vor dem Reihenhaus unter dem von seinem Schwiegervater gezimmerten Carport parkte. Das Haus war, seit dem Auszug der Kinder, eigentlich etwas zu groß für sie beide, doch Marlies hatte ein Händchen dafür, es zu einem sehr behaglichen Zuhause zu machen. Inzwischen war es auch abbezahlt.

Die Polizeistation Groß-Gerau befand sich in der Nähe des Kreiskrankenhauses. Nachtwey musste auf dem Weg dorthin an die Geburt seines Sohnes Martin im Jahre 1986 denken. Wie aufgeregt sie beide gewesen waren. Das war bereits 31 Jahre her und der kleine Wurm von damals war nun ein Physiotherapeut mit eigener Praxis. Nachtwey lächelte bei dem Gedanken, wie er erstmals Martin in den Arm nehmen konnte. Nachtwey war gerade auf einer Streifenfahrt mit seinem Kollegen Heinrich gewesen, als der Funkspruch kam. Sie waren sogar unerlaubt mit Sondersignal zum Kreiskrankenhaus gefahren. Heute undenkbar, alles digital überwacht. Bei der Geburt seiner Tochter Marion vier Jahre später konnte er seine Frau selbst ins Krankenhaus fahren, hatte er doch rechtzeitig Urlaub genommen.

Wenige hundert Meter vom Kreiskrankenhaus entfernt erreichte er die Polizeistation. Pünktlich, wie ihm ein erneuter Blick auf seine Armbanduhr zeigte.

*

Joe saß mit Chris in der kleinen Kaffeeküche der Polizeistation und hielt einen Mokka-Latte in der Hand. Die chromblitzende Kaffeemaschine – ein Geschenk des scheidenden Landrates, dem die Polizei sein geliebtes Rennrad wiederbeschafft hatte, nachdem es zuvor vor dem Landratsamt geklaut worden war – war eine Wunderwaffe gegen Müdigkeit, Stress, Liebeskummer und Ärger aller Art.

„Wenn es mit der Beförderung nix wird, Chris, kannst du ja immer noch als Barista in einem Szene-Café anfangen." Joe sah zum Fenster raus. „Da kommt gerade der KHK aus Rüsselsheim. Der hat einen Termin beim Chef. Es geht um den toten Amerikaner beim Falltorhaus. Wie ich gehört habe, soll eine SoKo eingerichtet werden." Joe gähnte, denn gestern mit Simone war es spät geworden. „Nun schau dir mal den Typ an, Chris. Ein Gentleman wie aus dem Bilderbuch. Da könnte man ja fast hetero werden. Mal sehen, wie der so ist. Ich kenne ihn bisher ja noch nicht."

„Leute, kommt!" Tarik streckte den Kopf herein. „Wir sind komplett. Der Chef will uns im Besprechungszimmer haben."

Keine zwei Minuten später waren alle Mitglieder des Ermittlungsteams dort versammelt. „Ich möchte euch Kriminalhauptkommissar Nachtwey vom K10 in Rüsselsheim vorstellen", begann Schwarz. „Er leitet die Untersuchungen wegen des Toten am Falltorhaus. Das LKA hat bestätigt, dass am Fahrzeug manipuliert worden sein muss. Der Vorgang wurde daher als Tötungsdelikt eingestuft.“ Er wandte sich an Joe. „Johanna Kramer ist es zu verdanken, dass überhaupt Ermittlungen in diese Richtung aufgenommen wurden. Ich gebe zu, auch ich bin zunächst von einem normalen, wenn auch tragischen Verkehrsunfall auf der B44 ausgegangen. Aber Johannas geschätzte Hartnäckigkeit ...“ Einige in der Runde lachten. „Nun, ich möchte jetzt dem Kollegen Nachtwey das Wort übergeben. Willkommen nochmals, Herr Nachtwey.“ Schwarz setzte sich an den Besprechungstisch.

„Vielen Dank, lieber Berthold, für den freundlichen Empfang. Das passiert nicht immer, wenn wir vom K10 in fremden Revieren jagen müssen. Lassen Sie mich Ihnen allen versichern, wir schätzen Ihre solide Arbeit hier und sind insbesondere auf Ihre Sach- und Ortskenntnisse angewiesen.“ Nachtwey nahm das allfällige Nicken der Runde zur Kenntnis. „Wir werden eine SoKo aufbauen. Die Amerikaner machen Druck. Ein toter US-Bürger. Unter mysteriösen Umständen und auf ungewöhnliche Weise ums Leben gekommen. Die Presse hat auch schon Wind davon bekommen. Und das alles während der IAA. Ich brauche wohl nicht zu betonen, dass wir keine Zeit verlieren dürfen. Und mit Frau Kramer möchte ich als erstes sprechen.“

Nachtwey verspürte Lust auf eine Zigarette. Würde das jemals nachlassen? Er schob sich ein Kaubonbon in den Mund. Zwischenzeitlich hatte er gelernt, trotz Bonbon klar und deutlich zu reden.

Während Nachtwey sprach, nahm Joe ihn genauer unter die Lupe. Er war wirklich ausgesprochen gut aussehend, knapp 1,80 m, breitschultrig, blaue Augen, kurze Haare, gepflegter 3-Tage-Bart. Er hatte zwar einen leichten Bauchansatz, aber das machte ihn in Kombination mit einem verschmitzten Zug um die Augen nur noch sympathischer. Er war wie eine Mischung aus George Clooney mit Bart und Mario Adorf, den sie gerade erst kürzlich mit Simone in „Via Mala“ gesehen hatte. Nachtwey wirkte seriös, empfand Joe, aber nicht konservativ. Dafür war sein Outfit eine Spur zu leger. Dunkle Jeans, helles Hemd, Sakko ... nichts Besonderes eigentlich, bis auf die schwarzen Schuhe, die von ausgesprochen guter Qualität zu sein schienen und makellos gepflegt waren. Vielleicht würde sie ihn bei Gelegenheit darauf ansprechen.

„Frau Kramer!?“ Schwarz riss sie aus ihren Gedanken. Alle Blicke waren auf sie gerichtet. Peinlich! „Sie sind ja in dem Fall schon gut drin. Ich schlage vor, dass Sie gleich loslegen.“ Frank Nachtwey blickte sie anerkennend an.

Joe freute sich über den Vertrauensbeweis ihres Chefs – und auf die Zusammenarbeit mit dem interessanten Kommissar. Auf eine solche Gelegenheit hatte sie schon lange gewartet.

Nachdem Schwarz die Sitzung beendet hatte und alle das Besprechungszimmer verlassen hatten, saßen sich nur noch Joe und Frank Nachtwey gegenüber.

„Frau Kramer“, eröffnete Nachtwey das Gespräch und reichte Joe die Hand. „Ich freue mich auf die Zusammenarbeit mit Ihnen. Kollege Schwarz hat mir bereits viel von Ihrer ausgeprägten Beobachtungsgabe und Ihrem Sinn für Details berichtet. Ihnen scheint ja so schnell nichts zu entgehen!?“

„Hmmm“, erwiderte Joe leicht beschämt, „das ist doch gerade das Spannende an unserem Job, finden Sie nicht? ... Würden Sie mir verraten, welche exquisiten Schuhe Sie da tragen?“ Sie konnte sich ein spitzbübisches Grinsen nicht verkneifen.

Nachtwey wirkte kurz überrascht und fing schließlich herzhaft an zu lachen. „Also Frau Kramer, ich muss schon sagen. Kollege Schwarz hat wirklich nicht übertrieben! Ist das eigentlich Ihr erster Einsatz in einer SoKo?“ Nachtwey musterte Joe interessiert.

Jetzt nur keine Unsicherheit anmerken lassen, dachte Joe. War es doch schließlich schon immer ihr größter Wunsch, zur Kriminalpolizei versetzt zu werden. Eine Bewerbung hatte sie gerade vor Kurzem losgeschickt. Von ihrem Einsatz in der SoKo konnte also sehr viel abhängen.

„Ja“, antwortete sie, fügte aber rasch an: „Aber ich bin mir hundertpro sicher, der Aufgabe gewachsen zu sein.“

„Dann werde ich Ihnen kurz das weitere Procedere vorstellen.“ Nachtwey unterdrückte gerade noch ein leichtes Schmunzeln. Diese Frau hatte Biss, würde sicher eine interessante Zusammenarbeit werden, dachte er, bevor er fortfuhr: „Vom K10 treffen im Laufe des Tages noch zwei meiner Kollegen ein. Die weiteren Mitarbeiter werden dann morgen von den umliegenden Polizeistationen dazu kommen, Anfragen wurden bereits gestellt. Ich möchte so schnell wie möglich mit der Zeugenbefragung beginnen. Sie wissen doch sicher, wo wir die Kollegen des Toten jetzt am besten erreichen können?“

„Auf der IAA. Ich habe schon im Hotel Adler angerufen. Dort sind alle Mitarbeiter der Firma während ihres Aufenthaltes untergebracht.“

„Na, dann wollen wir mal.“ Nachtwey drehte sich auf dem Absatz um. „Und auf dem Weg zur IAA können wir gleich einen Blick auf den Unfallort werfen.“

17

„Wir haben heute einiges vor, da sollten wir auf dem Weg noch eine Kleinigkeit essen. Können Sie hier in Groß-Gerau etwas empfehlen?“ Nachtwey sah Joe fragend an, während er ihr die Autotür aufhielt.

„Ja, das Kulturcafé. Liegt direkt auf unserer Strecke, und wir können gleich nebenan auf dem Marktplatz parken“, erwiderte Joe.

„Ein Café? An etwas Süßes hatte ich jetzt eher nicht gedacht."

Joe schmunzelte über diese Bemerkung. „Alles gut, die Küche dort ist sehr gut. Es gibt eine ganze Reihe regionaler Speisen und leckere selbstgemachte Säfte. Ich bin öfter dort, nicht nur bei den zahlreichen Veranstaltungen."

Nachtweys Gesicht entspannte sich.

Keine fünf Minuten später parkte er den VW Passat auf dem Marktplatz und ging mit Joe über den Innenhof, der bei wärmerem Wetter auch als Biergarten genutzt wurde, ins Café. Für Mitte September war es relativ kühl, 15 Grad, und auch die Sonne versteckte sich schon wieder hinter den Wolken.

Sie fanden schnell einen Platz an einem Zweiertisch in einer Ecke und blätterten die dort ausliegende Speisekarte durch.

Joe wusste bereits, dass sie ihre heißgeliebten Käsespätzle mit Salat nehmen würde. Das Getränk gestaltete sich etwas schwieriger. Normalerweise trank sie gerne ein Unionbier. Da sie aber noch im Dienst war, entschied sie sich gegen das regionale Gebräu und stattdessen für eine hausgemachte Limonade mit Limette, Zitrone und frischer Minze.

Nachtwey bestellte sich ein Ingwerwasser und dazu eine Karottencremesuppe mit Kokos und Chili.

Nachdem die Getränke und das Besteck gebracht wurden, zog Nachtwey ein kleines schwarzes Notizbuch aus seiner Innentasche und einen silberfarbenen Kugelschreiber. „Lassen Sie uns doch mal zusammenfassen, welche Ansätze wir bereits für unsere Ermittlungen haben." Erwartungsvoll sah er Joe an.

„Wills hatte wohl eine Affäre", platze Joe heraus.

Mit nach oben gezogener Augenbraue sah Nachtwey sie an und wartete, was kommen würde.

„Ich war in seinem Hotelzimmer und habe dort sein Hemd mit Lippenstiftspuren entdeckt. Außerdem hat der Barkeeper, mit dem ich gesprochen habe, Wills am Abend vor seinem Tod in der Bar gesehen, als er mit einer Frau in ein sehr inniges Gespräch vertieft war. Der Beschreibung nach könnte es sich um Frau Jeanne Cassel handeln. Ich selbst bin ihr am Tag vor dem Geschehen in der Hotel-Lobby begegnet. Eine sehr attraktive Frau."

Nachtwey hörte Joe aufmerksam zu und machte sich eifrig Notizen.

Joe fuhr fort. „An diesem Tag gab es dort einige Aufregung, da im Hotel ein Mann mit einem Schild demonstriert hat. Ich könnte mir vorstellen, dass er zur hiesigen Bürgerinitiative gegen die Baupläne der Firma Alva gehört. Der Vorsitzende ist ein Landwirt namens Alois Zimmer."

Das Essen wurde gebracht und sie machten eine kleine Pause. Erst als Nachtwey den Suppenlöffel in die andere Hand nahm, fiel Joe auf, dass er Linkshänder war. Sie war offensichtlich so konzentriert gewesen, alle Informationen so präzise und kurz wie möglich wiederzugeben, dass sie das zuvor gar nicht bemerkt hatte. Während sie aßen, sprach keiner ein Wort.

Erst als die letzte Spätzle vertilgt und der Teller mit der Suppe fein säuberlich ausgelöffelt waren, zückte Nachtwey erneut den Stift.

„Ich bin nicht sicher, ob ein Landwirt die technischen Möglichkeiten und das nötige Know-how für diese Tat hätte, aber er wird sicher nicht Vorsitzender und einziges Mitglied der Bürgerinitiative sein. Bei denen sollten wir auf jeden Fall nachhaken. Frau Cassel werden wir vermutlich auf der IAA treffen, ebenso wie die anderen Kollegen des Verstorbenen. Das sind doch schon mal sehr gute Ansätze, um uns von Wills ein genaueres Bild zu machen."

Joe errötete leicht.

„Hallo Frau Kramer, heute in männlicher Begleitung unterwegs?", hörten sie eine Stimme.

Mit einem Augenzwinkern ging der Mann weiter und setzte sich an einen großen Tisch, an dem bereits einige andere saßen. Mit einem großen „Hallo" wurde er begrüßt. Seine schulterlangen Haare waren vorne schon etwas schütter, sodass er auf den ersten Blick älter als Mitte dreißig wirkte. Nur sein lausbubenhaftes Grinsen hob diesen Eindruck schnell wieder auf. Sofort war er in ein lebhaftes Gespräch mit seinen Begleitern vertieft.

„Der Rasende Roland." Joe konnte sich ein Grinsen nicht verkneifen.

„Ein Verkehrsrowdy?" Nachtwey schaute zum Tisch, der mittlerweile lautstark diskutierenden Gruppe hinüber.

„Das nicht gerade, aber Rowdy stimmt schon." Joe fing an zu kichern. „Er heißt Ronald Wimmer und ist Lokalredakteur beim Groß-Gerauer Echo. Normalerweise ist er für die Vereinsarbeit zuständig, fühlt sich jedoch zu Höherem berufen. Man könnte manchmal meinen, er hört den Polizeifunk ab oder hat eine andere Quelle, denn jedes Mal, wenn etwas passiert, ist er der Erste vor Ort." Joe runzelte die Stirn und wurde nachdenklich. „Er hat auch den Artikel über Wills' Unfall geschrieben, der gestern im Groß-Gerauer Echo erschienen ist. Mit dem Radfahrer hat er auch gesprochen, und dabei die Drohne erwähnt, die dieser beobachtet haben will."

„Stimmt ja, die Drohne! Sie kommt auch im Bericht vor. Gibt es da schon etwas Neues?" Nachtwey blätterte seine Notizen durch.

„Ich habe bei den Kollegen schon nachgefragt. Es gab tatsächlich einige Sichtungen von Drohnen in den letzten Monaten, doch die Kollegen waren jedes Mal zu spät vor Ort. Das hatte aber auch keine Priorität. Ich habe nun darum gebeten, bei der nächsten Drohnenmeldung dies vorrangig zu behandeln und so schnell wie möglich an den Meldungsort zu fahren. Vielleicht haben wir ja Glück und erwischen den Piloten. Um so ein Teil zu steuern, benötigt man schließlich auch technisches Know-how, damit könnte der Drohnen-Pilot ebenfalls als Täter in Frage kommen." Joe blickte Nachtwey zufrieden an.

„Sie haben exzellente Vorarbeit geleistet, Frau Kramer",

entgegnete der Hauptkommissar. „Ich bin schon sehr gespannt, wie sich unsere Zusammenarbeit weiter entwickeln wird. Auch dieses Café war wirklich eine sehr gute Empfehlung“, fügte er noch mit einem Lächeln hinzu.

Joe freute sich über diese anerkennende Bemerkung und gab der Bedienung ein Zeichen.

Nachdem beide bezahlt hatten, verließen sie das Kulturcafé und machten sich auf den Weg zur IAA nach Frankfurt, um den ersten Punkt ihrer Liste abzuarbeiten.

18

Kriminalhauptkommissar Nachtwey bahnte sich mühelos seinen Weg durch den Besucherstrom, der zu den Messehallen wogte. „Immer wieder erstaunlich, wie viele Autoverrückte auf der IAA unterwegs sind.“

Joe stimmte zu, während sie versuchte, mit ihm Schritt zu halten.

„Gut, dass Barkeeper und Hotelangestellte so gut beobachten können“, fuhr er übergangslos fort. „Jetzt kennen wir schon einige Details aus den letzten Stunden des Unfallopfers. Prima Recherche!“

Joe fühlte, wie ihre Wangen ganz heiß wurden. Oje. Sicher glühe ich jetzt wieder!

Plötzlich stoppte Nachtwey. „Halle 8. Da müssen wir rein. Auf zum Opel Stand.“ Er hielt Joe die Tür auf und sagte dabei: „Noch etwas. Schauen Sie sich heute Nachmittag auf dem Revier noch mal das Protokoll von dem Zeugen an – wie hieß er doch gleich – irgendwas mit ‚Auto‘ ...“

„Wagenhof – Mike Wagenhof“, half Joe weiter.

„Richtig. Wagenhof. Der die Drohne gesehen hat. Wir müssen herausfinden, wem das Ding gehört und ich brauche die Aufnahmen – falls es welche gibt."

„Geht in Ordnung", antwortete Joe.

Sie mochte die Art von Frank Ulrich Nachtwey, er machte klare Ansagen und war auch noch höflich, wie sie gerade hatte feststellen können.

Joes Augen brauchten einen Moment, um sich an das Kunstlicht in der riesigen Halle zu gewöhnen. Stimmengewirr, Musik, bunte Lichtblitze aus LED-Lampen, Hunderte von Menschen wimmelten kreuz und quer durch die Gänge. Überall summte und dröhnte es; sie kam sich vor wie in einem riesigen Bienenschwarm.

An der Info-Theke des Opel Standes fragte Joe eine der Hostessen: „Können Sie uns sagen, wo wir Jeanne Cassel von der PSA-Gruppe finden? Uns wurde gesagt, sie sei heute am Opel Stand."

„Einen Moment bitte. Ich checke unseren Konferenz-Planer", antwortete die junge Frau. „Ah, okay. Hier haben wir es: Frau Cassel ist heute bei der ‚New Mobility World'. 11 Uhr im Forum, Expertenrunde zu ‚Mobilität von morgen' ... Halle 3."

„Vielen Dank für die Information", verabschiedete sich Nachtwey mit einem freundlichen Nicken.

*

„Wir lassen Frau Cassel am besten ausrufen", meinte der Kriminalhauptkommissar, als sie in Halle 3 angekommen waren.

„Ich glaube, das ist nicht nötig", entgegnete Joe, die sich eifrig umgesehen hatte. „Ich meine mich zu erinnern." Joe zeigte auf eine große Frau mit dunklen Haaren, die eine raffinierte Hochsteckfrisur trug. „Dort drüben, das könnte sie sein. Kommt der Beschreibung des Barkeepers vom Hotel

Adler auch sehr nahe. Da, direkt unter der Leuchttafel ‚IAA – New Mobility World'. Neben ihr steht so ein Typ mit Gelfrisur."

Jeanne sah verdammt gut aus in ihrem bordeauxfarbenen Kostüm, der weißen Bluse und den hochhackigen dunkelroten Pumps, gestand Joe sich ein, als sie näher kamen. Reiß dich zusammen, Johanna! Du bist hier im Dienst! Vermassele es bloß nicht!

„Frau Cassel?", fragte Nachtwey, als sie vor ihr standen.

„Ja. Was kann ich für Sie tun?"

„Kriminalhauptkommissar Nachtwey." Er zeigte seinen Dienstausweis. „Das ist meine Kollegin Polizeioberkommissarin Kramer. Wir haben ein paar Fragen an Sie."

„An mich?" Jeanne blickte irritiert von Kommissar Nachtwey zu Joe.

„Es geht um den Unfall von Maxim Wills", erklärte Nachtwey.

Joe registrierte, dass Jeanne blass wurde und einen verunsicherten Blick in Richtung des großen, schlanken Mannes warf, der neben ihr stand.

„Aber ... aber ... was will die Polizei von mir?", stammelte sie. „... Maxim! Mon Dieu! Maxim est mort! Comment ça a pu arriver?"

„Wie bitte? Wir haben leider kaum ein Wort verstanden. Können Sie den letzten Teil noch einmal wiederholen – aber auf Deutsch", bat Joe.

„Oh, pardon. Ich habe gar nicht bemerkt, dass ich Französisch gesprochen habe. Ich sagte, ‚mein Gott, Maxim ist tot.' Und ich fragte mich, wie das geschehen konnte. In der Zeitung stand, dass es ein tragischer Verkehrsunfall gewesen sei. Entschuldigen Sie", fuhr Jeanne fort. „Ich bin unhöflich. Das ist ein Kollege von mir, Michael Richter." Sie deutete auf den Mann neben ihnen, der das Gespräch wortlos verfolgt hatte. Bevor er etwas sagen konnte, klingelte sein Handy. „Tschuldigung", murmelte er knapp und ging ein paar Schritte zur Seite.

Joe spürte Nachtweys Blick, aber er sagte nichts. Seine Augenbrauen zuckten auffordernd. Joe verstand, sie sollte Jeanne befragen – von Frau zu Frau war es eventuell einfacher, an Informationen zu gelangen.

„Wie Kriminalhauptkommissar Nachtwey bereits sagte, wir haben ein paar Fragen an Sie. Um zu klären, wie das geschehen konnte, sind wir hier, denn möglicherweise war es kein ‚normaler' Verkehrsunfall."

„Ich verstehe nicht ..., ‚kein normaler Unfall' – was bedeutet das?", stammelte Jeanne betroffen. „Und wieso kommt die Kriminalpolizei bei einem Unfall?"

„Wir sind dabei zu recherchieren, wo Maxim Wills vor dem Unfall war, was er getan hat, mit wem er gesprochen hat", erklärte Joe, ohne auf Jeannes Fragen einzugehen.

„Und was hat das mit mir zu tun?" Jeanne sah Joe verwundert an.

„Wir wissen, dass Sie und Herr Wills am Abend vor seinem Tod zusammen in der Bar des Hotels Adler waren", setzte Joe erneut an. „Woher kannten Sie sich? ... Sie arbeiten für die PSA-Groupe; Maxim Wills war in der Geschäftsleitung von Alva. Zwei Konkurrenzfirmen."

Jeanne bekam wieder etwas Farbe ins Gesicht. Sie holte tief Luft und breitete die Arme aus: „Schauen Sie sich um! Einen Großteil dieser Menschen treffen Sie auf jeder der großen Automobilmessen – in Genf, in Detroit, in Frankfurt ... Und abends im Hotel sieht man etliche von ihnen erneut, man trinkt was, redet ... Auf einer dieser Messen habe ich Maxim Wills kennengelernt und nun sind wir uns auf der IAA wieder begegnet."

„Und der Abend des 14. September, wie lief der ab?", fragte Joe.

Jeannes Augen füllten sich mit Tränen und sie begann: „Wir haben uns zufällig in der Bar getroffen und noch ein bisschen geredet."

„Worum ging es bei diesem Gespräch?", hakte Joe nach.

„Ach, nichts Besonderes, so dies und das", antwortete Jeanne.

„Wie lange waren Sie und Maxim Wills an diesem Abend zusammen?"

Jeanne zögerte. „Ich weiß es nicht mehr genau. Wir haben was getrunken, ein wenig geplaudert ... Ich habe nicht auf die Uhr gesehen."

„Kommen Sie Frau Cassel! Das können Sie mir nicht erzählen. Denken Sie nach, hier kann jedes Detail wichtig sein." Joes Stimme war deutlich bestimmter und lauter geworden. Die Zeit des Smalltalks war vorbei. „Womöglich waren Sie die letzte Person, mit der Maxim Wills gesprochen hat, bevor er starb. Worüber haben Sie geredet? Hatten Sie Streit? Vielleicht noch am Abend ... oder ... nachts?", insistierte Joe.

„Was wollen Sie damit andeuten?" Jeannes Stimme vibrierte.

Joe fiel auf, dass sich ihre linke Hand so fest um ihr Smartphone schloss, dass die Knöchel sich weiß unter der Haut abzeichneten.

„Andeuten wollen wir gar nichts." Kriminalhauptkommissar Nachtwey sah Jeanne in die Augen, seine Stimme wurde ganz leise. „Oder gibt es da etwas, was Sie ...?"

„Verzeihung, wenn ich unterbreche", tönte plötzlich die Stimme von Jeannes Kollegen, Michael Richter, dazwischen. Er wandte sich an sie: „Das war eben Paris", er deutete auf sein Handy. „Die Zentrale hat entschieden, eine Pressekonferenz vor Ort zu geben. E-Mobility. Briefing für das Team auf der IAA in zwanzig Minuten – Telefonkonferenz – wir können einen Raum auf dem Opel Stand nutzen."

Joe und Nachtwey hörten verblüfft zu. Dann wandte Richter sich an die Kommissare. „Habe die letzten Sätze vorhin mitbekommen. Tja. Jeanne konnte sich gar nicht mit Wills streiten. Sie war nach der Bar mit mir zusammen ... die ganze Nacht. Wenn Sie uns jetzt entschuldigen wollen, wir müssen rüber in Halle 8. Wie gesagt ... Telefonkonferenz."

„Ich ... ja ... ich", stotterte Jeanne. „... Wir müssen ... zu dem Briefing."

Ehe die beiden Polizisten etwas erwidern konnten, hatte Michael Richter Jeanne schon am Arm gefasst und Richtung Hallenausgang gezogen.

„Was war das denn jetzt? Sollen wir hinterher?" Joe sah Nachtwey fragend an.

Der zuckte mit den Achseln. „Bringt nichts. Jedenfalls jetzt nicht. Sie sind ja schon ein wenig länger in den Fall involviert, Kramer. Lassen Sie mal hören: Was für einen Eindruck haben Sie von Frau Cassel und ihren Auskünften?"

„Sie hat uns sicher noch nicht alles gesagt. Ich habe sie beobachtet. Der Tod von Maxim Wills ging ihr doch recht nah, ich bin mir ziemlich sicher, dass die beiden ein Verhältnis hatten. Trotz ihres Make-ups sah sie plötzlich blass aus und ihre Stimme zitterte – das war, als ich Jeanne darauf ansprach, ob sie Streit mit Wills hatte. Ich hatte den Eindruck, dass sie sich ganz schön zusammenreißen musste."

„Gut aufgepasst! Sie haben ein Auge dafür. Das gefällt mir", lobte Nachtwey. „Was verschweigt uns diese Cassel? Wir werden der Dame noch mal auf den Zahn fühlen. Später."

19

Warum schwitzte dieser Mann nur so?, dachte Joe. Seit Kommissar Nachtwey und sie im Arbeitszimmer von Alois Zimmer, Vorsitzender der BI Wallerstädten und zweiter auf ihrer Liste, saßen, schien dieser sich in eine Wasserpfütze zu verwandeln.

Sie waren kurz zuvor zum feudalen Bauernhof von Zimmer am hinteren Ende von Wallerstädten gefahren, einem gepflegten Anwesen, das keinen Zweifel daran ließ, dass der Besitzer trotz gegenteiliger Medienberichte von der Landwirtschaft gut leben konnte. Das Wohnhaus entsprach dem Bilderbuch-Klischee mit üppigen Blumenkästen an jedem Fenster. In der Mitte des großen Hofs war statt des zu erwartenden Misthaufens ein Stillleben aus alter Rolle, messingfarbenen Milchkannen und Bronzefiguren aufgebaut. Künstler-Chichi, der auf einem Bauernhof nach Joes Meinung so überflüssig wirkte wie Henkel an einem Fußball. Na ja, die Geschmäcker waren verschieden. Offensichtlich wollte Zimmer nach außen nicht unbedingt als Landwirt angesehen werden.

Sie hatten den Wagen direkt vor dem Eingang geparkt. Nachdem trotz mehrmaligem Klingeln keiner geöffnet hatte, sahen sie sich in den Nebengebäuden um und fanden schließlich Andrea Zimmer, seine Frau, im Stall bei den Kühen. Vielen Kühen.

Nach der obligatorischen Begrüßung folgten sie ihr ins Haus und fanden Zimmer in seinem Arbeitszimmer. Offenbar war er derart in irgendwelche Papiere vertieft, dass er sie nicht gehört hatte.

Als sie eintraten, sprang er auf, bewegte seinen massigen Körper erstaunlich gewandt auf sie zu und schüttelte ihnen eifrig die Hände, wobei er Joes Hand genau das Quäntchen länger hielt, als angenehm war. Sein Blick huschte einmal über ihren Körper, um dann doch noch in ihr Gesicht zurück zu finden.

Was für ein Kotzbrocken!, dachte Joe.

Er grinste anzüglich und nahm wieder hinter seinem Schreibtisch Platz. „Darf ich Ihnen einen Kaffee anbieten, Cappuccino oder Espresso?“ Nachtwey wollte einen Kaffee,

Joe verzichtete.

„Andrea, hast du gehört? Der Kommissar nimmt einen normalen Kaffee. Ich meinen Espresso, wie immer."

Andrea Zimmer verschwand mit ausdruckslosem Blick, wahrscheinlich in Richtung Küche. Die Rollenverteilung in diesem Haus schien klar verteilt.

Der Raum war picobello aufgeräumt und glich dem Arbeitszimmer, das Joe von ihrem Vater kannte. Als Anwalt musste er öfter etwas Nachlesen. Aber was machte ein Landwirt mit einem Arbeitszimmer mit deckenhohen Bücherregalen? Joes Blick glitt über die Buchrücken. Rhetorik für Fortgeschrittene? Wie überzeuge ich mit Worten? Die Kunst der Manipulation? Wo kein Buch stand, fanden sich gerahmte Fotografien und Zeitungsausschnitte. Zimmer beim Händeschütteln. Zimmer in der Ratssitzung. Zimmer mit dem Bürgermeister. Zimmer in einer hr-Talkshow. Zimmer hier, Zimmer da.

Nachtwey und er plauderten harmlos über das Wetter und die Lokalpolitik, bis seine Frau mit dem Kaffee wiederkam.

Joe beobachtete Zimmers Frau. Sie nahm gleich neben der Tür Platz und hielt sich im Hintergrund. Braune Haare, praktische Frisur, ein Ringeltop von TCM und eine verwaschene Jeans. Eine pragmatische Frau. Ein verkniffener Zug um den Mund machte sie älter, als sie war. Sie schien generell nicht viel zu lachen.

Alois Zimmer verschanzte sich hinter dem Schreibtisch. Joe konnte kaum über den Tisch schauen. Saßen sie irgendwie niedriger? Was war das denn?

Kommissar Nachtwey lenkte das Gespräch in konkrete Bahnen, indem er nach der BI und deren Zielen fragte.

Joe und er hatten sich darauf geeinigt, das Gespräch erst mal unverfänglich zu gestalten und abzuwarten, wohin es sich entwickelte. War von diesem Typen tatsächlich etwas Nützliches zu erfahren? Sie bezweifelte es.

„Also mir geht es um die Sache, natürlich nur mit Mitteln,

die unser Rechtsstaat vorsieht, das muss mal gesagt werden", hörte sie Alois Zimmer schwadronieren. „Aber ich kann natürlich nicht für alle unsere Unterstützer die Hand ins Feuer legen, sie verstehen, was ich meine?" Er grinste dabei breit. „Ich will ja nichts gesagt haben, aber der Wilfried, Wilfried Katz, der hat schon immer gern im Wald rumgemacht. Komischer Kauz. Schon von klein auf. Also dass dem mal ne Sicherung durchbrennt, war zu erwarten. Aber wie gesagt, ich will natürlich nicht, dass Sie den Eindruck bekommen, die BI würde Kriminellen Rückendeckung geben", beeilte er sich zu versichern. „Als Vorsitzender der BI habe ich natürlich jede Menge Verantwortung. Und da kann ich solche Dinge nicht verschweigen."

„Welche Dinge meinen Sie genau?", fragte Nachtwey.

„Na ja, schauen Sie nur mal, wie der wohnt. Ein Messie sag ich Ihnen. Und eine Freundin hatte der auch noch nie. Das ist doch komisch, oder? Sie verstehen, was ich meine." Er grinste schmierig. „Ich dachte mir schon immer, dass bei dem nicht alle Tassen im Schrank sind. Er will ja auch immer ‚was machen', regt sich tierisch drüber auf, dass es nicht vorwärts geht und wir in seinen Augen zu moderat vorgehen. Ich denk mir immer wieder: ‚Alois, wie weit würde der wohl gehen, um Alva eins auszuwischen?' Jetzt ist dieser schreckliche Unfall passiert. Würden Sie sich da nicht auch fragen, ob da nicht mehr dahintersteckt? Und dann der Jürgen ..." Er machte eine Kunstpause und seufzte theatralisch.

„Welcher Jürgen?", hakte Nachtwey nach.

„Jürgen Frommer." Zimmer verzog das Gesicht. „Dieser Möchtegern-Aktivist. Der hat doch in mei ... äh, in der BI überhaupt nix verloren. Macht ständig auf dicke Hose mit seiner alten Dreckschleuder. Dem geht es doch nicht um unseren Ort oder dass unsere Umwelt erhalten bleibt. Wenn Opel hier ein Werk hätte bauen wollen, hätte der doch die Schaufel selbst in die Hand genommen. Nein, nein, der hat einfach was gegen Fortschritt und nutzt jede Gelegenheit, den großen Zampano zu geben." Bekümmert blickte er zwischen Nachtwey und Joe hin und her.

Andrea Zimmer warf ihrem Mann einen warnenden Blick zu. „Ich glaube, wir müssten dann draußen langsam mal weitermachen. Der Laster von der Genossenschaft kommt bald. Ich bin mit dem Misten noch nicht durch." Sie stand auf und blickte fragend in Richtung Nachtwey und Joe.

„Danke dass Sie sich die Zeit genommen haben", erwiderte Nachtwey. „Ich hoffe, wir können nochmal auf Sie zukommen, falls weitere Fragen in Richtung BI auftauchen."

Zimmer nickte wieder eine Spur zu eilig und schickte ein obligatorisches „man hilft doch gern" und „als pflichtbewusster Staatsbürger" hinterher.

Joe schüttelte sich. Mit was für Leuten man es zu tun bekam.

Als sie mit dem Auto vom Hof fuhren, blickte sie nachdenklich auf das Ehepaar. Glücklich sah anders aus. Da würde sie gerne mal Mäuschen spielen.

„Na, was denken Sie, Frau Kramer?" Nachtwey lenkte den Wagen in aller Ruhe aus dem Ort.

Umso besser, dachte Joe. Da können wir uns auf der Fahrt noch ein bisschen austauschen. „Also, der Typ ist schon eine Marke", eröffnete sie Nachtwey. „Täusche ich mich oder hat er die beiden aus seiner BI gerade angeschwärzt, ohne uns wirklich fundierte Informationen zu geben?" Nachtwey blieb still. „Ist nur so ein Gefühl, aber irgendwie glaube ich, dass er auch nicht ganz ehrlich war. Und seine Frau saß fast wie ein Wachhund an der Tür. Ein rundherum merkwürdiges Gespräch."

„So, so", entgegnete Nachtwey. Er zog eine Augenbraue hoch. War das Sarkasmus in seiner Stimme? „Sind Sie nebenberuflich Psychologin?"

Joe wurde es heiß und kalt. Sie spürte, wie sie errötete. „Ähm, ja also ... Ich dachte ... Ich wollte ..." Ja, was wollte sie eigentlich? Verdammt, da war wieder ihr Temperament mit ihr durchgegangen. Warum konnte sie nicht mal die Klappe halten und ihren Vorgesetzten den Vortritt lassen? Hatte Nachtwey irgendwelche Verbindungen zu Zimmer? Am Ende waren sie alte Kumpel.

„Wir sollten auf alle Fälle mal einen diskreten Hintergrundcheck bei Jürgen Frommer und Wilfried Katz durchführen," grinste Nachtwey. „Ich teile im Übrigen Ihre Meinung. Ist Ihnen aufgefallen, wie er geschwitzt hat?" Er lachte. „Jetzt habe ich SIE ganz schön ins Schwitzen gebracht, was?"

Erleichtert lachte Joe zurück. Puh, ein Stein fiel ihr vom Herzen. Für einen Moment hatte Nachtweys strenger Blick sie tatsächlich verunsichert.

„Und die Fragen zu den restlichen BI-Mitgliedern hat er gekonnt überhört", fuhr Nachtwey fort. „Mir war er auch ein bisschen zu schnell mit seinen Verdächtigungen. Diese ganze BI-Geschichte scheint mir etwas unausgegoren. Schauen wir doch mal, was Wilfried Katz immer so im Wald zu tun hat und was ein Autonarr gegen Elektroautos hat."

20

Auf der Fahrt zu Wilfried Katz kreisten einige Gedanken in Joes Kopf: der Unfall, das Carhacking, die Drohne, aber auch das vergessene Date, Jasper, ihr Vortrag im Hotel. Die letzten Tage war einiges auf sie eingeprasselt, das sie stark beschäftigte.

„So, da wären wir." Kriminalhauptkommissar Nachtwey lächelte.

Er stieg aus dem Auto. Joe folgte ihm. Sie gingen schnurstracks auf das Haus zu. Nachtwey war schon an der Tür, klingelte und rief: „Hallo Herr Katz, machen Sie auf!"

Keine Reaktion. Er drückte die Türklinke herunter. Mit einem Ruck ging die Tür auf. „Nanu! Scheint ja kein Sicherheitsfanatiker zu sein, werte Kollegin. Dann mal hinein in die gute Stube."

„Äh, dürfen wir überhaupt ...?", fragte Joe nach.

Er fiel ihr ins Wort: „... Von Dürfen kann hier keine Rede sein, Gefahr im Verzug, liebe Frau Kramer, Gefahr im Verzug."

Kaum hatten sie das Haus betreten, hielt sich Joe ihren Jackenärmel vor die Nase: „Oh Gott, wie das stinkt! Poah! Hier hat ja wohl seit Jahren niemand mehr gelüftet."

Es war düster wie in einer Grabkammer, nur spärliches Licht fiel durch die geöffnete Haustür. Joe hustete. Die Luft war wirklich zum Schneiden.

An der Garderobe hing ein grüner Parka. Als ihr Blick auf eine Fellmütze daneben fiel, erschrak sie. Wie ein Leichnam, Fellreste und dazu dieser an Verwesung erinnernde Gestank. Im ersten Augenblick dachte sie, es wäre ein totes Tier, das dort hing.

Ihr blieb die Luft weg. Trotzdem setzte sie einen Fuß vor den anderen. Im Flur stapelten sich rechts und links an den Wänden Zeitschriften, Kisten mit leeren Flaschen und noch allerlei Nippes und undefinierbares Gerümpel.

Es roch zudem nach Schweiß, Vergammeltem und Müll. Und etwas Süßliches, etwas undefinierbar Widerwärtiges kroch in ihr Riechzentrum. Etwas, das Alarm in ihr auslöste und Erinnerungen an die Sektionen in der Pathologie aufkommen ließ, an denen sie während ihres Studiums teilnehmen musste – Leichengeruch.

Fast wollte sie schon wieder nach draußen gehen, als ihr Blick durch den Spalt in der Küchentür fiel. Fein säuberlich aufgereiht lagen dort fünf Gewehre, Luft- und Jagdgewehre verschiedener Hersteller, soweit sie sehen konnte. Sie musste schlucken. Scheinbar war Katz doch nicht so harmlos, wie er auf den ersten Blick aussah. Sie drehte sich nach dem Hauptkommissar um. Er war aus ihrem Blickfeld verschwunden. Wo war er nur? Eben war er noch da gewesen.

Joe rief: „Herr Katz?" Dann trat sie in die Küche. Sie zuckte zusammen. Schräg gegenüber öffnete sich eine Tür und ein verwahrlost wirkender Mann in einem vor Flecken strotzenden Feinrippunterhemd und speckiger Jeans trat ein.

„Der Demonstrant!", entfuhr es ihr mit einem unterdrückten Schrei.

*

KHK Nachtwey durchquerte eines der anderen Zimmer. Auch hier sah es nicht besser aus. Der Kleiderschrank, der nur noch von den letzten Schrauben zusammengehalten wurde, gab seinen widerwärtigen Inhalt preis. Ein Altkleidercontainer war dagegen Haute-Couture. Überall lagen verschmutzte, zerschlissene und defekte Gegenstände herum. Der Boden war übersät mit allerlei Zeug. Eimer, Gummistiefel und Gartengeräte. Leere Glasflaschen und Dosen.

„Scheint auch kein Ordnungsfanatiker zu sein", flüsterte Nachtwey vor sich hin.

An einer Wand stand ein alter Schreibtisch. Auch er war überhäuft mit Papieren. Ein angebissenes Schinkenbrot lag oben drauf. Davor schien sich sogar der Schimmel geekelt zu haben. Es war einfach vertrocknet und angeknabbert, wohl von einer Maus.

Der Kommissar zog einen Handschuh an und hob vorsichtig die Papiere hoch. Verschlossene Briefumschläge. Rechnungen und Mahnungen. Aha, vom Finanzamt. Er öffnete eine Schublade. Verwundert zog er einen Schnellhefter heraus: Sehr ordentlich und mit fein säuberlicher Handschrift war darin ein Text abgeheftet: ‚Naturschutz geht uns alle an'.

Er begann zu lesen. Der Verzicht aufs Auto wurde propagiert, ebenso der Verzicht von Pestiziden in der Landwirtschaft. Ohne Probleme konnte er den Inhalten zustimmen.

Er blätterte zurück zur ersten Seite und blickte auf das Datum. Es handelte sich um eine Art Manifest aus dem Jahr 2002. Eine Kampfschrift, die etwa 80 Seiten umfasste. Hier ging es um die Natur, um ihren Schutz mit allen Mitteln, der in der Macht der Retter lag. Jetzt war schon etwas klarer, warum sich Wilfried Katz mit dem Landwirt Alois Zimmer nicht verstand. Das waren grundsätzlich verschiedene Ansätze.

Langsam ging er wieder auf den Flur zurück. Joe Kramer war nicht mehr zu sehen. Der Gestank war überwältigend. So etwas hatte er schon lange nicht mehr gerochen. Das roch nach Kadaver! Wo war nur Frau Kramer? Er blickte durch die Glastür in das Zimmer rechts vom Flur. Schemenhaft konnte er Gestalten erkennen. Hier war etwas faul, und das betraf nicht nur den Geruch.

Er ging vorsichtig weiter, entsicherte seine Waffe, hielt sie im Anschlag. Laut hörte er das Ticken einer Uhr. Sonst war alles gespenstisch ruhig, zu ruhig für seinen Geschmack. Er achtete darauf, kein Geräusch zu verursachen. Schließlich wusste er nicht, wo Johanna Kramer war. Er hörte angestrengt in die Stille. Nichts. Nur das Ticken der Uhr.

Er schlich weiter. Vor lauter Kisten und Zeitungen konnte er nicht gut sehen. Das Haus erschien ihm wie ein Labyrinth.

Plötzlich bewegte sich etwas auf dem Boden. Er zielte darauf. Erst im letzten Moment bemerkte er, dass es nur eine Katze war. Miauend schmiegte sie sich an seine Beine. Er versuchte sie zu verscheuchen.

Verdammter Mist, dachte er.

Als die Katze merkte, dass hier keine Streicheleinheiten zu holen waren, ging sie schnurstracks weiter und verschwand hinter einer der vielen Kisten. Huschte durch eine Tür. Dumpfes Poltern, als die Katze auf einen Tisch sprang und der Ausruf eines Mannes: „Rosalie, jetzt nicht! Weg! Ksch."

Die Stimme eines Mannes mittleren Alters. Sie klang angespannt. Wahrscheinlich Katz. Dann hörte er Joe Kramer.

„... kann ja sein, dass Sie die Waffenbesitzkarte verlegt haben, aber es kann nicht sein, dass diese Jagdgewehre und die Munition hier einfach auf dem Tisch liegen."

Katz grummelte eine Antwort. „... schon immer ... schon auf der Startbahn ... machen, was ich will." Katz schwitzte, sah aus, als stünde er mächtig unter Strom.

„Sie können nicht machen, was Sie wollen", erklärte Joe. „Es gibt Gesetze, die es einzuhalten gilt. Und dazu gehört, dass Schusswaffen in einem abschließbaren Schrank aufzubewahren sind."

Kommissar Nachtwey betrat langsam die Küche und nickte Joe zu. Dort war auch die Katze, sie saß auf der Anrichte inmitten von dreckigem Geschirr und fraß etwas. Man hörte das Knacken des Trockenfutters.

Und tatsächlich lagen dort fünf Gewehre, drei davon ältere Modelle, wie Nachtwey sie von seinem Vater kannte. Auch zwei neuere Modelle waren dabei. Daneben lagen nun auch noch drei Pistolen, sogar eine Walter PPK, wie sie von der Polizei verwendet worden war.

„Sind Sie Herr Katz?", fragte Nachtwey den Mann, der nur mit einer fleckenübersäten Hose und Unterhemd bekleidet war. „Wir hatten gerufen, Sie hatten aber nicht reagiert."

„Hm."

„Wo waren Sie denn?"

„Er kam durch die Hintertür, war wohl im Garten", antwortete Joe anstelle von Wilfried Katz.

„Herr Katz, wir würden gerne mit Ihnen sprechen." Nachtwey blickte auf die Waffen. „Hier gibt es wohl Erklärungsbedarf."

„Wüsste nicht warum." Wilfried Katz schwieg wieder. Er machte einen verwirrten Eindruck, als frage er sich, ob ihn jemand angeschwärzt und die Polizei auf den Hals gehetzt hatte.

Joe richtete sich an ihn. „Ich habe Sie vor zwei Tagen im Hotel gesehen. Mit einem Pappschild." An Nachtwey gewandt. „Er ist der Demonstrant gewesen."

„Gegen was noch mal, Herr Katz?", fragte Nachtwey.

„Weiß nicht."

„Wissen Sie nicht mehr, was Sie vor zwei Tagen gemacht haben?"

„Scheiß Autofabrik", platzte der Mann hervor.

Joe wollte gerade etwas sagen, als ihr der Kommissar ins Wort fiel: „Welche Autofabrik? Opel in Rüsselsheim?"

„Quatsch! Der neue Mist, der hier gebaut werden soll."

„Alva? Ich glaube, Herr Katz wird uns doch einige Fragen beantworten müssen. Dazu kommen wir gleich, erst will ich mir die Waffen mal genauer ansehen. Und die Waffenbesitzkarte." Und an Wilfried Katz gerichtet: „Herr Katz, wo könnte sie denn sein? Oder haben Sie vielleicht gar keine? Dann müssten wir Sie doch mit aufs Revier nehmen."

Wilfried Katz schwitzte immer stärker. Schweiß schoss ihm durch die Poren. Der Kommissar sah ihn scharf an.

„... Mal schauen ...", murmelte Katz und ging in den Nachbarraum.

Joe und der Kommissar folgten ihm. Der Gestank wurde unerträglich.

Als Joe im Nebenraum im Vorbeilaufen auf den Tisch sah, riss sie entsetzt die Augen auf und schlug sich mit der Hand vor den Mund. Sie blickte in die toten Augen eines Hundes. Sein Leib war aufgedunsen, Maden quollen aus dem geöffneten Körper. Jetzt war klar, woher der Gestank nach Verwesung und Tod stammte. Sie spürte, wie ihr übel wurde.

Katz ging zum Sofa, das allem Anschein nach als Schlafstätte genutzt wurde. Es war mit einem völlig durchlöcherten Laken bedeckt.

Nachtwey und Joe sahen sich an. Katz stand mit dem Rücken zu ihnen, nahm etwas auf und drehte sich blitzartig um. Etwas blitzte in seiner Hand. Er hatte eine Pistole.

Zielte auf Joe.

Joe stand da, starrte Katz an. Begann zu schwitzen. Konnte sich kaum rühren, zwang sich jedoch dazu. In Zeitlupentempo zog sie mit ihrer rechten Hand ihre Waffe aus dem Hosenbund und richtete sie auf Katz, der ihr nun gegenüberstand. Sie sagte keinen Ton. Ihre Arme zitterten.

Schieß!, sagte sie sich immer wieder.

Aber sie fühlte, wie die Kraft sie verließ. Bald würde sie die Arme senken müssen und dann, das spürte sie, würde er zuschlagen, so wie bei einem verletzten Tier.

Kommissar Nachtwey erstarrte angesichts der Situation, die so schnell eskaliert war, dass er es nicht verhindern konnte. Er stand seitlich hinter Joe. Warum sagte sie nichts? Sie stand nur da. Er würde handeln müssen, bevor es zu einer unwahrscheinlichen, aber nicht auszuschließenden Kurzschlussreaktion von Katz ausarten würde.

„Herr Katz, machen Sie doch keinen Quatsch! Legen Sie die Pistole wieder hin!", versuchte er besonnen auf ihr Gegenüber einzuwirken.

Katz machte keine Anstalten. „Raus!", schrie er stattdessen.

„Herr Katz, eine fehlende Besitzkarte ist doch kein Drama ... Wir können doch gemeinsam suchen ..."

Katz wandte sich leicht und zielte nun auf ihn.

Nachtwey musste sofort handeln und er merkte, wie nun jede gewaltlose Handlungsoption zu einem Risiko für sie beide werden könnte.

Joe erwachte aus ihrer Lethargie. Es ertönte ein Schuss. Joe war verblüfft über sich selbst. Nachdem die Aufmerksamkeit von Katz auf Kommissar Nachtwey gesprungen war, hatte sie auf das alte Sofa gezielt.

Katz schrie auf vor Schreck.

„Herr Katz, Waffe auf den Boden!", rief Joe.

Er gehorchte und warf die Pistole vor sich.

Nachtwey sprang auf den Mann zu und kickte die Waffe mit einem Fuß zur Seite.

Nun blickte er Joe an, der langsam wieder etwas Farbe ins Gesicht stieg.

„Ich ... ich ... ich muss Ihnen das erklären."

„Ich dachte ... egal. Das haben Sie wirklich gut gemeistert."

Nachtwey nahm sein Telefon und wählte die Nummer der Dienststelle in Rüsselsheim.

21

„Zigarette?"

KHK Nachtwey zog mit geschickter Handbewegung ein Päckchen Pall Mall aus der linken Jackentasche und ließ eine Kippe aus der Öffnung schnellen.

„Hm, eigentlich Nichtraucherin, aber ..." Joe, die sich bemühte, einen vollständigen Satz hervorzubringen, zog es vor, ihren Gewohnheiten zum Trotz das Angebot anzunehmen.

„Ich auch!", lachte er. „Das hier ist das Päckchen meiner Frau, das ich für sie eingesteckt hatte und vergessen habe herauszunehmen."

Nachtwey trat einen Schritt näher, um Joe Feuer zu geben. Ihre Hand zitterte, als sie die Zigarette zum Mund führte. Nach dem ersten tiefen Zug hüstelte sie verlegen, nahm aber sofort einen zweiten.

Was wird Simone sagen, wenn sie den Rauch riecht? Egal. Sie kommt jeden Tag in die Wohnung mit Pferdegeruch und wird sich schon nicht beklagen.

Nachtwey und Joe hatten Wilfried Katz festgenommen und ihn mit einem Streifenwagen nach Rüsselsheim überführen lassen. Der Hauptkommissar wollte Joe zurück nach Groß-Gerau bringen. Er hatte bemerkt, dass sie unter dem Eindruck der Ereignisse nicht selbst fahren konnte. An einem Feldweg zwischen Wallerstädten und Groß-Gerau hatte er gestoppt, war um den Wagen herumgegangen und hatte die Beifahrertür wortlos geöffnet. Lächelnd hatte er Joe aufgefordert auszusteigen.

„Ich dachte, wir sollten mal ein paar Minuten zur Besinnung kommen, bevor wir uns für das Berichteschreiben sammeln müssen“, erklärte er.

„Sorry für mein zögerliches Verhalten!“ Joe fühlte sich zu einer Rechtfertigung genötigt.

Eine ungünstige Situation und die falsche Person für eine Therapiestunde, ermahnte sie sich.

Die Sonne würde gleich hinter den Weinbergen in Rheinhessen untergehen, über die Felder hinweg beobachteten sie das Naturschauspiel. Ein guter Augenblick, um runterzukommen und das Erlebte sacken zu lassen.

„Ich bin gespannt auf Ihre Erklärung“, unterbrach Nachtwey die Stille. „Wo können wir uns in Ruhe unterhalten? Dies ist nicht ganz der passende Ort und ich sehe, dass Sie frieren.“

Joe erwachte aus ihrer Starre und antwortete: „Nicht in der Polizeistation!“

„Natürlich nicht.“

Joe überlegte. Zögernd schlug sie vor: „In meiner Wohnung im Wasserturm, da sind wir ungestört.“ Röte stieg ihre Wangen hoch, als sie realisierte, welchen Vorschlag sie gerade unterbreitet hatte.

Nachtwey schien es nicht zu bemerken, nickte bedächtig, stieg wieder in den VW Passat, wartete, bis Joe sich angegurtet hatte, startete das Fahrzeug und fragte: „Vorne an der Aral Tankstelle rechts und dann Richtung Möbel Heidenreich?“

„Genau! Sie kennen sich in Groß-Gerau aus?!“, staunte Joe.

„Wir haben dort eine Küche gekauft und dabei ist mir der Wasserturm aufgefallen.“

„Die sind bekannt für eine große Auswahl an Küchen und die gute Beratung“, erwiderte Joe. Froh über die unverbindliche Unterhaltung blickte sie nach draußen und beobachtete einen Rettungswagen, der mit blinkendem Blaulicht vom nahegelegenen Krankenhaus zum nächsten Einsatzort fuhr. Bei dem Gedanken an die bevorstehende Aussprache konnte sie nur mühsam ein paar Tränen unterdrücken.

Mist, was ist nur mit mir los? Das kann doch alles nicht wahr sein. Jetzt habe ich die große Chance, an den Ermittlungen in einem Mordfall beteiligt zu sein und bin auf dem besten Weg es zu vermasseln.

Joe schloss die Augen und atmete ein paar Mal zur Beruhigung tief durch.

Du kriegst das hin. Bis jetzt stehst du noch nicht auf dem Abstellgleis.

Eine tiefe Stimme schreckte sie aus ihren Grübeleien: „Kann ich das Auto hier stehenlassen?"

Joe blickte auf das Parkverbotsschild und wagte einen kleinen Scherz: „Sicher, wir sind doch die Polizei." Sie kramte den Hausschlüssel hervor, stieg die Treppen nach oben, sperrte die Wohnungstür auf und legte den Rucksack auf die Kommode im Flur.

„Ich hoffe, Sie haben keine Katzenallergie? Die Stubentiger liegen im Schlafzimmer, aber die Haare fliegen natürlich überall herum."

„Stört mich nicht." Die Frage nach einem Kaffee beantwortete der Kommissar mit einer zustimmenden Kopfbewegung.

„Milch und Zucker?"

„Ich trinke schwarz."

Mit einer knappen Geste zeigte ihm Joe den Weg in das angrenzende Wohnzimmer. Nachtwey trat an das Fenster und blickte auf die nahegelegenen Felder.

Joe stellte in der Küche den Wasserkocher an, stützte sich seufzend mit beiden Händen auf der Arbeitsplatte ab und konzentrierte sich auf das brodelnde Geräusch. Während sie den Kaffee in der Stempelkanne zubereitete, hörte sie den Kommissar nebenan herumlaufen.

Vielleicht doch keine so gute Idee gewesen.

Sie gab eine großzügige Portion Zucker in ihren Lieblingsbecher und füllte Kaffee ein. Als sie ins Wohnzimmer trat, saß Nachtwey entspannt auf der Couch und sah ihr mit neutraler Miene entgegen.

Joe reichte ihm den Becher und ließ sich im Sessel nieder.

„Ich sehe, Sie haben ein Saxophon. Spielen Sie regelmäßig?“, eröffnete der Kommissar das Gespräch.

„Zur Entspannung. Wenn der Dienstplan und die Zeit es erlauben, auch im Polizeiorchester“, erwiderte Joe und nahm einen Schluck Kaffee.

„Welche Musik bevorzugen Sie?“

„Ich liebe Jazz in Richtung von Louis Armstrong, Duke Ellington und Ella Fitzgerald.“

„Wunderbar, da haben wir etwas gemeinsam“, sagte Nachtwey. „Ich bin ein großer Freund von Jazzmusik. In meiner weit entfernten Jugend habe ich Schlagzeug in einer Band gespielt“, gestand er wehmütig, beugte sich vor, stellte den Kaffeebecher auf dem Tisch ab und streifte kurz über seine Bartstoppeln.

Joe merkte, jetzt war die Plauderstunde beendet.

„Was ist vorhin mit Ihnen passiert?“, kam die unvermeidliche Frage. „Wenn ich sage, ich habe viel Zeit, ist das natürlich nicht wahr, aber ich muss wissen, ob ich mich auf Sie verlassen kann und deshalb will ich die komplette Story hören.“

Joe suchte nach den richtigen Worten. „Ein Kindheitserlebnis, das ich mit mir rumtrage. Das eben war gewissermaßen die Feuerprobe, im wahrsten Sinne des Wortes.“ Joe kniff die Augen kurz zusammen und begann zu erzählen. „Als Schülerin wurde ich Zeugin einer Schießerei. Die Erinnerungen waren sofort da, als Katz die Pistole auf mich gerichtet hat. Himmelherrgottnochmal! Für gefühlte fünf Minuten ist der ganze Film von damals wieder vor meinen Augen abgelaufen."

„Es waren Sekunden ... keine Minuten!", warf der Kommissar ein.

„Damals haben zwei maskierte und bewaffnete Männer einen Überfall auf eine Tankstelle in Groß-Gerau verübt. Meine Freundin, deren Vater und ich waren im Verkaufsraum, als die Täter eindrangen und die Einnahmen forderten."

Nachtwey musterte sie ruhig und wartete auf die Fortsetzung.

Joe sammelte sich und berichtete mit leiser Stimme weiter. „Hinlegen und Maul halten, dann passiert euch nichts, schrien die Männer und fuchtelten mit ihren Schusswaffen in der Luft herum. Wir waren vor Schreck wie gelähmt und warfen uns auf den Boden. Der Kassierer öffnete die Kassenlade und nahm das Geld heraus. Einer der Räuber reichte ihm einen Einkaufsbeutel und er stopfte die Scheine hinein." Gefangen von den auftauchenden Bildern zog Joe die Beine hoch und hielt sie mit den Armen fest. Sie legte den Kopf auf die Knie und flüsterte: „Plötzlich ist der Vater meiner Freundin aufgesprungen und hat sich den beiden auf der Flucht nach draußen in den Weg gestellt. Beschissene Idee. Der Kleinere hat gebrüllt: Bist du lebensmüde? Der Andere hat kaltblütig geschossen." Aufgewühlt hob Joe den Kopf und schaute den Kommissar mit tränenfeuchten Augen an. „Es war eigentlich schon alles vorbei, doch er musste den Helden spielen und wurde durch die Schusswunde an der Wirbelsäule verletzt. Seitdem sitzt er im Rollstuhl." Joe schniefte, zog ein Taschentuch aus der Hosentasche, wischte die Tränen ab und putzte sich die Nase.

Nachtwey hob die Augenbrauen und fragte: „Wurden die Täter gefasst?"

„Nein, sie flohen unerkannt. Der Kassierer hat den Notruf gewählt und ist dann hinter der Theke mit einem Herzinfarkt zusammengebrochen. Merle und ich saßen weinend neben ihrem bewusstlosen Vater und konnten nichts tun. Es war alles voller Blut. Wir warteten eine gefühlte Ewigkeit auf den Notarztwagen und die Polizei und waren völlig verstört. Wir konnten auch keine Aussage zu der Statur und dem Aussehen der Täter machen. Ich weiß nur noch, dass der größere der beiden geschossen hatte. Es ist auch nicht bekannt, wie sie sich von der Tankstelle entfernten. Damals gab es keine Überwachungskameras. Sie zogen wahrscheinlich die Skimasken ab und sahen wie ganz normale Passanten aus."

Nach der Schilderung des einschneidenden Erlebnisses fühlte Joe sich besser. Die Art, wie ihr Gegenüber zuhörte, hatte eine beruhigende Wirkung.

Der Kommissar ließ ihr Zeit.

Joe holte tief Luft. „Seit diesem Tag war es mein wichtigstes Ziel im Leben, im Polizeidienst zu arbeiten, an der Aufgabe teilzuhaben, Menschen nicht zu Opfern von Gewalttätern werden zu lassen. Irgendwann einmal in einem Team wie Ihrem."

„Aber Sie haben das Erlebte nicht richtig verarbeitet, sonst hätten Sie heute anders auf diese Konfrontation reagiert", erwiderte Nachtwey. „Wie stellen Sie sich die weitere Ermittlungs- und Zusammenarbeit vor?"

„Wenn Sie es für richtig halten, werde ich mit einem Polizeipsychologen sprechen, aber bitte schließen Sie mich nicht aus", flehte Joe. „Geben Sie mir die Möglichkeit, mein Können zu beweisen. Ich habe Zeit und Energie in den Fall gesteckt und dabei die Manipulation an dem Fahrzeug entdeckt."

Nachtwey erhob sich und ging zum Bücherregal. „Interessante Auswahl", bemerkte er mit einem Augenzwinkern und dem Blick auf die Tim und Struppi-Hefte, neben Fachbüchern zur Kriminalistik.

Joe stellte sich neben ihn und fuhr mit dem Finger über das gerahmte Foto von Simone. Sie saß auf einem Pferd strahlte voller Lebensfreude.

Joe hielt stumme Zwiesprache mit dem Bild: Wie kann ich ihn überzeugen? Hilf mir!!! – Angriff ist die beste Verteidigung.

Sie wandte sich zu Frank Nachtwey und bemerkte seinen fragenden Blick.

„Ihre Schwester?"

Joe schüttelte den Kopf. „Ich habe zwei Brüder."

Sie erwartete eine Reaktion auf ihre ausweichende Antwort, aber der Hauptkommissar blickte sie nur interessiert an.

Joe sammelte sich und sagte eindringlich: „Ich gebe zu, dass mein Verhalten bei dem Tatverdächtigen Katz nicht professionell war ... Aber wie oft wurde eine Waffe auf Sie gerichtet? Bei mir ist es heute zum ersten Mal passiert und ich musste auch noch nie auf einen Menschen schießen. Haben Sie immer angemessen reagiert? Ich bin eine gute Polizistin und stehe am Anfang meiner Karriere. Ich lerne täglich dazu und von Ihrer Erfahrung kann ich am meisten profitieren", schloss Joe ihren Appell.

„Das hoffe ich", so Nachtwey. „Festhalten möchte ich, dass jeder vom anderen lernen kann. Was ich an Dienstjahren mitbringe, ergänzen Sie mit neuen Ideen und Entschlusskraft, auch einmal Ungewöhnliches in Betracht zu ziehen, wie es sich mit Ihrem Verdacht bei dem Hackerangriff gezeigt hat."

Der altgediente Ermittler fuhr sich mit der Hand durch die grauen Haare und ließ sich Zeit.

Joe beobachtete ihn aufmerksam.

„Gut, halten wir fest, dass Sie verspätet, aber letztendlich richtig reagiert haben. Sie bleiben bis auf weiteres in der SoKo und arbeiten direkt mit mir zusammen. Ich übernehme die Verantwortung. Keine Alleingänge!"

Joe schluckte verlegen. „Wird nicht mehr vorkommen."

„Sie sprechen alles mit mir ab und erstatten zweimal täglich Bericht über Ihre Aktivitäten und Erkenntnisse."

Joe strahlte. „Vielen Dank. Sie können sich auf mich verlassen!"

„Sie erstellen nachher im Präsidium den Bericht über die Festnahme und führen morgen mit mir gemeinsam das Verhör von Wilfried Katz“, ordnete Nachtwey an. Er überlegte einen Augenblick. „Wer weiß, vielleicht arbeiten wir irgendwann an weiteren Fällen zusammen. Es wäre mir eine Freude, Frau Johanna Kramer. Aber nun lösen wir erst einmal diesen Fall.“ Er reichte Joe die Hand. „Auf gute Zusammenarbeit.“

Joe nickte und erwiderte kräftig den Händedruck. Er hat ‚wir‘ gesagt, schoss es ihr durch den Kopf.

22

Jeanne Cassel besah sich ihre verweinten Augen im Spiegel auf der Messetoilette und versuchte, die Spuren mit ein wenig Make-up zu kaschieren. Sie verfluchte diesen Sonntag auf der IAA. Maxim war tot. Wie konnten ihre Kollegen einfach zur Tagesordnung übergehen? Sie musste alle Kräfte zusammennehmen, um nicht den Verdacht zu erwecken, dass sie über das kollegiale Maß hinaus trauerte. Was war das mit Michael vorhin, als die Polizei vor Ort war, um sie zu befragen? Wie kam er dazu zu behaupten, sie hätten die Nacht zusammen verbracht? Sie kannte ihn lange genug. Sie dachte an die Anfänge ihrer Beziehung. Vor zwei Jahren wurden sie sich bei einem Sommerfest bei PSA vorgestellt. Dunkelhaarig, groß, schlank und gutaussehend passte er hervorragend in ihr Beuteschema. Sie verlebten einen ausgelassenen Abend zusammen, trafen sich gelegentlich und lagen mit ihren Interessen auf einer Wellenlänge.

Er war nicht ihre große Liebe. Diese entdeckte sie erst, als sie Maxim Wills kennenlernte.

Michael führte etwas im Schilde, das war unwiderlegbar. Sie wurde das Gefühl nicht los, dass er sie beobachtete und ihm ihre Affäre mit Maxim nicht entgangen war. Woher auch immer er diese Information hatte. Und nun heute dieser Auftritt!

Eine ältere Dame betrat den Waschraum und Jeanne wurde aus ihren Gedanken geschreckt. Kugler und Kleinert warteten draußen auf sie. Die beiden waren vom Hotel Adler an dem Morgen zusammen zur IAA gefahren und hatten angeboten, Jeanne mit zurückzunehmen. Als Jeanne aus der Tür trat, waren Kugler und Kleinert verschwunden. Stattdessen stand Michael Richter vor ihr.

„Suchst du deine Kollegen? Ich habe sie nach Hause geschickt. Unverantwortlich eine solche Schönheit alleine mit solchen ungehobelten Kerlen in einem Auto fahren zu lassen." Er grinste frech. „Madame kann sich vertrauensvoll in meine Begleitung begeben."

„Wie kommst du dazu, den beiden diese Anweisung zu geben, noch dazu ohne es mit mir abzusprechen?", fragte Jeanne ärgerlich.

„Aber Liebes, du weißt doch, dass ich immer das letzte Wort haben muss." Mit diesem Satz zog er Jeanne in Richtung der Aufzüge.

Sie liefen gemeinsam zur Haltestelle und nahmen den Shuttle-Bus zum Messeparkplatz Rebstock.

Dort angekommen öffnete Richter mit der Fernbedienung die Türen des Wagens. Jeanne ließ sich mit einem Seufzer auf den Beifahrersitz sinken und streifte mit einer geschmeidigen Bewegung ihre hochhackigen Pumps ab.

Michael steuerte den Wagen über die 648 in Richtung A5. Am Westkreuz drängelte er über mehrere Fahrbahnen direkt auf die linke Spur. Als ein Auto zum Überholen ansetzte, blinkte er auf und drückte auf die Hupe. Im Vorbeirasen schimpfte er: „Immer diese Sonntagsfahrer, können die nicht zu Hause bleiben oder wenigstens im Taunus über die Landstraßen gondeln."

Jeanne verkrampfte sich auf ihrem Sitz und sehnte das Ende der gefährlichen Fahrt herbei. Als sie den Flughafen passierten ignorierte Michael die Tempolimits. Jeanne streifte Michael mit einem kurzen Blick und dachte: Was soll diese Geschwindigkeitsorgie?

In Rekordzeit erreichten sie die Abfahrt Groß-Gerau Nord.

Richter passierte die Ausfahrt und antwortete auf Jeannes Nachfrage: „Ich fahre an die Fasanerie, da können wir nach dem anstrengenden Tag in der Halle etwas Frischluft tanken."

In Büttelborn fuhr er von der A67 ab und erreichte nach kurzer Fahrt am Helvetia Park vorbei in Richtung Dornberg abbiegend den Parkplatz der Fasanerie Groß-Gerau.

Jeanne Cassel zwängte sich wieder in ihre Schuhe. „Weit kann ich damit nicht laufen!"

„Wir gehen über die Straße zum Dornberger Schloss. Dort gibt es Sitzgelegenheiten im Garten und wir können den Blick in die Natur genießen."

Jeanne stimmte achselzuckend dem Vorschlag zu. Sie hatte keine Ahnung, was auf sie zukam. Ob es mit der Befragung der Polizei vorhin zu tun hatte? Doch widersprechen wollte sie ihm nicht.

Es war kein Mensch auf der Straße zu sehen. Sie fühlte sich ein wenig unwohl. Die beiden ließen sich auf einer Steinbank nieder und beobachteten schweigend den Einbruch der Dämmerung.

Michael drehte sich zu Jeanne. „Ich habe bemerkt, wie sehr dich der Unfall und der Tod von Wills beschäftigt und mitnimmt, du tust mir sehr leid. Deshalb habe ich dir ein Alibi für die vorletzte Nacht verschafft. Ich möchte dich vor Problemen bewahren. Was glaubst du passiert, wenn die Polizei erfährt, dass du mit Wills die letzten Stunden vor seinem Tod zusammen warst?"

Jeanne starrte ihn an. „Aber wieso denn? Maxim hatte einen tödlichen Autounfall, das ist furchtbar tragisch und ich bin immer noch entsetzt darüber. Warum darf ich nicht sagen, dass wir die Nacht miteinander verbracht haben? Ich habe nichts zu verbergen. Irgendjemand wird sicher etwas in diese Richtung andeuten, es waren ja etliche Gäste in der Bar. Ist es nur deine Sorge um mich oder hast du immer noch nicht verstanden, dass es für uns beide kein ‚wir' mehr geben wird?" Sie erschrak über ihre eigenen Worte.

„Vielleicht hast *du* es nicht richtig verstanden. Heute am Stand, das waren Leute von der Mordkommission! Die ermitteln in einem Tötungsdelikt!", rief Michael Richter aufgebracht, sprang von der Bank und lief erregt hin und her.

„Ja, du hast recht. Es ist merkwürdig, dass die Kripo da war. Oder ermittelt die Kripo in Deutschland immer bei einem Unfall?"

„Natürlich nicht. Genau das meine ich doch die ganze Zeit!"

Jeanne traf diese Erkenntnis mit voller Wucht. Etwas an Maxims Unfall war demnach zweifelhaft. Leichter Schwindel erfasste sie.

„Ich habe nichts mit Maxims Tod zu tun", sagte Jeanne mit belegter Stimme und kämpfte mit ihren aufgewühlten Emotionen.

„Hör zu, Süße! Ich meine es wirklich gut und will dir in dieser Situation helfen. Du bist nun mal die erste Verdächtige. Außerdem sehe ich, wie schlecht es dir geht, und wir sind doch nach wie vor Freunde, oder habe ich das missverstanden?", fuhr Richter fort. Er blickte auffordernd auf Jeanne herab.

Sie antwortete nicht.

„Du kannst froh darüber sein, dass ich so schnell reagiert habe. Du darfst auf keinen Fall das Verhältnis zugeben. Willst du publik machen, dass du eine Affäre hattest? Abgesehen von der moralischen Seite, bist du mit einem Typen ins Bett gestiegen, der bei der direkten Konkurrenz arbeitet. Bettgeflüster über Betriebsgeheimisse und Firmeninterna beflügeln sicherlich deine weitere Karriere bei PSA", setzte er zynisch nach.

„Deine Ironie kannst du dir sparen!", entgegnete sie.

„Es ist bis jetzt nichts passiert", fügte er etwas ruhiger hinzu. „Aber du musst aufpassen, dass du nicht in Verdacht gerätst. Denk zurück an den Anschlag auf den Mannschaftsbus der Dortmunder Fußballer. Der wurde verübt, um die Borussia-Aktie abstürzen zu lassen. Eine solche Manipulation gegen den direkten Konkurrenten könnte man dir auch vorwerfen. Die Börse reagiert sofort und empfindlich auf solche Aktionen. Alva versucht sich ja im Bereich E-Mobilität zu profilieren, genau wie PSA."

Jeanne starrte ihn fassungslos an: „Das kannst du nicht ernsthaft glauben!"

„Nichts ist unmöglich!", grinste er. „Wir bleiben einfach bei meiner Aussage. Wir waren die ganze Nacht zusammen. Und fertig!"

Jeanne blickte nach unten und wischte sich die Tränen aus den Augen. „Gut, Michael. Ich habe verstanden. Vielen Dank für deine Unterstützung." Sie erhob sich. „Lass uns ins Hotel zurückfahren! Mir ist kalt, ich bin müde, das war heute alles ein bisschen viel."

Richter zog sein Jackett aus und legte es Jeanne fürsorglich über die Schulter. Wortlos gingen die beiden zurück zum Wagen.

23

Montag, 18. September

Als Wilfried Katz den kleinen Verhörraum mit seinen grau gestrichenen Wänden betrat, bekam Joe eine Gänsehaut. Sie hatte sofort wieder den Geruch aus Katz' Haus in der Nase und fühlte sich plötzlich sehr beengt. Zum Glück strahlte Nachtwey, der neben ihr am Tisch saß, Ruhe und Souveränität aus.

Ein Beamter führte den Festgenommenen zu seinem Stuhl. Katz sah aus, als hätte er die Nacht in der Arrestzelle kein Auge zugetan und sein Gemütszustand schien zum Zerreißen angespannt zu sein, denn kaum saß er, platzte er heraus: „Ihr Scheiß-Bullen könnt mich doch nicht einfach festnehmen ..." Er schlug mit der Faust auf den Tisch, dass es nur so krachte.

„Herr Katz, beruhigen Sie sich!", begann Joe. „Nach unserem gestrigen Aufeinandertreffen bleiben für uns einige Fragen offen, die wir gerne mit Ihnen geklärt hätten."

„Wir werden dieses Gespräch, wie es üblich ist, aufzeichnen und es wäre von Vorteil für Sie, wenn Sie sich präzise und wahrheitsgemäß äußern würden", ergänzte Nachtwey mit strengem Blick.

Katz verzog das Gesicht und trommelte mit seinen Fingern in einem stakkatoartigen Takt auf den Tisch.

„Was wird das?", fragte er. In seiner Stimme schwang ein aggressiver Tonfall mit. „Ich will auf keinem beschissenen Tonband verewigt werden."

Nachtwey ließ sich von ihm nicht beirren und klärte ihn über seine Rechte auf.

„Anwalt brauch ich nicht!", keifte Katz. „Die Paragraphenhengste haben mir noch nie geholfen!"

„Okay. Warum demonstrieren Sie gegen den Bau des neuen Fertigungswerks von Alva?", übernahm Joe die Befragung.

Katz schnaubte. „Was fragen Sie so dämlich? Unsere Natur

wird zerstört für ein Werk von profitgierigen Investoren, die sich die Zerstörung einiges kosten lassen und uns unser Land wegnehmen und unsere Natur zerstören. Ist das kein Grund? Sind Sie so ignorant? Und Sie wollen eine Gesetzeshüterin sein?“

„Bleiben Sie bitte sachlich“, ermahnte ihn Nachtwey. „Ich habe Ihr Manifest gefunden. Sie vertreten sehr radikale Ansichten, was den Schutz der Natur und die Renaturierung angeht. Ich bin an Ihrer Meinung interessiert. Ist Gewalt wirklich die richtige Lösung?“

Katz ballte seine Hände zu Fäusten. „Ihr Scheiß-Bullen! Ihr könnt mich alle mal.“ Katz schlug wieder auf den Tisch.

Nachtwey sprang von seinem Stuhl. „Zügeln Sie sich! Wir stellen Ihnen nur ein paar Fragen. Wenn Sie allerdings nicht kooperativ sind, wird es ungemütlich für Sie.“

Katz entfuhr ein böses Knurren, wolfsartig fletschte er seine Zähne.

„Frau Kramer, fahren Sie bitte fort!“, forderte Nachtwey.

„Warum liegen bei Ihnen zu Hause Waffen wahllos herum?“

„Zu meiner Verteidigung“, erklärte Katz.

Verwirrt blickte Nachtwey ihn an. „Wovor müssen Sie sich verteidigen?“

„Sie brauchen Ihre Waffen doch auch zur Wehr. Das ist dasselbe Prinzip.“ Um den Nachdruck dieses Satzes zu unterstreichen, lächelte er sie provokant an.

Fassungslosigkeit lag im Blick der Kommissarin. „Ich möchte noch einmal auf Ihr Manifest zurückkommen“, fragte Joe. „Wieso fühlen Sie sich durch das Alva-Werk bedroht?“

„Gut, kläre ich Sie also einmal auf, Frau Kommissarin, ein wenig Interesse scheinen Sie ja zu haben. Das Gelände soll direkt am Naturschutzgebiet der Dornheim-Wallerstädter Teichwiesen errichtet werden. Dieses Gebiet der ehemaligen Altrheinschlinge mit ihren Stromtalwiesen ist charakteristisch für unsere Hessische Rheinebene. Sehr viele seltene Tier- und Pflanzengemeinschaften sind dort massiv gefährdet und stehen unter Naturschutz."

„Und dieses Gebiet wollen Sie mit Waffengewalt schützen?"

Joe dachte an die Bedenken, die auch schon Simone über das Alva-Werk geäußert hatte. Über Jahre wurde das Ackerland bereits renaturiert.

Katz räkelte sich auf dem Stuhl, als würde er von starken Rückenschmerzen geplagt. Eine Weile schwiegen sie sich an. Joe musste diesen Gedanken auch erst einmal sacken lassen. Die grundsätzlichen Gedanken von Wilfried Katz waren absolut nachvollziehbar, aber es gab Gesetze und dieser Alleingang war nicht die adäquate Art, damit umzugehen und sich in Selbstjustiz zu üben.

„Warum schließen Sie sich nicht der BI an, die mit legalen Mitteln versuchen, aufzuklären und aufzurütteln?"

Die Stimmung schlug wieder um. In der Luft lag eine aufgeladene und drückende Atmosphäre wie vor einem Gewitter, das sich zu entladen drohte.

„Wissen Sie eigentlich, was das für ein selbstgerechter Haufen ist? Das sind doch alles nur Pseudo-Naturschützer. Wissen Sie, wem dort ganz viel Land gehört? Nein? Ich sag es Ihnen: Alois Zimmer, dem Leiter! Der steckt doch mit denen unter einer Decke! Verdient sich wahrscheinlich `ne goldene Nase. Dem Zimmer ist das doch egal, wenn hier dieses ... ach, scheiß drauf!"

Plötzlich schnappte Katz sein Wasserglas und warf es mit zornigem Gesichtsausdruck in Richtung der Kommissarin. Verfehlte sie jedoch. Hinter ihr an der Wand gab es ein klirrendes Geräusch, das Glas zersprang und landete in mehreren Teilen auf dem Boden.

Joe fing sich schnell und durch ihre wendige Art war dieser Angriff für sie schon frühzeitig zu erkennen. Da musste ein Herr Katz schon früher aufstehen.

„Und Ihre ganzen Informationen haben Sie aus dem Internet? Gibt es da ein Netzwerk von Umweltschützern, die sich dort beratend zur Seite stehen?"

„Internet, damit ich mir da noch die ganzen Strahlen einfange? Wo denken Sie hin! Ich beobachte die Natur und kenne dort jeden Halm und jeden Strauch. Ich brauch kein Internet. Es gibt tatsächlich noch Menschen, die Zeitung lesen." Katz schüttelte fassungslos den Kopf. „Ich habe noch die Zeiten an der Startbahn-West erlebt, wir haben dort über Monate campiert und sicher nicht immer den friedlichen Widerstand geprobt. Da gab es auch kein Internet, da konnte man noch auf Menschen mit Idealen bauen. Da gab es keine Likes für ein Foto." Er blickte zu Nachtwey. „Sie müssten diese Zeiten doch auch miterlebt haben? Oder waren Sie da auch schon auf der anderen Seite? Ich komme jetzt nochmal zum Alva-Werk zurück: Allein bei der Produktion der Batterien des E-Autos Alva Model 3 werden 17,5 Tonnen CO_2 frei. Ein Fahrzeug mit fossilem Brennstoffantrieb könnte acht Jahre lang fahren, bis es die gleiche Umweltbelastung erreicht hat. Beim Ifeu in Heidelberg hat man ermittelt, dass allein die Herstellung eines Elektroautos 30 Prozent zur Klimabelastung beiträgt, die das Auto während seines Lebens verursacht." Katz redete sich jetzt in Rage. „Richtig gut schneiden E-Autos erst ab, wenn sie nur mit Ökostrom fahren. Jeder, der sich seinen Elektro-SUV vor die Tür stellt, denkt doch, er wäre ein Umweltschützer und dann fliegen uns Biblis und Co irgendwann um die Ohren. Es geht hier doch generell um Energie und wer kein Auto fährt, ist der wahre Umweltschützer."

Joe fielen ihre Kurzfahrten zum Bäcker ein und sie schämte sich etwas. Daran hatte sie noch gar nicht gedacht. Es war einfach bequem so ... Aber Simone hatte ja auch schon mehrfach die Augen verdreht.

Nachtwey straffte sich und begann sich drohend zu erheben. „Zurück zum gestrigen Tag, dazu hätte ich nämlich noch eine Frage: Was hat es mit der abscheulichen Kreatur auf sich, die wir auf Ihrem Wohnzimmertisch aufgefunden haben? Waren Sie verantwortlich für dieses Schreckensszenario? Sind Sie so ein jämmerlicher Tierquäler? Das macht doch kein Umweltschützer?"

Katz fing an, mit seinen Beinen gegen den Tisch zu treten. „Ich habe ihn begleitet auf seinem letzten Weg. Zusammengefahren wurde er, von einem dieser Raser, die durch unseren Ort heizen. Gegen Mischlinge habe ich nichts und den Oskar habe ich gekannt. So ein liebes Tier. Sollte ich ihn da einfach verrecken lassen? Ich wollte ihm helfen, aber das hat wohl nicht so ganz funktioniert. Deswegen habe ich ihn mit zu mir nach Hause genommen. Ich kann doch keinem Tier was zuleide tun, lächerlich!"

Als er den letzten Satz zu Ende gesprochen hatte, verengten sich seine Augen und Tränen schienen seinen Blick zu verschleiern.

Skeptisch blickte Joe ihn an. „Ich glaube Ihnen nicht", warf sie ein.

Nachtwey schwieg.

„Was wollen Sie eigentlich von mir? Sie bringen mich hierher und behandeln mich wie einen Schwerverbrecher!"

„Sie ..." Die Kommissarin brachte ihren Satz nicht zu Ende, da Katz sie unterbrach. „Es ist so, wie ich es gesagt habe. Wollen Sie mich etwa als Lügner bezeichnen? Ich fasse es nicht!" Mit Schwung stand er vom Stuhl auf.

„Jetzt hören Sie aber auf!", platzte Nachtwey heraus.

„Warum interessiert Sie das?" Katz schien die Frage nicht zu verstehen.

„Okay. Wollen Sie uns wirklich weiß machen, sie haben weder Internet noch Computer zu Hause?", fragte Joe.

„Warum fragen Sie mich das? Das tut doch nichts zur Sache!"

Sie überhörte seinen bissigen Kommentar. „Beantworten Sie einfach meine Frage! Also?"

„Natürlich nicht. Dieser Technikkram kann mir wirklich gestohlen bleiben.“ Er machte eine wegwerfende Handbewegung. „Haben Sie nicht verstanden, was ich Ihnen sagen wollte – das Alva Werk darf nicht gebaut werden.“

„Hiermit erkläre ich das Verhör für beendet“, sagte Nachtwey plötzlich. „Herr Katz, Sie dürfen nach Hause gehen.“

Joe beendete die Aufnahme.

Katz blickte sie stumm an und sah aus, als wolle er ihnen gleich an den Hals springen. Doch er sagte nichts weiter, bis zwei Beamte ihn abführten und hinaus brachten.

Joe wollte den Raum ebenfalls verlassen, aber Nachtwey hielt sie zurück. „Moment“, sagte er.

„Ich glaube nicht, dass er etwas mit der Manipulation am Auto zu tun hat. Ich denke eher, dass Alois Zimmer einem unliebsamen Gesellen eins auswischen wollte. Es gab keinerlei Hinweise auf einen Computer. Und so verwahrlost, wie er wohnt, glaube ich nicht, dass wir es hier mit einem gut getarnten Hacker zu tun haben könnten.“

„Aber die Geschichte mit dem Hund ist doch absurd, oder?“, gab Joe zu bedenken und schüttelte sich.

„Mehr als das. Es ist krank. Aber wer weiß, er scheint ja wirklich eine besondere Auffassung vom Leben zu haben. Und die Natur ist ihm wichtig. Jedenfalls hatte es das Dossier seines Manifestes in sich. Da hat sich jemand viele Gedanken gemacht.“

„Und die Waffen?“

„Wird auf jeden Fall untersucht werden.“ Kommissar Nachtwey ging Richtung Tür und setzte fort: „Aber ich glaube für den Unfall von Maxim Wills kann er kaum verantwortlich sein. Ihm fehlt das technische Know-how.“

Aber ein kluger Kopf ist er schon, der Herr Katz, dachte Joe. Ich muss echt mehr über meine Autonutzung nachdenken.

„Also kann er auch keine Drohne fliegen lassen?“, fragte

Joe nach.

„Genau. Wen haben wir denn sonst noch auf unserer Liste?"

Kommissar Nachtwey blickte Joe fragend an.

24

Joe stoppte ihren Opel Adam vor einem Einfamilienhaus und schaute an der Fassade hoch. An den Klappläden blätterte die Farbe ab. Die Fenster sahen aus, als wären sie schon sehr, sehr lange nicht mehr geputzt worden. An der rechten Seite der Hauswand war ein großes Holztor befestigt. Der Zahn der Zeit hatte auch dort kräftig genagt. Verrostete Türangeln und einige ausgefranste ‚Gucklöcher' in den Holzbrettern sprachen Bände.

Sie wollte gerade eine Bemerkung über den Zustand des Hauses machen, als Frank Nachtweys Stimme erklang: „Wohnlich sieht anders aus. Bevor wir uns dem Bewohner dieses ‚Palastes' widmen, lassen Sie uns kurz zusammenfassen, was wir haben. Da ist unser ‚Ein-Mann-Demonstrant' Wilfried Katz. Den können wir schon mal von der Liste der Verdächtigen streichen. Bin froh, dass wir diesen Kerl nicht noch einmal vernehmen müssen."

Joe nickte. Sie schüttelte sich bei dem Gedanken an das Verhör vom Vormittag.

„Bleibt also die Cassel – Motiv könnte Eifersucht, verschmähte Liebe oder etwas in der Richtung sein. Und dann haben wir die BI, die die Umwelt in und um Wallerstädten vor der geplanten Fertigungsstätte dieses amerikanischen Konzerns schützen will ... Haben Sie sich mal das Gelände von der ehemaligen Zuckerfabrik betrachtet?", schweifte Nachtwey ab, „... wo jetzt dieses Logistikzentrum errichtet werden soll. Ist mir vorhin beim Abbiegen nach Wallerstädten bewusst geworden – das wird riesig. 200.000 m^2 Gewerbefläche habe ich im Echo gelesen. Und ein Unternehmen wie Alva denkt mit Sicherheit in noch größeren Dimensionen. Den Protest der Bürger kann ich schon verstehen. Da würde eine Menge Natur zubetoniert."

„Wie weit würden einzelne Mitglieder der BI gehen?", sinnierte Joe. „Vor allem, welche technischen Kenntnisse haben die? Ein Mensch wie Alois Zimmer würde sich vermutlich nicht selbst die Hände schmutzig machen. Jetzt bin ich gespannt, was für ein Typ dieser Jürgen Frommer ist, den Zimmer so ‚großzügig' ins Spiel gebracht hat."

„Werden wir gleich sehen. Kommen Sie, Kramer."

Das zwei Meter hohe Tor der Einfahrt öffnete sich quietschend einen Spaltbreit.

Joe blickte auf ein blasses, rundliches Gesicht, das von einer großen Nase dominiert wurde.

„Jürgen Frommer?"

„Jaaaa."

Frank Nachtwey hielt seinen Dienstausweis hoch. „Kriminalhauptkommissar Nachtwey von der Kripo Rüsselsheim. Das ist meine Kollegin, Polizeioberkommissarin Johanna Kramer. Wir ermitteln zu dem Autounfall vergangene Woche. Der Fahrer ist dabei ums Leben gekommen. Wir haben ein paar Fragen an Sie. Dürfen wir reinkommen?"

„Fragen? ... An mich? ... Na gut." Jürgen Frommer ließ die beiden Polizisten herein und schloss das Tor sorgfältig hinter ihnen.

„Wow! Was haben Sie denn da für ein tolles ‚Schätzchen'?", fragte Nachtwey begeistert beim Anblick des orangefarbenen Opels, der blank gewienert im Hof stand.

„Rekord E, Baujahr '78", kam es prompt von Frommer.

„Der ist ja in einem Top-Zustand. Wie viel PS hat die Kiste?"

„Von wegen Kiste!“, schnaubte Frommer. „Das Goldstück hat einen 2.0 Einspritzmotor mit 110 PS. Außerdem elektrische Fensterheber, Zentralverriegelung und beheizbare Vordersitze. Opel baute die E-Version von August ’77 bis August ’82 mit einer neuen Vorderachse und Federdomen, die für verbesserte Geometrie sorgen“, sprudelte es aus Jürgen Frommer heraus. „Einziger Nachteil ist die breitere Hinterachse, dadurch ist das Hinterachsdifferential zu schwach ...“ Mitten im Satz stockte er. „Ähm ..., aber deswegen sind Sie sicher nicht hier, oder?“

„Nicht direkt“, antwortete Joe und deutete auf die Eingangstür. „Wir sollten drinnen weiterreden.“

Joe war neugierig auf das Innere des Hauses. Auf den ersten Blick hatte Jürgen Frommer einen recht gepflegten Eindruck hinterlassen. Obwohl – sein leuchtend orange-olivgrün-kariertes Hemd zeugte nicht gerade von Modebewusstsein. Aber es war Ton-in-Ton mit der Farbe seines ‚Goldstücks‘, wie Joe innerlich grinsend einräumte. Und dann war da noch sein Rasierwasser ... Bei jeder seiner Bewegungen schwappte eine penetrante Duftwolke ‚Tabac Original‘ zu Joe, die ihr fast den Atem raubte. Ihr Großvater hatte das Rasierwasser früher ebenfalls benutzt – allerdings wesentlich dezenter –, daher war ihr der Duft vertraut.

Nachtwey und Kramer folgten Jürgen Frommer in einen Raum, der aussah wie Wohn- und Arbeitszimmer. Joe registrierte ein dunkelbraunes Ledersofa, passender Sessel und einen Couchtisch aus schwerem Eichenholz. An der Wand gegenüber stand ein klobig aussehender Wohnzimmerschrank. ‚Gelsenkirchener Barock‘ hätte ihr Vater wohl dazu gesagt und dabei vielsagend die Augenbrauen hochgezogen. Alles sah ordentlich und sauber aus, wirkte aber ziemlich düster, irgendwie leblos. Männerhaushalt, dachte Joe. Keine Deko, keine Erinnerungsstücke vom Urlaub, nichts ... nur ein paar eingerahmte Fotos.

Jürgen war vor den beiden Polizisten eingetreten, nahm eine Wolldecke vom Sessel und warf sie etwas linkisch auf seinen schwarzbraunen Schreibtisch, der nach IKEA, Marke ‚Hemnes' aussah.

Warum legt er die Decke nicht auf das Sofa? Da ist doch genug Platz, überlegte Joe. „Entschuldigen Sie, Herr Frommer, könnte ich wohl ein Glas Wasser haben", bat sie.

Frommer schaute einen Moment verdutzt, ging dann aber in Richtung Küche.

„Komischer Vogel", raunte Joe dem Kommissar zu. Sie machte zwei schnelle Schritte Richtung Schreibtisch und hob die Wolldecke ein wenig an.

„Hier, Ihr Wasser." Jürgen Frommer war ziemlich schnell wieder im Zimmer. Er reichte Joe das Glas und deutete wortlos auf die Ledercouch. Ganz wohl fühlte Joe sich in dieser Umgebung nicht, daher setzte sie sich nur auf die Kante der Couch. Frommer nahm auf dem Sessel Platz.

„Herr Frommer, Sie sind Mitglied der BI ‚Wallerstädten – unser Dorf'. Wie wir wissen, engagieren sich die Mitglieder der BI gegen den Bau einer Fabrik für Elektro-Autos."

„Ich dachte, Sie wollten mich wegen einem Unfall etwas fragen ... Hat Sie etwa der Alois Zimmer auf mich angesetzt?", knurrte Frommer. „Dieser Mistkerl versucht mich anzuschwärzen, wo er nur kann. Nur wegen dem Scheißfahrrad damals. Dabei hat der selber keine weiße Weste. Tut nur immer so großkotzig."

„Fahrrad?" Joe schüttelte verwundert den Kopf. „Herr Frommer, uns geht es um den Unfall und um Autos. Genauer gesagt, den Bau einer neuen Produktionsstätte für Elektro-Fahrzeuge. Alva würde mit einer neuen Fabrik sicher für Arbeitsplätze in der Region sorgen. Was stört Sie denn an einem solchen Bauvorhaben?"

„Elektro-Fahrzeuge! Dass ich nicht lache", dröhnte Jürgen. „Mein Rekord – ja, das ist noch echte Wertarbeit. Sehen Sie sich nur mal das Blech an. Stabil, sage ich Ihnen. Und erst der

Motor – das ist Musik. Da ist Power dahinter. Bei einem E-Auto hören Sie ... nix! Keinen Mucks. Die erzeugen den Sound künstlich ... k ü n s t l i c h ! Und wissen Sie, wie die Herrschaften aus Amerika unsere Natur mit ihren Fabrikhallen verschandeln wollen? Die würden Waldstücke abholzen und hektarweise Grünfläche einfach unterbuttern! Aber nicht mit mir! Mit mir nicht!“

Joe jubelte innerlich; Jürgen Frommer war voll auf das Thema angesprungen. Jetzt musste sie die Kurve kriegen und herausfinden, wie viel Ahnung er von Computern hatte. „Von Autos und Technik verstehen Sie ja eine Menge, Herr Frommer. Wie es scheint, fotografieren Sie auch gerne ...“

„Wie, äh, was?“ Jürgen fühlte sich überrumpelt.

„Na, da drüben auf Ihrem Schreibtisch ..., da liegt eine Digitalkamera.“

„Ach die. Ja, die ... die gehört einem Freund. Hat der hier liegen lassen ... versehentlich.“ Jürgen brummte etwas, das sich wie „Bilder vom Urlaub“ anhörte.

„Soso. Wo haben Sie sich die Bilder denn angeschaut? ... Haben Sie einen Computer?“, platzte es aus Joe heraus. Himmelhergottnochmal, Johanna – ein bisschen mehr Fingerspitzengefühl bei deinen Fragen, schalt sie sich selber.

„Nein.“

„Darf ich mir die Kamera mal anschauen? Ich glaube, ich habe so ein ähnliches Modell.“ Joe erhob sich und wollte zum Schreibtisch gehen, als Jürgen blitzschnell aufsprang und sich mit ausgebreiteten Armen schützend vor seinen Schreibtisch stellte. „Das ist nicht meine Kamera. Also lassen Sie die Finger weg!“

„Bleiben Sie ganz ruhig, Herr Frommer! Kein Grund sich aufzuregen“, sagte Joe mit gedämpfter Stimme und blickte kurz zu Nachtwey.

Der Kommissar stand in entspannter Haltung vor Frommer und schaute ihn nur an.

Joe war beeindruckt, wie cool Nachtwey blieb; ihr selbst war ein wenig mulmig in der Magengegend. Sie hatte nicht damit gerechnet, dass Jürgen Frommer so reagieren würde.

Was war das? Joe schien es, als hätte der Hauptkommissar ihr zugezwinkert, kaum wahrnehmbar, nur für den Bruchteil einer Sekunde. Und sie begriff: Nachtwey schien solche Typen wie Jürgen Frommer zu kennen. Viel heiße Luft und nichts dahinter. Das musste sie sich merken und nahm sich vor, es bei passender Gelegenheit auszuprobieren.

„Nun lassen Sie mal die Kirche im Dorf, Frommer", sagte Nachtwey. „Wir wollen Ihnen ja nichts wegnehmen. Wenn Sie allerdings etwas zu verbergen haben ... Nun", fuhr er fort, „Sie haben die Wahl: Entweder Sie beantworten uns hier und jetzt ein paar Fragen oder wir nehmen Sie mit aufs Revier."

„Nein, nein. Schon gut." Frommer schien in sich zusammenzusacken; er kam Joe auf einmal viel kleiner vor. „Fr ... Fragen Sie. Ich ... ich werde antworten."

„Ihre Kamera?" Joe deutete auf den Schreibtisch. Frommer nickte beschämt.

„Und Sie haben auch einen Computer ... dort unter der Wolldecke?"

„Ähm ... ja."

„Dass Sie eben nicht wahrheitsgemäß geantwortet haben, sehen wir Ihnen noch mal nach. Dafür erwarte ich jetzt ehrliche Antworten von Ihnen. Klar?"

Frommer nickte.

„Letzten Freitag, also am 15. September, gab es einen tödlichen Autounfall auf der Bundesstraße 44. Es war ein Alva. Also ein Fahrzeug genau des Herstellers, dessen Fabrikbau Sie und die Bürgerinitiative verhindern wollen! Herr Frommer, wo waren Sie am Morgen des 15. September?", wollte Joe wissen.

Joe sah in das verkniffene Gesicht von Jürgen Frommer. Sie konnte spüren, wie es hinter seiner Stirn arbeitete.

„Alva! Ich hör immer Alva! Man sollte besser was tun für die Firmen, die hier in der Region ansässig sind", kam es beinahe trotzig von Frommer. „Ich bin jetzt über 40 Jahre beim Opel, ein Opelaner mit Leib und Seele – das können Sie mir glauben. Mit meinen 61 Jahren habe ich es nicht mehr allzu lange bis zur Rente. Aber nur, wenn Alva nicht dazwischenfunkt und Opel deswegen Arbeitsplätze abbaut! Das lasse ich mir von denen doch nicht versauen!" Unvermittelt grinste er. „Am 15. September, sagen Sie. Tja, da muss ich Sie enttäuschen – letzte Woche, da hatte ich Frühschicht. Stand pünktlich um 5.45 Uhr an meinem Arbeitsplatz. Jede Menge Kollegen können das bezeugen."

Joe nickte. „Das war's auch schon, was wir von Ihnen erfahren wollten, Herr Frommer. Übrigens, haben Sie schon die App für bluetoothgesteuerte Foto-Optimierung? Sie wissen schon ... dieses Zusatzprogramm zur Bearbeitung von digitalen Fotos."

„Die App für ..., ach ja, die App ... ähm. Ja, das hat irgendwie nicht richtig geklappt. Mein Computer hat sich aufgehängt beim Runterladen. Da habe ich es sein lassen."

„Oh! Ja, das kann schon mal vorkommen." Joe bemühte sich, ernst zu bleiben. „Noch etwas: Sagen Sie, kennen Sie in Wallerstädten jemanden, der eine Drohne hat?"

Jürgen Frommer zuckte mit den Schultern. „Ich habe jedenfalls keine. Vier Räder unterm Hintern sind mir allemal lieber, als so ein Spielzeugdingens mit kleinen Propellerchen irgendwo in der Luft."

„Haben Sie vielleicht schon mal eine Drohne hier in der Gegend gesehen?", wollte Joe wissen.

„Fragen, Fragen – nix als Fragen! Ja, fragen kann die Polizei gut. Das war schon damals so, als meine Uschi ... von der Brücke gesprungen ist. Ausgefragt hat mich die Polizei wieder und wieder, als wäre ich schuld gewesen."

Joe fiel auf, dass Frommers linkes Auge plötzlich im Takt seiner Worte zuckte und wie er sich hektisch mit der Hand durch die Haare fuhr.

Unvermittelt blaffte Frommer los: „Ohne meinen Anwalt sag ich jetzt kein einziges Wort mehr." Er ballte die linke Hand zur Faust. „Und jetzt stehlen Sie mir nicht länger meine Zeit. Hab noch was zu erledigen."

Wieder blieb der Kommissar gelassen, wie Joe registrierte.

„Wenn Ihnen noch was einfällt, rufen Sie an ... Hier meine Karte", sagte Nachtwey. Er legte eine Visitenkarte auf den Wohnzimmertisch. „Wiedersehen." Nachtwey nickte Frommer kurz zu, der ihn und Joe wortlos anstarrte.

Es schien Joe fast, als würde er durch sie hindurchsehen. „Wir finden schon alleine nach draußen!", rief sie etwas lauter als beabsichtigt und verließ hinter dem Kommissar das Zimmer.

Auf der Straße atmete Joe tief durch. „Puh, dieses Rasierwasser! Unter gutem Duft verstehe ich etwas anderes."

„Es ist ja nicht nur der Duft, das Zeug brennt auch in den Augen", erwiderte Nachtwey lachend. „Aber sagen Sie – ‚App für bluetoothgesteuerte Foto-Optimierung' – wo kriegt man so was her? Könnten wir mit Sicherheit auf dem Revier gut gebrauchen, so wie manche Kollegen fotografieren."

Joe grinste. „Ich wollte Jürgen Frommer ein wenig auf den Zahn fühlen, wie fit er in Sachen Computer und digitaler Welt ist. So eine App gibt es gar nicht. Der hielt sich wohl für sehr schlau mit seiner Antwort."

„Clevere Idee, Kramer!", lobte Nachtwey. „Auch, dass Sie nach der Drohne gefragt haben. Wir haben ja noch den Unbekannten mit seinem ‚Flugobjekt' ... Gibt es dazu inzwischen neue Erkenntnisse von der SoKo?"

„Danke. War ein Versuch wert. Aber nicht sehr erfolgreich ...", antwortete Joe und fuhr fort: „Die Kollegen Arnold und Fassolt sind dran. Die haben eine Liste der ausgestellten Drohnen-Plaketten für den Kreis Groß-Gerau und eine Aufstellung, wer in den vergangenen Jahren eine Prüfung zum ‚Flugkundenachweis' absolviert hat – also quasi einen Drohnen-Führerschein. Soviel ich weiß, haben die beiden schon fast alle Namen und Adressen geprüft. Bisher Fehlanzeige." Joe zögerte.

„Ist noch was, Kramer?"

„Naja, ich habe so ein ungutes Gefühl, was Jürgen Frommer anbelangt. Der hat sich am Ende so merkwürdig verhalten; stand auf einmal starr wie eine Salzsäule da. Ob er überhaupt mitbekommen hat, dass wir gegangen sind?"

„Irgendwann wird es ihm schon auffallen", feixte Nachtwey. „Ich würde sagen, der Mann hat sich von Anfang an merkwürdig verhalten. Ich kenne solche Typen, Kramer. Machen Sie sich deswegen keinen Kopf."

25

Wer hatte ihn bei der Polizei angeschwärzt und warum musste er sich diese vielen Fragen stellen lassen? Mit der Polizei hatte Jürgen bisher noch nie Kontakt gehabt. Auch wenn er des Öfteren die Promillegrenze für sich nach oben ausgelegt und den einen oder anderen in Gedanken um die Ecke gebracht – sich vor allem Alois Zimmer schon in allen möglichen Tötungsszenarien vorgestellt – hatte, war er noch nie mit dem Gesetz in Konflikt geraten. Auf diesen Schrecken musste er erst mal etwas essen und sich dann ein wenig körperliche Entspannung am PC gönnen.

Jürgen blieb sein Mettbrötchen im Hals stecken, als ihm immer klarer wurde, wer ihn bei der Polizei namentlich ausgeliefert hatte. Zu Hackfleisch würde er Alois verarbeiten, wenn er ihn zwischen die Finger bekäme. Hustend nahm er einen Fernet Branca, um die Reste des Brötchens runterzuspülen, einen zweiten goss er spontan hinterher.

Zornig sprang er von seinem Stuhl auf, der bei diesem Schwung nach hinten kippte. Er wollte keine Sekunde länger warten und stieg direkt in seinen Opel, um mit quietschenden Reifen seine Einfahrt zu verlassen.

Zum Hof von Alois waren es nur ein paar Minuten und mit Erleichterung stellte er fest, dass im Hof nur Alois' Protzkarre stand. Eines dieser umweltfreundlichen Elektroautos, wo doch jeder wusste, wohin der werte Herr Zimmer seine überschüssige Gülle entlud und mit welchen Mitteln seine Schweine mastreif und ertragreich gespritzt wurden. Dieser Möchtegernsaubermann mit seinem überkronten Lächeln und dem teigig schwitzenden Gesicht. Geld macht geil, oder so ähnlich, dachte sich Jürgen. Anders konnte er sich Alois' Erfolg bei den Frauen nicht erklären.

„Wo versteckst du dich, du mieses Verräterschwein?", brüllte Jürgen über den Hof.

Er rannte voller Zorn zur Haustür, um sie einzutreten, doch sein Tritt verfehlte sein Ziel, da Alois ihm zeitgleich öffnete.

„Ach, der Fromme Jürgen! Was haben wir denn dieses Mal für ein Problem? Schiebst du wieder Frust, weil in der Damenwelt nichts los ist bei dir, oder gibt es sonst irgendwelche Minderwertigkeitskomplexe, an denen ich wieder schuld sein soll?" Alois setzte ein breites Grinsen auf und stand breitbeinig vor ihm.

Jürgen konnte diesen Anblick einfach nicht ertragen, seine ganze Wut über die Demütigungen, die sich über viele Jahre angestaut hatte, überwältigte ihn.

„Du hast mich bei den Bullen verpfiffen, ich wäre an dem Unfall beteiligt gewesen. Sag mal, kommt das von deinem ganzen Rumgevögel hier? Da scheint an Hirn nicht mehr viel übrig zu sein, was rausgevögelt werden könnte!"

Alois grinste. „Biste etwa immer noch neidisch, weil deine

Uschi bei mir abgegangen ist wie ein Zäpfchen? An der hatte ich doch gar kein richtiges Interesse, die war ja auch nur mit viel Promille zu ertragen." Er lachte laut. „Und dass du ein komischer Vogel bist, das könnte hier in Wallersteere doch jeder gesagt haben. Und jetzt mach dich schleunigst von meinem Hof oder ich schlag dir die Fresse ein, dass du noch beschissener aussiehst als jetzt! Du bist doch nur ein armseliges Würstchen, der außer Autopolitur nix drauf hat."

„Pass auf, was du sagst! Dein ganzer Kindergartenkram wegen diesem beschissenen Fahrrad, das ich dir als Kind zu Klump gefahren habe, damit ist jetzt ein für alle Mal Schluss."

Alois zwängte sich an Jürgen vorbei und ging auf den Opel zu. Er ergriff die Mistgabel, die an der Wand zum Schweinestall stand und an der noch Überreste der Stallarbeit hingen.

„Was hast du vor? Willst du den Stall deiner nächsten Verwandten misten?", lachte Jürgen in einem irren und schrillen Tonfall.

Ohne auf Jürgens Kommentar einzugehen, zog Alois das vor Dreck starrende Gerät einmal quer über die Fahrerfront von Jürgens Opel und hinterließ tiefe Furchen im Lack. „Na, wie gefällt dir das? Jetzt hast du ordentlich was zu polieren ..."

Viel weiter kam Alois nicht, als Jürgen ihn mit unbändiger Kraft niederrang, sich rittlings auf ihn setzte und ihm die Mistgabel auf den Kehlkopf drückte.

„Du verfluchtes Stück Dreck", keifte Jürgen und drückte immer fester zu, bis Alois' Gesicht sich immer mehr verfärbte.

„Na, kannst ja gar nicht mehr reden, das tut mir aber leid. Du hast mir alles im Leben genommen, was mir lieb war und jetzt zerkratzt du mir auch noch mein Auto!"

„Grggghlllhhh", röchelte Alois.

Jürgen spürte, dass er einen Schritt zu weit gegangen war und ließ von seinem Opfer ab. Er rollte sich von Alois herunter, der immer noch keuchend und nach Luft japsend auf dem Boden lag.

Jürgen hielt weiterhin die Mistgabel umklammert und starrte voller Betroffenheit auf seinen Opel. Das würde Tage dauern und viel Geld kosten, aber viel schlimmer war es, dass sein Opel nun nicht mehr vollkommen war. Man würde immer sehen, das der Lack nicht mehr im Originalzustand war und für immer würde in seinen Gedanken Alois‘ Mist an seinem kostbarsten Stück kleben.

Alois japste immer noch und hielte sich den Hals, aber allmählich bekam er wieder mehr Luft. Langsam erhob er sich vom Boden. „Du hast ... noch ... nicht mal ... den Mumm ... richtig zuzudrücken, was bist du nur ... für ein Weichei!“, keuchte Alois mit einem belustigten Ton in der Stimme. „Kein Wunder, dass sich die Uschi bei mir so wohlgefühlt hat, mal von einem richtigen Kerl rangenommen zu werden. Die war so bekloppt zu glauben, ich würd mit ihr zusammen sein wollen und stürzt sich von der Brücke. Muss ja sehr verzweifelt gewesen sein mit dir.“

Jürgen schaute Alois scharf an. Diese Provokation konnte er ihm nicht durchgehen lassen.

26

Als Andrea Zimmer den Treffpunkt der Landfrauen erreichte, hatte sie wieder einiges weglächeln müssen.

„Dass du dich traust, den Alois alleine zu lassen!“, hörte sie Martha, die dicke Bäckereiverkäuferin witzeln.

„Wenn die Katze aus dem Haus ist, tanzen die Mäuse auf dem Dach ...“, vernahm sie aus einer anderen Ecke.

Das tat weh, aber ihre Haut war dick geworden in all diesen Jahren. Wie an einer imprägnierten Regenjacke perlten diese

Gemeinheiten an ihr ab und es gelang ihr, eine Maske der Unbekümmertheit und des Überhörens aufzusetzen. Das Schlimme daran war, sie hatten alle so recht damit.

Sie straffte sich und rief die Damen fröhlich ans Werk. In ihrer Landfrauengruppe gab es immer etwas zu tun und zu organisieren: ein Fest, einen Basar, ein Seniorenkaffee.

„Wer ist auf dem Kreisbauernmarkt mit dabei und kann Dienst machen?"

Einige Hände reckten sich in die Höhe.

„Ich lege die Listen auch für die Kuchen wieder aus und hoffe auf euer Engagement. Der Erlös geht an den Tiergarten in der Fasanerie, wie wir es beim letzten Mal abgestimmt haben."

Die teilnehmenden Damen der verschiedenen Altersgruppen schwatzten lautstark durcheinander und in wenigen Minuten stand die Planung für den 1. Oktober.

Andrea war froh über diese Abwechslung, denn wenn sie viele Aufgaben hatte, kam sie nicht zum Nachdenken. Das Gedankenkreisen kam erst nachts im Bett, wenn Alois schnarchend neben ihr lag oder sehr spät beziehungsweise gar nicht nach Hause kam. Dieser leere Platz neben ihr schrie sie regelrecht an und so konnte sie es den anderen nicht verübeln, Inhalt der Gespräche und Lästereien hinter vorgehaltener Hand zu sein.

Dass ihr Alois nicht nur der ihre, sondern ein Schürzenjäger sondergleichen war, nagte schwer an ihr. Immerhin hatte sie die Leitung der Wallersteerer Landfrauen seit geraumer Zeit inne und das verschaffte ihr die nötige Anerkennung. Ihre Truppe aus knapp 25 Frauen traf sich häufiger mit anderen Landfrauengruppen aus der Region. Bei Veranstaltungen in Groß-Gerau waren sie durchweg mit ihren begehrten Kuchentheken vertreten und auch bei Benefizveranstaltungen immer dabei.

Dies war für Andrea der Motor weiterzumachen. Die drei Töchter waren aus dem Gröbsten raus und wenn sie über ihre Ehe mit Alois nachdachte, wurde sie traurig und wehmütig zugleich. Wie sehr hatte er damals um sie geworben, die einzige Tochter, die einmal den ganzen Hof erben würde.

Sie hatte das damals für Liebe gehalten, als ihr Alois das Blaue vom Himmel versprochen hatte und beim Gedanken daran, stieß es ihr bitter auf.

Belogen und betrogen hatte er sie nach Strich und Faden, sich ins gemachte Nest gesetzt, nachdem sein Vater mittellos bei ihnen untergekommen war. Er war als Hilfsarbeiter, nachdem der eigene Hof runter gewirtschaftet und abgebrannt war, bei ihnen mit offenen Armen aufgenommen worden. Nun saß der Sohn dieses dankbaren Mannes auf ihre Kosten als Patriarch auf dem Hof, kommandierte und machte sich einen feinen Lenz.

Als ihre zwei Stunden in der Landfrauengruppe wieder zu schnell verstrichen waren, machte sie sich mit einem genervten Seufzer auf den Heimweg in ihre ‚Idylle'.

Sie erschrak und umklammerte ihr Lenkrad, als der Fromme Jürgen die Kurve schnitt und kurz vor ihrem Anwesen mit seinem Opel an ihr vorbeischoss – wie sah denn sein Auto aus? Auf der Fahrerseite verdreckt und zerkratzt. Der war doch sonst immer so penibel. Besser gesagt: besessen von diesem Wagen. Sie musste hysterisch auflachen und steckte sich noch schnell eine Zigarette an, als sie in ihre Hofeinfahrt einbog.

Das Bild, das sich ihr bot, ließ sie kurz aufschreien.

Alois lag auf dem Boden nahe des Schweinestalls. Sie öffnete die Fahrertür und rannte fast besinnungslos zu ihrem Mann.

Die Schweine grunzten aufgeregt und aus Alois' Unterleib ragte der riesige Stiel einer Mistgabel.

Tausend Gedanken schossen Andrea durch den Kopf. Ein Gefühl breitete sich langsam, aber stetig in ihr aus wie eine warme Woge der Genugtuung ...

27

Leber, ich fasse es nicht, ausgerechnet Leber!

Joe schob die Streifen der von ihr so gehassten Innereien vom Salat herunter und legte sie am Tellerrand ab. Wie kann man nur so etwas essen?, ging ihr durch den Kopf. Ihr Vater hatte sie zum Essen in der Mittagspause eingeladen und Sabine, seine aktuelle Partnerin, hatte gekocht. Eigentlich hätte Simone auch dabei sein sollen, aber erstens waren ihr solche Familienessen ein Gräuel und zweitens hätte sie ohnehin keine Zeit gehabt.

Sie saßen im kombinierten Wohn-/Esszimmer am großen Familientisch, der aus edlem Mahagoni gearbeitet war. Auch die restliche Einrichtung war sehr dunkel gehalten, was dem Raum schon immer etwas Beklemmendes verlieh. Ihre Mutter hatte früher gerne mit hellen Tischdecken und Blumendekoration für eine angenehme Atmosphäre gesorgt. Aber das war lange her. Sabine hatte dafür leider kein Händchen, wie Joe bemerken musste. Auf dem Tisch lagen einfache Platzdeckchen, auf denen das Rosenthal-Porzellan und die Kristallgläser unpassend wirkten.

„Johanna, mir ist zu Ohren gekommen, dass du an diesem Fall mit dem tödlich verunglückten Amerikaner arbeitest", riss ihr Vater sie aus ihren Gedanken. „Also mit der Kripo Rüsselsheim. Soll das etwas Dauerhaftes werden?"

„Weiß noch nicht genau. Wir wollen erst diesen Fall zu Ende bringen und dann überleg ich mir, ob das etwas für mich ist", antwortete Joe.

„Es ist schon schlimm genug, dass du zur Polizei gegangen bist. Unregelmäßige Arbeitszeiten bei schlechter Bezahlung und geringem Ansehen. Willst du dich jetzt auch noch mit Leichen beschäftigen? Kramers werden Anwälte, das habe ich dir immer gesagt, warum konntest du nicht auf mich hören?", polterte ihr Vater unvermittelt weiter.

Jetzt fing die alte Leier wieder an, das war also der wahre

Grund für ihr Treffen. Er hatte irgendwie erfahren, dass sie bei der SoKo mitarbeitete. Woher hatte er nur immer seine Informationen? Sie hätte seine Einladung ablehnen sollen. Ihr Vater würde ihren Beruf nie akzeptieren, egal, ob sie dabei Karriere machte oder nicht.

„Weil ich gerne Polizistin bin! Es macht mir Spaß, es ist eine Berufung für mich. Auch wenn es dir nicht gut genug ist, was ich tue, und du mich lieber in einer Kanzlei sehen würdest. Du weißt sehr genau, was damals an der Tankstelle passiert ist."

Sabine schaute betreten, verschob die Tischdekoration etwas in die Mitte und fragte bemüht lächelnd: „Möchte noch jemand Wein?"

Früher hatte ihre Mutter die Auseinandersetzungen mit ihrem Vater geschlichtet. Aber seit sie vor 14 Jahren überraschend an einer Lungenentzündung gestorben war, prallten ihr Vater und sie in solchen Situationen meist ungebremst aneinander.

„Genau deshalb. Weil ich weiß, wie gefährlich die Lage damals bei dem Überfall war, verstehe ich nicht, wie du dich freiwillig in solche Situationen bringen kannst. Deine Mutter wäre auch dagegen, da bin ich mir sicher."

„Glaub ich nicht! Ich habe meine Mutter als einen Menschen in Erinnerung, der sehr gerechtigkeitsliebend war. Mama würde mich verstehen. Vor allem aber würde sie mir keine Leber vorsetzen ...!" Sie schob den Teller etwas von sich. Bevor ihr Vater erneut ansetzen konnte, klingelte ihr Handy. „Kramer ... Oh, Herr Nachtwey! Sie sind es. Verstehe ... Okay, ich komme direkt dorthin. Bis gleich."

„Ich muss los", wandte Joe sich an ihren Vater. „Wir haben einen Einsatz, tut mir leid."

Raus, nix wie raus hier, dachte Joe.

Nachtwey hatte sie angewiesen, sofort zum Hof von Jürgen Frommer zu kommen. Das Einsatzkommando sei bereits unterwegs.

Als sie eine knappe Viertelstunde später bei Jürgen Frommer ankam, waren schon zwei Polizeifahrzeuge mit Blaulicht und Scheinwerfern da. Joe hielt sich etwas im Hintergrund, entdeckte Frommer auf einer Bank im Hof.

„Herr Frommer, stehen Sie auf, nehmen Sie die Hände gut sichtbar über den Kopf und kommen Sie langsam auf uns zu!“, tönte es aus dem Lautsprecher.

Joe sah einen Kollegen, der seine Waffe auf Frommer gerichtet hatte. Sie registrierte, dass Frommer gehorchte und den Anordnungen folgte. Er machte ein paar Schritte zum Hoftor, kam aber nicht weit. Seine Blase gab als erstes den Widerstand auf, dann seine Knie.

Ein weiterer Polizist ging zu ihm und drehte ihm die Arme unsanft auf den Rücken. „Jürgen Frommer, Sie sind verhaftet wegen des Mordes an Alois Zimmer. Sie haben das Recht zu schweigen oder auf einen Anwalt.“

Joe kannte diese Belehrung von Festgenommenen bisher nur von der Polizeihochschule. Jetzt war sie direkt dabei.

„Frau Kramer, kommen Sie doch bitte mal zur mir“, vernahm sie Nachtweys Stimme. „Ich habe hier etwas für Sie.“ Er hielt Joe sein Handy hin und spielte ihr den Anruf von Jürgen Frommer mit seinem Geständnis vor.

Währenddessen wimmerte Frommer: „Bin kein Mörder, hab’s nicht gewollt ...“

„Herr Frommer“, hörte Joe Nachtwey sagen, „meine Leute gehen da jetzt rein. Irgendwelche Überraschungen oder Sauereien da drin, von denen wir vorher wissen sollten? Überlegen Sie gut!“

Frommers Lippen bewegten sich lautlos, er schüttelte resigniert den Kopf. Kurze Zeit später kamen die Kollegen heraus und gaben Entwarnung.

„Frau Kramer, wir bleiben hier und kümmern uns um Herrn Frommer. Jens wird mit Fassolt zum Hof von Zimmer fahren.“

„Hallo Herr Frommer.“ Joe grinste und trat an den Verhafteten heran. „So schnell sieht man sich wieder."

Nachtwey und Joe gingen mit Frommer ins Haus. Jetzt standen sie im Wohnzimmer und Nachtwey schob ihn zu einem Sessel. Der Kommissar nickte Joe aufmunternd zu.

„Und jetzt, Herr Frommer", begann Joe, „erzählen Sie mal ganz in Ruhe und der Reihe nach, was auf dem Hof von Alois Zimmer vorgefallen ist."

„Ich ... ich ... hab mich gestellt, aber ... aber ich bin kein Mörder. Ich wollt's nicht! Der Mistkerl hat einfach wieder den alten Scheiß aufgewärmt, hat mich beleidigt, hat meinen Rekord mit der Mistgabel zerkratzt und dann hat das Schwein Uschi beleidigt. Da hab ich Rot gesehen ... hab zugestochen! Er sollte einfach das Maul halten und ... und dann bin ich weg!"

„Was wollten Sie eigentlich bei Alois Zimmer?"

„Na reinen Tisch machen! Den alten Scheiß mit dem Fahrrad ..."

„Herr Frommer, ich weiß nicht, was es mit diesem Fahrrad auf sich hat, aber wenn das ‚alter Scheiß' ist, dann verstehe ich nicht, warum Sie Alois Zimmer gerade jetzt wegen etwas umgebracht haben, was schon Jahre her ist. Soll ich Ihnen mal sagen, was ich glaube? Sie waren in der BI nicht vorsichtig genug. Alois Zimmer hatte ein Auge auf Sie. Nicht ohne Grund, wie man heute sieht. Es ging Ihnen alles nicht schnell genug, der Protest gegen das Fertigungswerk von Alva, da haben Sie die Sache selbst in die Hand genommen. Den Verhandlungsführer von Alva, Maxim Wills, zuerst und weil Alois Zimmer schon auf Ihren Füßen stand, musste er auch beseitigt werden. Der Staatsanwalt wird hier weder Notwehr noch Affekt durchgehen lassen."

„Nein, nein, nein!", schrie Jürgen. „Ich hab damit nix zu tun. Sie können mir das nicht auch noch anhängen! Ich hab nur den Alois abgestochen, sonst hab ich nix gemacht."

„Wie haben Sie das mit dem Alva-Prototypen hinbekommen? Mit einer Drohne? Kommen Sie, besser Sie sagen es uns jetzt gleich, das wirkt sich strafmildernd aus."

„Sie sind ja verrückt ... nix sag ich mehr. Ich hab mich gestellt. Ich will einen Anwalt, sofort!"

„Wie Sie wollen. Wir werden jetzt das Haus auf den Kopf stellen. Wenn wir Beweise für eine Drohne finden, dann haben Sie zwei Morde am Hals. Das wird eine lange Zeit für Sie in Weiterstadt." Joe schaute missmutig zu Frommer. Lieber wäre es ihr gewesen, wenn er die Sache mit dem Amerikaner auch gestanden hätte. Wobei sie leichte Zweifel hegte. Hatten sie wirklich den Richtigen erwischt?, fragte sie sich.

Nachtweys Handy klingelte. Joe schaute ihn kurz an. Seine Lippen formten lautlos „Fassolt" und mit einer Geste bedeutete er, dass er kurz rausgehen würde.

„Ich sag nix mehr. Ihr spinnt doch!", schimpfte Frommer.

„Wir spinnen also. Alles, was ich gesagt habe, ist Quatsch. Sie haben Alois Zimmer wegen eines Fahrrads getötet?" Sie nahm die Decke vom Sofa, breitete sie beiläufig über seine nasse Hose. „Herr Frommer, Sie haben versucht, Ihren Laptop vor uns zu verstecken, warum?"

„Anwalt!", zischte er.

So komme ich nicht weiter, dachte Joe. Ich muss ihn irgendwie anders zu packen bekommen. Vielleicht über seine verstorbene Frau von damals, eventuell geht er ja darauf ein.

Sie entdeckte ein Bild mit Trauerflor an der Wand und deutete darauf. „Ist das Ihre Uschi neben Ihnen?", fragte Joe.

Er wandte den Kopf ab. „Anwalt!"

„Die Uschi, die Alois Zimmer beleidigt hat? Hätte Uschi gewollt, dass Sie jemanden umbringen, Herr Frommer?"

„Er hat sie umgebracht, Uschi ist von der Brücke gesprungen wegen dem Drecksack. Ich hab ihm die Fresse polieren wollen", presste er zwischen zusammengebissenen Zähnen hervor.

Für einen Moment öffneten sich Joes Augen weit und sie begriff. „Sie haben das für Uschi getan, stimmt's? Nach all den Jahren?"

Mit schleppender Stimme begann Jürgen Frommer zu sprechen: „Waren noch Kinder. Sind durch die Felder gezogen. Alois hat mir sein Rad geliehen. Ich hab's die Böschung runter zu Schrott gefahren. Er hat mir nie verziehen. Von da an hat er es mir bei jeder Gelegenheit heimgezahlt. Mich spüren lassen, dass er der Bessere ist. In der Schule, in der Kirche, in der Gemeinde. Und später hat er seine fetten Finger nach Uschi ausgestreckt. Hat mir alles genommen."

„Was ist mit dem Laptop, den Sie vor uns versteckt haben?", kam Joe auf ihre ursprüngliche Frage zurück.

„Hab' nix versteckt! Wie kommen Sie da drauf?"

„Herr Frommer", versuchte es Joe weiter geduldig. „Als wir bei Ihnen waren, wollten Sie verheimlichen, dass Sie einen Laptop besitzen, warum?"

„Sind `n paar Bilder drauf, nix Schlimmes", wiegelte Frommer ab.

„Und wo liegt das Problem, wenn die Polizei sich das mal anschaut?", erwiderte Joe.

„Private Fotos, die niemand sehen soll. Außer mir", druckste Frommer herum.

„Was sind das für Bilder, Herr Frommer?", insistierte Joe.

„Frauen. Sonst nix! Ich hab nix mit dem Alva-Typen zu tun. Ich bin unschuldig."

28

Dienstag, 19. September

Horst Schadt hatte schlecht geschlafen.

Es war weit nach Mitternacht gewesen, bis er endlich in einen leichten, unruhigen Schlaf gefallen war, der von wirren Träumen unterbrochen wurde. Er konnte sich nur noch an Bruchstücke dieser Träume erinnern: Regen fiel vom Himmel, viel Regen, Wassermassen, die sich zu einer Flut ansammelten, wegrennende Menschen, dazu das Quietschen bremsender Autoreifen.

Er öffnete die Augen.

Das Wasser war weg und das einzige Geräusch, das er noch hörte, war das Ticken seines alten Weckers. Blindlings griff er nach der Brille mit den dicken Gläsern auf dem Nachtisch, setzte sie auf und schaute auf das Ziffernblatt. 7.13 Uhr.

Es war noch dunkel draußen. Durch die Ritzen der Jalousie fiel kein Tageslicht ins Zimmer und eigentlich war es viel zu früh für das, was er vorhatte.

Ein wohliger Schauer durchlief seinen Körper, als er an sein Vorhaben dachte. Im Keller war alles vorhanden, was er dafür brauchte.

Er rollte seinen massigen Körper zur Seite und wuchtete sich ächzend aus dem Bett. Über einen Holzstuhl hatte er gestern Abend seine Kleidung abgelegt. Die braune Hose mit dem ausgeleierten Gummizug, ein verknittertes Hemd, einen beigefarbenen Rautenpullunder und schwarze Socken mit Löchern an der rechten Ferse.

Ohne Licht zu machen, zog er sich an und schlüpfte in seine Schuhe. Er trug keine gewöhnlichen Hausschuhe, sondern speziell für ihn angefertigte orthopädische Schuhe. Nur damit konnte die angeborene Beinlängendifferenz ausgeglichen werden und er konnte sich auch im Haus sicher bewegen.

Er schlich zur Tür, drückte die Klinke vorsichtig hinunter, lugte in den Flur und hinüber zum Schlafzimmer seiner Mutter. Kein Lichtschein drang durch den Spalt zwischen unterer Türkante und Dielenboden. Erleichterung machte sich in ihm breit: Das war gut, sehr gut sogar. Sie schlief also noch und würde daher keine unangenehmen Fragen stellen, die ihn in Bedrängnis bringen konnten.

Vorsichtig schlich er an der Schlafzimmertür seiner Mutter vorbei und dann die Treppe zum Wohnzimmer und zur Küche hinunter. Hunger verspürte er keinen, dafür war er viel zu aufgeregt, aber einen Kaffee hätte er gerne getrunken. Den würde er sich jetzt aber verkneifen, denn dann liefe er Gefahr, dass seine Mutter in der Zwischenzeit wach werden und ihn in der Küche ansprechen würde.

Er stieg die Kellertreppe hinab, überging wie immer die knarrende vierte Stufe und entriegelte die Kellertür. Hinter sich schloss er ab und betätigte nun endlich den Lichtschalter. Die Energiesparlampe flackerte ein wenig, bevor sie den gesamten Raum in bläuliches Licht tauchte: Der Rucksack mit der Drohne stand wieder an seinem Platz neben der Kellertür, als warte er schon auf seinen Einsatz.

Horst Schadt schulterte ihn und verließ den Keller auf gleiche Weise, wie er gekommen war. Bevor er das Haus verließ, schnappte er sich seinen beigen Popelinblouson vom Garderobenhaken direkt neben der Eingangstür.

Seinen Opel hatte er letzten Abend wohlweislich nicht in die Garage, sondern auf dem Bürgersteig vor dem kleinen Einfamilienhaus aus den fünfziger Jahren geparkt. So konnte er gleich wegfahren und musste nicht damit rechnen, dass beim Rangieren des Wagens seine Mutter das Fenster aufriss und ihm zurief: „Hooorst, wo willste denn mojens scho widda hi?"

Ihn schüttelte es bei dem Gedanken.

Er drehte den Schlüssel im Zündschloss um, startete den Opel und fuhr die Straße ‚Hinter dem Hof' in Wallerstädten Richtung Ortsausgang entlang.

Inzwischen hatte die Dämmerung eingesetzt. Von Osten, über den nördlichen Ausläufern des Odenwaldes, lichtete sich das Dunkel. Bislang war die Witterung noch trocken geblieben, lediglich tiefhängende dunkle Wolken kündigten baldige Regenschauer an.

Wenn er sein Ziel erreichte, würde es ganz hell sein. Er wollte zu genau derselben Stelle fahren wie vergangenen Freitag. Die Örtlichkeit dort war ein weithin bekannter Treffpunkt für das horizontale Gewerbe.

Er parkte seinen Opel wie vier Tage zuvor am Parkplatz des Schäferhundevereins. Diesmal hatte er jedoch nicht sein Klappfahrrad mitgenommen. Als er den Motor abstellte, fiel ihm auf, dass schräg gegenüber auf der anderen Seite des Parkplatzes ein rot-weißer Scania-LBS-Sattelzug ohne Auflieger stand. Hinter der Windschutzscheibe prangte ein Namensschild mit der Aufschrift ‚Harry'. Die roten Vorhänge des Führerhauses waren zugezogen. Horst schloss daraus, dass der Fahrer schlief. Zum Glück.

Er nahm den Rucksack vom Beifahrersitz, öffnete ihn und wickelte vorsichtig die Drohne aus der Decke. Seine Hände zitterten, als er sie auf das Dach seines Opels setzte, um den Startvorgang auszulösen.

Auf einmal spürte er, wie er von hinten gepackt und herumgewirbelt wurde.

„Was machst du da, du Wichser?", schrie ihn jemand an.

„Ich ... äh ..."

Horst blickte in das wutverzerrte Gesicht eines etwa 40-jährigen Mannes. Das musste der Typ aus dem LKW sein, schoss es ihm durch den Kopf. Der Reißverschluss seiner Hose war geöffnet und gab Einblick auf das Darunter: Der Name eines bekannten Modedesigners prangte in dicken Lettern auf dem Gummibund der Unterhose.

„Das ist doch so `ne Drohne oder?“ Der Mann deutete auf Horsts Fluggerät. „Spionierst du hier Leute aus oder was?“ Der Mann hielt ihn weiterhin am Kragen der Jacke gepackt.

„Nei ... hein, i ... ch ... ich woll-, wollte nu ... hur einen Testflug starten“, stotterte Horst.

„Frühmorgens? Was willste denn da testen, du Oberwichser?“

Jetzt zitterten nicht nur Horsts Hände, sondern sein ganzer Körper. Schweiß bildete sich auf der Stirn, tropfte auf die Jackenvorderseite und hinterließ dunkle Flecken.

„Mach bloß, dass du wegkommst! Und lass dich hier nicht mehr blicken!“

Der Mann ließ Horst abrupt los. Er taumelte und musste sich an der geöffneten Wagentür abstützen, um nicht zu stürzen. In der Zwischenzeit schloss der Mann mit der einen Hand den Reißverschluss seiner Hose und holte mit der anderen sein Smartphone aus der Hosentasche. Mit der Smartphone-Kamera schoss er schnell ein paar Fotos von Horst, der Drohne und dem Kennzeichen des PKW. Dann steckte er es wieder ein.

„Scheiß Spanner!“, schrie er, spuckte vor Horst auf den Boden, drehte sich um und schlenderte in Richtung Sattelschlepper.

Erst jetzt fiel Horst auf, dass die Fahrertür geöffnet war. Er meinte, eine weitere Person mit blonden langen Haaren im Fahrerhaus erkennen zu können.

Schwerfällig ließ sich Horst in den Sitz seines Opel Rekords plumpsen. Die Drohne hatte er vorher noch vom Dach genommen. Dabei wäre sie ihm beinahe aus den zitternden Händen geglitten. Eilig ließ er den Motor an und fuhr zurück nach Hause.

*

„Hab alles im Griff, Puppe!“ Harry ließ sich auf den Fahrersitz fallen und warf sein Handy zu den anderen Utensilien auf den Tisch zwischen den Sitzen. „So ein alter Wichser wollte gerade eine Drohne fliegen lassen, als ich am Schiffen war. Dem hab ich Bescheid gegeben, der taucht hier nicht mehr auf.“

Harry schaute sich im Fahrerhaus um.

„Mensch, du bringst mir hier alles durcheinander, schieb ab in die Kajüte, ich bring dich zurück, muss eh gleich wieder los.“

Schmollend verzog sich seine Begleitung nach hinten und Harry hob einiges aus dem Fußraum auf, schmiss es auf den Beifahrersitz und wollte gerade starten, als sein Blick auf die Überschrift eines Artikels der Samstagszeitung fiel: *Tödlicher Unfall mit Alva-Prototyp – Drohne gesichtet.*

Harry las weiter: *Aus noch bisher ungeklärter Ursache kam es in den frühen Morgenstunden des 15. Septembers zu einem mysteriösen Verkehrsunfall. Der Fahrer eines mit neuester Antriebstechnik ausgestatteten Prototyps von Alva war auf gerader Strecke zwischen Wallerstädten und Groß-Gerau von der Fahrbahn abgekommen und gegen einen Baum geprallt. Der Fahrer, ein amerikanischer Staatsbürger, der den Hightech-Wagen auf der IAA in Frankfurt präsentieren wollte, war offensichtlich mit überhöhter Geschwindigkeit unterwegs und verlor aus noch ungeklärten Gründen die Kontrolle über das Fahrzeug. Er starb noch an der Unfallstelle. Der bisher einzige Zeuge des Unfalls war ein Radfahrer, der kurz vor dem Aufprall von dem Prototyp überholt worden war. Der Zeuge gab an, am Unfallort eine Drohne gesehen zu haben. Ob hier ein Zusammenhang besteht, muss nun ermittelt werden.*

Harry blätterte die Zeitung zu und legte sie weg. „Puppe, wir fahren einen Umweg. Ich muss noch schnell bei den Bullen vorbei. Wenn ich Glück habe, kann ich mir eine Belohnung verdienen.“ Grinsend rangierte Harry seinen LKW zurück auf die B44 Richtung Groß-Gerau.

29

Joe hatte sich bei ihrer Großmutter zum Mittagessen eingeladen und sich kross gebackene Kartoffelpfannkuchen mit Schnittlauch, einem Hauch Salz und dazu eine Portion selbstgekochten Apfelbrei gewünscht. Ihre Lieblingsspeise, wenn von ihrer Omama zubereitet. Allein beim Gedanken daran strömte ihr der Geruch in die Nase und der Geschmack legte sich auf die Zunge.

Von der Vorfreude beflügelt war Joe früh dran und eine halbe Stunde vor der verabredeten Zeit bei ihren Großeltern. Sie liebte ihre Gesellschaft, besonders zu ihrer Omama hatte Joe ein inniges Verhältnis.

Eigentlich sahen sie sich viel zu selten.

„Kindchen, Essen dauert noch ein Weilchen“, begrüßte ihre Großmutter Joe.

„Da ich dir wahrscheinlich eh nicht helfen kann, setz ich mich an den Küchentisch und schau zu.“

Doch Joes Gedanken kreisten um die für den Nachmittag vorgesehene Befragung von Horst Schadt. Heute hatte ihn jemand bei der Polizei gemeldet. Angeblich hatte er eine Drohne steigen lassen. Die Meldung war umgehend auf Joes Tisch gelandet, weil sie die Drohnensache angestoßen hatte. Genau deshalb war sie hier. Ihre Großmutter kannte so ziemlich jeden im Ort, vor allem die Alteingesessenen. Was im Ort vor sich ging, erfuhr sie bei ihren täglichen Einkäufen im Nahkauf und beim Funke Peter.

„Sag mal Omama, du kennst doch die Schadts hier aus Wallerstädten?“

„Natürlich, die Hilde und ich sind ein Jahrgang. Außerdem waren wir früher zusammen bei den Landfrauen. Aber engen Kontakt hatten wir eigentlich nie. Sie lebt von je her sehr zurückgezogen.“

„Wieso das denn?“, fragte Joe nach.

„Nun, als Hilde damals mit dem Horst schwanger wurde von diesem Ami, war sie noch ledig. Der Kerl ließ sie sitzen und setzte sich nach Amerika ab. Eine Zeit lang wurde sie schief angeschaut und sogar als Ami-Flittchen beschimpft. Und der Horst hatte es dann auch nicht eben leicht. Freunde hatte der keine." Ihre Großmutter sah aus, als denke sie angestrengt über die damalige Zeit nach. „Wenn's im Kindergarten oder später in der Schule Streit gab, nannten ihn die anderen Kinder Bastard oder gar Hurensohn. Sowas steckt ein Kind nicht einfach weg. Wohl deshalb ist er ein verklemmter Eigenbrötler."

„Kann man ja verstehen, aber dass der mit fast 50 immer noch zu Hause wohnt, ist schon etwas seltsam, oder?", unterbrach Joe.

„Na ja." Joes Omama druckste ein wenig herum. Ihr war anzumerken, wie sie nach passenden Worten suchte. „Der ist schon ..., ich sag mal, einfach gestrickt. Anfang der 90er, du warst gerade in Groß-Gerau in den Kindergarten am Grünen Weg gekommen, da hat er seinen Arbeitsplatz beim Amt für Denkmalpflege verloren. Aus organisatorischen Gründen hieß es offiziell. Das ist heute vielleicht Gang und Gäbe, aber damals ließ man einen qualifizierten Mitarbeiter nicht einfach so auf der Straße stehen, da fand man eine geeignete Beschäftigung. Ihn hat man trotzdem aus dem Dienst entlassen. Seitdem ist er zu Hause. Der hat nie eine neue Stelle angetreten, obwohl seine Pension nicht üppig sein kann."

„Hätte er nicht auch anderswo etwas finden können? Beim Opel zum Beispiel."

„Eher nicht. Dort wurden Mitte der 90er Stellen abgebaut, auch in der Technik. Ohnehin käme Opel für ihn nicht in Frage. Dort hatten ja die Amis von GM das Sagen, das hätte der Horst Nie und Nimmer ertragen. Außerdem fehlte ihm auch jegliche Motivation, bei Muttern hat er es bequem. Keine Miete. Essen und Trinken frei. Selbst hat er keine großen Ansprüche, bis auf seine Basteleien. Er geht selten vor die

Tür, aber manchmal sieht man den Horst hinten am ehemaligen Safariland. Treibt sich dort an den Schrebergärten rum."

„Gibt's da irgendwelche Beschwerden oder Probleme wegen Ruhestörung oder so?", hakte Joe nach.

„Bisher nicht, zumindest nicht, dass ich wüsste. Der Horst war schon immer eigen, hockt vorm PC oder im Bastelkeller. Er hat sich wohl so ein Flugdingens selbst gebaut, hab ich jedenfalls gehört."

„Du meinst eine Drohne?" Joe spitzte die Ohren.

„Ja, genau. Mit Kamera und was weiß ich für technischen Schnickschnack. Die Leute erzählen, dass er auch am Riedsee unterwegs war, wo sich Badegäste beschwert hätten. Na, du kannst dir ja denken, warum."

„So einer also!", dachte Joe laut nach.

Ihre Großmutter fuhr fort: „Vielleicht ist das alles auch ganz harmlos. Der Horst ist sehr scheu. Ich denke, der hatte noch nie ´ne Freundin. Die Irmgard hatte beim letzten Landfrauentreffen erzählt, dass er mal in der Frankfurter Bahnhofsgegend gesehen worden ist. Wird halt viel getratscht."

„An jedem Gerücht ist immer was Wahres dran", warf Joe ein.

„Der Horst war noch nie mit Selbstvertrauen gesegnet", fuhr die Großmutter fort. „Obwohl er in technischen Sachen fit zu sein scheint, ein Überflieger, wie du sagen würdest, ist er sicherlich nicht. In seinen Bastelkeller lässt er zwar niemanden rein, man sagt aber, dass der bald besser sortiert ist als Conrad Elektronik, wenn man dem Franz vom Paketdienst glauben kann."

Joe griff diese Information auf. „Omama, wenn der Horst so ein stiller Bastler ist, aber sonst kein Bein auf die Erde bringt, ist der nicht von ungefähr sonderbar."

Joe schüttelte den Kopf und grübelte. Was könnte sein Motiv sein? Da werd ich weiter wühlen, dachte sie, wenn ich ihm mit Nachtwey auf den Zahn fühle, und zu ihrer Omama sagte sie: „Ey, der Horst, der tickt nicht ganz richtig."

30

Nur etwa zwei Stunden später fuhren Joe und Nachtwey nach Wallerstädten, um mit Horst Schadt persönlich zu sprechen. Sie parkten den VW Passat direkt vor dem kleinen Siedlungshaus ‚Hinter dem Hof 23'.

Vorbei an einem wenig gepflegten Vorgarten, gelangten sie über einen schmalen, gepflasterten Weg zur Eingangstür. Joe überprüfte das Namensschild und klingelte. Nichts geschah. Sie klingelte erneut.

Diesmal waren Geräusche im Haus zu hören, untermalt von einem regelmäßigen ‚Klack, Klack'. Die Tür öffnete sich und eine ältere Dame mit Gehstock und wirrem, grauem Haar blickte sie mürrisch an.

„Ja!?", fragte sie.

„Frau Schadt?", versuchte es Nachtwey mit einem einnehmenden Lächeln. „Mein Name ist Kriminalhauptkommissar Nachtwey und das ist meine Kollegin Polizeioberkommissarin Johanna Kramer. Wir würden gerne mit Ihrem Sohn sprechen."

Frau Schadt musterte die beiden ausgiebig und mit misstrauischem Blick. Schließlich antwortete sie: „Mein Horst hockt schunn wirrer in seune Werkstatt im Keller drunne. Da hockt er die meist Zeit und denkt, ich wisst net, wos er dort unne treibt ... awwer isch kann mer des schunn gut denge!"

Joe und Nachtwey warfen sich einen vielsagenden Blick zu. „Wäre es möglich, Frau Schadt, dass wir Ihren Sohn persönlich sprechen könnten?", fragte Nachtwey.

„Hot der Bu was ohgestellt?", wollte Frau Schadt wissen.

„Wir ermitteln in einem ungeklärten Verkehrsunfall. Möglicherweise kann Ihr Sohn uns als Zeuge weiterhelfen."

„Ach so, na dann komme Se mol reu!", antwortete die ältere Dame und öffnete auf ihren Gehstock gestützt die Tür mit einer einladenden Geste.

Nachtwey ließ Joe den Vortritt und beide standen kurze

Zeit später im beengten Flur des Hauses. Die angrenzende Tür zur Küche stand offen und es roch nach Bratfett.

„Hooorst!" Frau Schadt pochte an eine Holztür, die offensichtlich zum Keller führte. „Mach uff, die Polizei will disch spreche!", brüllte sie durch die verschlossene Tür. „Sie müsse wisse", richtete sie sich mit gedämpfter Stimme an die beiden Beamten, „er schließt sich immer eu! Isch derf net do nunner. Dabei iss mer die Trepp eh veel zu steil!" Sie betätigte wie zum Beweis die Türklinke, die sich unerwartet widerstandslos öffnen ließ. „Des versteh ich jetzt net." Sie schaute völlig entgeistert zwischen Joe und Nachtwey hin und her. „Sonst is die Dier werklich immer zu!", versicherte sie peinlich berührt.

„Aber das macht doch nichts, Frau Schadt", beruhigt Joe sie. „Vielleicht hat Ihr Sohn es diesmal einfach vergessen."

„So werds wohl soi! Na, dann kenne Se ja ach glei nunner gehe!", entgegnete sie immer noch verblüfft und hielt den Beamten die Tür auf. Ihr Blick folgte den beiden in der Hoffnung, selbst auch etwas von dem gut gehüteten Geheimnis ihres Sohnes zu entdecken. Doch es war viel zu dunkel und außer einem Flimmern, war nicht viel zu erkennen.

Joe und Nachtwey stiegen vorsichtig die steile Treppe nach unten. Der beißende Geruch von säuerlichem Schweiß schlug ihnen entgegen.

Horst Schadt saß mit dem Rücken zu ihnen an einer großen Werkbank, die gleichzeitig als Schreibtisch zu dienen schien. Diverse Werkzeuge und Aufzeichnungen lagen ordentlich auf dem Tisch verteilt. Neben verschiedenen Kabeln stand ein Laptop, ein Drucker sowie zwei Bildschirme und ... eine Drohne. Offensichtlich waren sie auf der richtigen Spur.

Horst Schadt trug Kopfhörer und betrachtete ungerührt auf einem der Bildschirme einige Filmaufnahmen.

Nachtwey warf einen kurzen Blick auf die Aufnahmen, bevor er Schadt kurz auf die Schulter tippte.

Der beleibte Mann schreckte hoch, riss sich dabei versehentlich die Kopfhörer vom Kopf und die Brille fast von der

Nase. Seine rechte Hand presste er an seine Brust. Sein Atem ging keuchend. „A ... Ach Gott, mei ... mein Herz! Sie haben mich zu Tode erschreckt. W ... Wie kommen Sie hier rein? ... W ... Wer sind Sie?“ Er warf Joe einen nervösen und zugleich verlegenen Blick zu. Der Schweiß schien ihm aus allen Poren zu rinnen und der säuerliche Geruch wurde in dem kleinen Kellerraum unerträglich.

„Wir wollten Sie nicht erschrecken, Herr Schadt“, erklärte Nachtwey. „Ihre Mutter hat uns rein gelassen und da die Kellertür nicht verschlossen war, gleich zu Ihnen nach unten geschickt. Wir ermitteln in einem tödlichen Verkehrsunfall, der sich am Freitag gegen 8.00 Uhr in einem Waldstück auf der B44 zwischen Groß-Gerau und Mörfelden-Walldorf ereignet hat. Dabei wurde von einem Zeugen eine Drohne beobachtet. Möglicherweise können die damit aufgenommenen Fotos Hinweise zu dem genauen Unfallhergang geben. Wir suchen derzeit den Halter dieser Drohne.“ Nachtwey deutete mit seiner Hand auf die vor ihnen liegende Drohne auf der Werkbank. Es war ein kleines Modell mit vier Rotoren auf den Flügeln. Auf der unteren Stirnseite befand sich das Objektiv der Kamera. „Sie wurden heute Morgen von einem Zeugen beobachtet, als Sie in unmittelbarer Nähe des Unfallortes dabei waren, eine Drohne starten zu lassen. Der Zeuge wurde anhand eines Zeitungsartikels auf den Unfall und einer möglichen beteiligten Drohne aufmerksam. Er hat Ihr PKW-Kennzeichen fotografiert und uns seine Beobachtungen gemeldet.“

Joe hatte bisher nichts gesagt. Den Zeitungsartikel, den Nachtwey erwähnte, hatte sie ja in der Samstagsausgabe gelesen. Joe war durch ihre Gedanken so abgelenkt, dass sie nur noch die Hälfte des Satzes von Nachtwey mitbekam: „... Herr Schadt, deshalb möchten wir Sie bitten, uns zwecks einer Zeugenbefragung in die Polizeistation Groß-Gerau zu begleiten. Die Drohne werden wir ebenfalls mitnehmen, um die Daten auswerten zu lassen.“

Nachtwey schaute auf Horst Schadt, der in sich zusammengesunken und mit gesenktem Kopf an seiner Werkbank lehnte.

31

Zu dritt verließen sie das Haus von Horst Schadt. Nachmittags hatte es stark geregnet, jetzt hatte der Regen nachgelassen, es nieselte nur noch leicht.

Horst Schadt hielt den Kopf gesenkt, als Joe ihm die hintere Tür öffnete und wartete, dass er einstieg. Die alte Frau Schadt stand am Küchenfenster zur Straße hin und starrte nach draußen auf die Straße.

Joe hatte die Drohne in die Decke gewickelt und hielt sie fest. Da musste die Spurensicherung ran. Sie brauchten schleunigst eine Datenauswertung.

Nachtwey setzte sich hinter das Steuer und wartete, bis Joe die Drohne im Kofferraum verstaut hatte. Als sie sich neben ihm auf den Beifahrersitz schwang, startete er den Passat und fuhr los Richtung Groß-Gerau. Während der kurzen Fahrt schwiegen sie.

An der Polizeistation angekommen, schnappte sich Nachtwey die Drohne. „Ich bring das zu Ihren Kollegen zur Auswertung. Herr Schadt kann solange in Ihrem Büro warten. Wir treffen uns gleich dort.“ Er sah Joe an.

Sie nickte und wandte sich an den Verdächtigen: „Herr Schadt, wir werden die Zeugenbefragung in meinem Büro durchführen. Wenn Sie mir bitte folgen möchten.“

*

Während Joe auf Nachtwey wartete, beobachtete sie Schadt durch den Türspalt. Er saß mit dem Rücken zur Wand auf einem Stuhl. Vor ihm auf dem Tisch stand ein Glas Wasser, das er nervös zwischen den Händen hin und her drehte, wenn er nicht gerade dabei war, den scheinbar zu engen Kragen zu weiten oder mit dem Ärmel seiner Jacke versuchte, sich sein Gesicht trocken zu reiben. Dies gelang ihm nur vorübergehend.

Ein Räuspern hinter ihrem Rücken riss sie aus ihren Gedanken. Nachtwey war zurück. Nun war sie gespannt, wie es weitergehen würde.

„Und? Was macht er für einen Eindruck auf Sie?" Nachtwey musterte sie aufmerksam.

„Er wirkt wie das personifizierte schlechte Gewissen", überlegte Joe. „Wie werden Sie jetzt vorgehen?"

Nachtwey schmunzelte „Wieso ich? Es ist doch hauptsächlich Ihr Verdienst, dass er hier sitzt. Immerhin haben Sie das alles ins Rollen gebracht. Mit dem Hinweis an Ihre Kollegen, Drohnenmeldungen zügig nachzugehen, haben Sie einen guten Riecher bewiesen. Das Verhör gehen wir gemeinsam an. Zuerst beginnen wir mit dem üblichen Procedere, also Name, Anschrift et cetera. Dann können wir ihn in die Zange nehmen. Je eher er gesteht, desto besser. Ich habe gerade von den Kollegen der Spurensicherung erfahren, dass wir nicht vor Donnerstag mit ersten Ergebnissen rechnen können."

Gemeinsam betraten sie das Büro und Joe schloss die Tür.

„Warum bin ich hier?" Horst erhob sich und rempelte dabei gegen den Tisch, sodass das Wasserglas gefährlich hin und her kippte. „Ich hab doch nichts ... nichts verbrochen." Fast weinerlich sank er wieder in sich zusammen.

„Beruhigen Sie sich erst mal! Wir haben einige Fragen an Sie bezüglich Ihrer Drohne." Nachtwey zog sich einen zweiten Stuhl heran, den anderen überließ er Joe.

Nachdem die Formalien erledigt waren, setzte Nachtwey sich näher an den Tisch heran und fragte fast im Plauderton:

„Herr Schadt, nun erzählen Sie uns doch mal, was Sie mit Ihrer Drohne so filmen."

„Ich ... Ich bin in der Natur unterwegs und mache dort Aufnahmen." Horst schwitzte noch mehr als zuvor, falls das überhaupt möglich war.

„So, so. Und wo waren Sie am letzten Freitag?" Nachtwey trommelte mit dem Stift auf den Tisch.

„Ähm, ich ..."

„Sie waren doch an der gleichen Stelle wie heute auch, oder? Auf den Bildern, die wir im Keller auf Ihrem Bildschirm gesehen haben, war eindeutig der Parkplatz zu erkennen, in dessen Nähe letzte Woche der Unfall passiert ist." Das Trommeln nahm Tempo auf.

„Und ein Zeuge hat dort Ihre Drohne gesehen." Mit einem Seitenblick zu Nachtwey, ob ihr Einwurf in Ordnung war, beugte sich Joe weiter vor.

Horst wich mit schreckgeweiteten Augen zurück.

Nachtwey lehnte sich entspannt im Stuhl zurück und signalisierte ihr, das Verhör weiter zu führen.

„Sie kennen doch die Stelle direkt am Parkplatz schräg gegenüber vom Falltorhaus? Ein Waldweg weiter steht der Wohnwagen von ‚Walde-Berta'." Joe beobachtete jede kleinste Regung ihres Gegenübers. „Warum waren Sie letzten Freitag dort?"

Horst sackte in sich zusammen. Es machte den Eindruck, als sei er gedanklich nicht mehr bei ihnen.

„Sie haben umfassendes technisches Know-how, sogar um Drohnen fliegen zu lassen, wir gehen deshalb davon aus, dass Sie den vorbeifahrenden Alva so manipuliert haben, dass er auf gerader Strecke von der Fahrbahn abgekommen und gegen einen Baum gefahren ist."

Nachtwey beugte sich vor und schaute Horst ernst an. „Herr Schadt, wir vernehmen Sie ab sofort als Tatverdächtigen im Tötungsdelikt von Herrn Maxim Wills. Sie können gerne einen Anwalt hinzuziehen, wenn Sie möchten."

Joe kam noch näher an Horst heran und fixierte ihn mit kaltem Blick. Der säuerliche Schweißgeruch nahm ihr fast den Atem, doch sie fuhr unbeirrt fort: „Wenn Sie jetzt nicht reden wollen, werden Ihre Aufnahmen der Drohne für sich sprechen. Wir werden jede einzelne Speicherkarte, die wir gefunden haben, auswerten lassen. Dann gibt es keine Geheimnisse mehr, dann liegt alles ..."

„NEIN!", schrie Horst, kreidebleich im Gesicht, und sprang auf. „Sie brauchen die Daten nicht auszuwerten! Ich ... ich gebe alles zu. Ich hab den Wagen manipuliert. Ich hab den Unfall verursacht. Ich bin schuld. Ich bin ein schlechter Mensch."

Mit dem letzten Satz, der kaum noch zu hören war, fiel Horst endgültig auf dem Stuhl in sich zusammen. Und war für keine weiteren Fragen mehr zugänglich. Wie auch immer sie ihn weiter bearbeiteten, er blieb verschlossen und gab keinen Piep mehr von sich.

Nach einer Weile ließen sie Horst abführen.

„Gut gemacht!", kommentierte Nachtwey. „Ein schnelles Ergebnis. Ich war froh, dass Sie das Verhör weiter geführt haben. Anscheinend reagiert er auf dominante Frauen wesentlich empfindlicher als auf einen Mann. Könnte an seiner Mutter liegen."

„Wie meinen Sie das?" Joe wartete auf seine Erklärung.

„Nun ja, Frau Schadt hat wohl nicht nur Haare auf den Zähnen, sondern auch die Hosen an im Hause Schadt."

Joe dachte darüber nach.

Nachtwey lächelte schief und fuhr fort: „Ich schlage vor, Sie machen jetzt Ihren wohlverdienten Feierabend und ich schreibe das Protokoll fertig. Wir sehen uns morgen wieder hier."

„Guter Plan", erwiderte Joe zufrieden. Sie schnappte ihre Tasche und verließ das Büro.

32

„Sie machen aber keinen zufriedenen Eindruck.“ Nachtwey sah Joe über den Rand seiner Tasse an. Er wollte gerade seine Tasse in der kleinen Teeküche abstellen und selbst Feierabend machen, als er die Polizeioberkommissarin dort antraf.

Joe rührte nachdenklich in ihrem Mokka-Latte, den sie sich mit der neuen Kaffeemaschine zubereitet hatte, um fit zu werden für den Abend.

„Hm“, machte Joe. „Hab ein komisches Gefühl.“

Nachtwey hob eine Augenbraue. „Er hat doch gestanden, ich dachte, das macht Sie schon ein wenig stolz.“

„Ich werde den Eindruck nicht los, das Geständnis ist nicht echt. Ich spüre, dass da irgendetwas anderes dahinter stecken muss. Meine Oma hat mir ein paar Details zu Herrn Schadt erzählt. Vor einiger Zeit ist er am Riedsee unangenehm aufgefallen. Man hat ihn mit Fernglas in den Büschen beim Spannen entdeckt. Er hat Pärchen beobachtet, die sich auf der abgelegenen Südseite zu intimen Tête-à-têtes treffen. Er hatte Glück, dass er nur von einem der Angler erwischt wurde, der ihn kannte und verjagte. Hätte ihn das Pärchen entdeckt, wäre das sicher nicht so glimpflich ausgegangen.“

„Was hat das mit dem Mordgeständnis zu tun?“ Nachtwey blickte Joe skeptisch, aber nicht uninteressiert, an.

„Kann es nicht sein, dass er nur ein Spanner ist, der mit seiner Drohne kleine Filmchen macht? Immerhin wird der Tatort in Polizeikreisen als ‚Entsafterschneise‘ bezeichnet.“ Joe sah den verblüfften Ausdruck in Nachtweys Gesicht. „Wird schon seit Ewigkeiten so genannt, weil dort gegen Bares der Austausch von Körperflüssigkeiten stattfindet. Ideal für einen Spanner mit Drohne, wenn ich es recht überlege. Eine Beobachtung direkt vom Platz aus würde auffallen. Die Gefahr einer Entdeckung wäre viel zu groß. Und die Freier sind im Gegensatz zum Riedsee keine Teenies in der Pubertät, sondern oft LKW-Fahrer oder Handwerker auf

Tour. Wenn die einen Spanner erwischen ...“

„Einen Mord gestehen, nur um vom Spannen abzulenken? Das halte ich doch für sehr unwahrscheinlich.“ Nachtwey wirkte grüblerisch, stellte die Tasse zurück auf den Tisch und betrachtete Joe aufmerksam. „Immerhin riskiert er damit ein Lebenslänglich ...“

Joe wurde plötzlich nachdenklich. Bilder aus der Vergangenheit stiegen auf. Kreisende Blaulichter und Sirenen in der Nacht. Viele Menschen, ihr Vater, selbst der Rauch schien wieder in ihrer Nase zu brennen. Carmen ... wie es ihr wohl mittlerweile ging? Das Herzklopfen bis zum Hals. Die Angst vor dem Vater. Was würde er sagen? Wie würde er reagieren? Sie verstoßen? Ausweglos ...

Nachtwey sah sie nur an und wartete.

Joe setzte sich aufrecht hin. Sie schien einen Entschluss gefasst zu haben. „Ich kenne das, die Schuld für etwas auf sich zu nehmen, was man nicht begangen hat, um von einem anderen – vermeintlich schlimmeren – Geschehen abzulenken.“ Sie stand auf und nahm sich ein Glas Wasser. „Als ich 16 war, brannte durch einen Unfall unsere Gartenlaube ab, die meiner verstorbenen Mutter so viel bedeutet hatte. Mein Vater hatte das Feuer glücklicherweise rechtzeitig bemerkt. Er hatte noch über Akten gebrütet und diktiert, obwohl es bereits sehr spät war. Er hat sofort die Feuerwehr alarmiert. Zu diesem Zeitpunkt befand ich mich in der Laube. Allerdings nicht allein. Ich hatte mit meiner ersten Freundin ein Rendezvous in der Gartenlaube. Es war die Sekretärin meines Vaters. Dabei ist uns eine Kerze umgefallen, als wir schliefen. Durch die Sirenen sind wir wach geworden und wir konnten rechtzeitig und unverletzt ins Freie gelangen. Carmen ist sofort abgehauen, da mein Vater uns keinesfalls zusammen sehen durfte. Er hätte uns beide umgebracht, da war ich mir sicher. Also habe ich erzählt, dass ich die Laube abgefackelt hätte.“ Joe schluckte und nahm einen Schluck Wasser. Ihre Zunge fühlte sich belegt und pelzig an.

„Und Ihr Vater? Wollte der nicht wissen, warum Sie das getan haben?“

„Doch, doch.“

„Und was haben Sie ihm gesagt?“

„Ich hab ihm mit tränenden Augen eine rührselige Geschichte von meiner Mutter erzählt und dass ich die Erinnerung an sie durch das Abbrennen der Gartenlaube komplett auslöschen wollte.“

„Und das hat er Ihnen abgenommen?“

„Ihm blieb nix anderes übrig. Eine andere Erklärung gab es nicht.“

„Und warum haben Sie ihm nicht einfach die Wahrheit gesagt?“ Nachtwey lehnte sich zurück und gab ihr damit Raum und Zeit zu antworten.

Nun war sie schon so weit gegangen, den letzten Schritt würde sie jetzt auch noch tun. Zum zweiten Mal in ihrem Leben erzählte sie die ganze Geschichte. Die erste Zuhörerin war damals Omama gewesen.

Die Erinnerung ließ Joes Stirn feucht werden. Die unbändige Angst die sie beim Anblick ihres Vaters gespürt hatte, die vielen Menschen, die aufgeregt umherliefen und die Furcht, dass Carmen entdeckt wurde. Alles war mit einem Mal wieder da.

Nachtwey sah sie auffordernd an.

„Das war, bevor ich mich geoutet habe. Ich hatte Angst vor den Konsequenzen, und ich wollte nicht, dass mein Vater von mir und Carmen erfuhr. Sie war immerhin seine Sekretärin und neun Jahre älter als ich.“

Nun war es raus.

„Ich danke Ihnen“, sagte Nachtwey und sah sie einen Moment nachdenklich an.

„Wofür?“

„Dass Sie so offen zu mir sind, immerhin kennen wir uns noch nicht lange. Da gehört schon einiges an Vertrauen dazu.“

„Fällt mir auch ehrlich gesagt nicht leicht." Joe verzog den Mund. „Ist `ne Art Schwachstelle von mir."

„Und könnte demnächst Ihre Stärke werden, wenn Sie weiter an sich arbeiten. Sie dürfen nämlich nicht vergessen, dass Sie damals gerade mal 16 waren. Ein Teenager, der mit sich, dem Leben und der sexuellen Orientierung an sich schon total überfordert war. Wenn wir jetzt jedoch unseren aktuellen Fall noch mal betrachten: Bei Schadt reden wir von einem 58-jährigen erwachsenen Mann! Und ich denke, er sollte genug Lebenserfahrung haben, um die Folgen eines falschen Geständnisses abwägen zu können." Er legte eine Pause ein. „Allerdings macht mich Ihr Einwand nachdenklich. Wenn Sie bis heute noch so stark von dem damaligen Geschehen geprägt sind, sollte ich mir Horst Schadt vielleicht noch einmal vornehmen. Von Mann zu Mann sozusagen."

Nachtwey stand auf, griff sich den Stuhl, auf dessen Lehne er gesessen hatte, und stellte ihn behutsam in die Ecke der kleinen Küche zurück.

Er lächelte Joe aufmunternd an. „Aber für heute soll es gut sein. Wir beide haben uns unseren Feierabend verdient."

Auch Joe stand auf, obwohl sie lieber noch eine Weile sitzengeblieben wäre, um ihre Gedanken zu sortieren. Aber sie freute sich nach diesem langen Tag einfach auf ihr Zuhause, auf Chip und Chap, die sicher auf sie warteten. Und auf Simone.

33

Mittwoch, 20. September

Joe fuhr langsam mit ihrem Wagen vom Wasserturm in Richtung Darmstädter Straße. Schülerinnen und Schüler der Beruflichen Schulen liefen über die Fahrbahn, ohne auf den Verkehr zu achten. Der Unterricht begann um 7.30 Uhr, aber um 7.45 Uhr waren noch viele Nachzügler unterwegs.

Hier hatte sie vor einigen Jahren an der Oberstufe der PDS ihr Abitur gemacht. Schon merkwürdig direkt neben der ehemaligen Schule zu wohnen.

Am Marktplatz staute sich der Verkehr, heute war Wochenmarkt in Groß-Gerau. Die Obst- und Gemüsehändler präsentierten ihre farbenfrohe Ware dekorativ an den Ständen. Herbstblumen leuchteten in voller Pracht. Joe genoss den Anblick im Vorbeirollen.

Am Ende der Straße bog sie rechts ab, am Historischen Rathaus vorbei und erreichte das Hotel Adler. In der Seitenstraße am Hoteleingang fand sie einen Parkplatz und fasste diesen Umstand als gutes Omen für ihr Gespräch mit Jeanne auf.

Joe dachte zurück an ihr gestriges Gespräch mit Nachtwey. Sie hatten über den Hauptverdächtigen Schadt gesprochen und der Kommissar hielt ihn trotz einiger Ungereimtheiten für den mutmaßlichen Täter. Sie hatte ihn gebeten, Jeanne Cassel noch einmal befragen zu dürfen und er hatte sein Einverständnis erklärt. „Bevor Ihnen Ihre Zweifel schlaflose Nächte bereiten, Frau Kramer, erhalten Sie von mir die Erlaubnis“, war seine wohlwollende Antwort, die einen Hauch Ironie nicht verbarg. „Sie können ja eine vertrauliche Unterhaltung von Frau zu Frau führen, vielleicht gewinnen Sie neue Erkenntnisse über das Liebesleben von Frau Cassel.“

Joe betrat die Lobby. Frau Weber an der Rezeption grüßte Joe freundlich. Mittlerweile war man bekannt.

„Guten Morgen, hier bin ich schon wieder“, sagte Joe und grinste. „Vielleicht sollte ich ein Zimmer buchen, dann müsste ich nicht immer hin- und herfahren.“

Frau Weber lächelte. „Was kann ich heute für Sie tun, Frau Kramer?“

„Ich müsste Frau Cassel noch ein paar Fragen stellen. Können Sie mir sagen, ob sie noch auf ihrem Zimmer ist?“

„Sie haben Glück. Eben gerade ist sie in den Frühstücksraum gegangen, ich zeige Ihnen den Weg.“

Frau Weber kam hinter dem Empfangstresen hervor und führte Joe zum Speisesaal.

Joe entdeckte Jeanne Cassel alleine an einem Zweiertisch sitzend. Mit einem Nicken entfernte sich Frau Weber und Joe beobachtete Jeanne noch einen Moment. Die Französin zerbröselte gedankenverloren ein Croissant zwischen den Fingern und schenkte ihrer Umgebung keinerlei Aufmerksamkeit. Elegant in einen dunkelblauen Bleistiftrock mit zartblauer Bluse gekleidet, brachte Jeanne exklusiven Schick mit. Die passende Kostümjacke hing über der Stuhllehne. Ein dezentes Make-up vervollständigte das perfekte Aussehen.

Für den Moment fühlte Joe sich unwohl in ihren praktischen Jeans, dem T-Shirt und der leichten Lederjacke. Doch dann streckte sie ihren Körper und dachte: Ich bin die Ermittlerin, sie die Befragte.

Joe nährte sich dem Tisch mit den Worten: „Guten Morgen, Frau Cassel.“ Keine Reaktion. „Frau Cassel!“ Joes Stimme wurde lauter.

Die Französin fuhr zusammen und starrte verdutzt zu ihr hoch.

„Es tut mir leid, Sie beim Frühstück zu stören, aber ich habe noch einige Fragen an Sie.“

„Natürlich. Bitte!“ Jeanne Cassel deutete auf einen freien Stuhl.

Beim Hinsetzen nahm Joe einen zarten, blumigen Duft wahr.

„Pardon, ich war wohl etwas vertieft gerade. Guten Morgen. Verzeihen Sie, wie ist Ihr Name gleich?“

„Kramer. Polizeioberkommissarin Johanna Kramer. Frau Cassel, ich muss Sie leider noch einmal belästigen. Unser letztes Gespräch auf der IAA wurde bedauerlicherweise unterbrochen.“

Jeanne Cassel schaute Joe mit hochgezogenen Augenbrauen an und senkte dann den Blick nach unten. „Ich weiß“, antwortete sie. „Mein Kollege, Michael Richter, war ungeduldig und nicht besonders höflich. Ich entschuldige mich für sein Verhalten. Sie müssen verstehen, wir hatten einen Arbeitstag mit festen Terminen. Dazwischen überbringen Sie uns diese schreckliche Nachricht von dem Unfall.“

Die Bedienung näherte sich mit der Frage: „Darf ich Ihnen ein Gedeck auflegen?“

Joe drehte sich zur Seite und antwortete: „Bitte nur eine Tasse Kaffee ohne Milch und Zucker für mich.“

Jeanne blickte demonstrativ auf ihre Armbanduhr: „Ich muss in einer halben Stunde los, was wollen Sie wissen?“

„Sie sehen blass aus, wenn ich das sagen darf“, stellte Joe fest.

„Ich kann es noch immer nicht fassen. Wissen Sie, Frau Kramer, Herr Wills gehörte zwar nicht zum eigenen Kollegenkreis, doch wir hatten des Öfteren miteinander zu tun. Man lernt sich näher kennen und dieses Unglück und sein Tod haben mich sehr ... schockiert“, erklärte Jeanne.

„Das verstehe ich gut“, ließ Joe Frau Cassel wissen, holte einen Notizblock und ihren Stift aus dem Rucksack und legte beides auf den Tisch. „Hinzu kommt wohl, dass Sie am Abend zuvor noch ein nettes Gespräch zusammen in der Bar hatten“, ergänzte Joe.

„Das ist korrekt“, bestätigte Jeanne.

„Frau Cassel, Herr Wills hatte eine führende Position bei der Firma Alva inne. Sicherlich haben Sie auch die Gelegenheit genutzt, sich mit ihm beruflich auszutauschen. Ist das richtig?"

„Nun ja, natürlich spricht man über das eine oder andere. Aber Firmengeheimnisse wurden nicht ausgeplaudert, falls Sie darauf anspielen!?" Jeanne begann nervös in ihrer Handtasche zu kramen.

„Oh nein! Das dürfen Sie nicht missverstehen, Frau Cassel. So habe ich die Frage nicht gemeint. Es interessiert mich einfach, wie Sie zur Elektromobilität stehen. Das ist ein aktuelles Thema, und in den Nachrichten ist derzeit zu verfolgen, dass auch die renommierte Autoindustrie sich mehr und mehr dieser Technik öffnet. Ich habe den Eindruck, dass die potenziellen Kunden sensibilisierter für den Aspekt ‚saubere Umwelt' sind, als dies noch vor ein paar Jahren der Fall war", führte Joe aus und setzte nach: „Was meinen Sie?"

„Keine Frage, Frau Kramer!", entgegnete Jeanne. „Und zu unserer Tätigkeit im Management gehört, dass wir den Markt und damit auch die Konkurrenz beobachten und ein Gespür dafür entwickeln, welche Prioritäten die möglichen Käufer setzen. Würden Sie nicht auch ein umweltfreundlicheres Fahrzeug vorziehen, wenn Sie zwischen zwei preisähnlichen Modellen die Wahl hätten?"

Joe ließ sich mit der Antwort einen Moment Zeit. Sie bemühte schon für die kurze Strecke zum Bäcker in der Darmstädter Straße ihren Adam. Hm, darüber sollte sie bei Gelegenheit intensiver nachdenken. Auch das Katz-Verhör ließ sie nicht los. So ganz Unrecht hatte der Mann schließlich nicht. Sie würde ihr eigenes Verhalten unter die Lupe nehmen müssen. Später, nun wartete Jeanne Cassel auf eine Antwort.

„Stimmt. Und wie ist es mit Ihnen? Ich meine, ganz persönlich. Wäre eine Firma wie Alva für Sie beruflich interessant? Oder lässt Ihre Loyalität keine Versuchung zu?", bohrte Joe vorsichtig nach.

Jeanne fingerte weiter in der schwarzen ‚Calvin Klein'-Tasche, als würde sie etwas suchen. „Loyalität ist das eine, für sich selbst den richtigen Weg zu finden, das andere."

„Heißt das, Sie könnten sich einen Wechsel, zum Beispiel zu Alva, vorstellen?", fragte Joe nun direkt.

In dem Moment stellte die Bedienung den Kaffee mit einem kleinen Karamellkeks auf den Tisch. Jeanne, die die Bedienung nicht hatte kommen hören und nach wie vor in den Tiefen Ihrer Tasche wühlte, erschrak und ließ sie fallen. Die beiden Frauen beugten sich nach unten. Schlüsselbund, Handy, Taschentücher, Tampons, Lippenstift, Parfumflakon, Kassenbons, Parktickets, Stifte, Geldbörse und Brieftasche lagen in einem wilden Durcheinander unter dem Tisch.

Während Joe ein kurzes „Danke" an die Bedienung richtete, scannte sie die Teile in Sekundenschnelle und entdeckte den Lippenstift. Instinktiv streckte sie die Hand danach aus und verbarg ihn unbemerkt in der Faust. Jeanne sammelte bedächtig ihre restlichen Utensilien ein und nutzte die Gelegenheit, sich zu beruhigen.

Wieder aufrecht am Tisch sitzend, wiederholte Joe ihre Frage.

„Einen Wechsel? Zu Alva?", antwortete Jeanne endlich. „Na ja, sagen wir, ich könnte es nicht völlig auszuschließen. Aber bitte behalten Sie diese Bemerkung für sich."

„Selbstverständlich", bestätigte Joe. „Ich frage mich nur, ob Ihr gutes Verhältnis zu Herrn Wills mit Ihrem beruflichen Interesse an Alva zusammenhing." Sie nahm einen Schluck von dem aromatisch duftenden schwarzen Kaffee und beobachtete gespannt die Reaktion der Französin über den Rand der Tasse, während sie sich das Karamelgebäck auf der Zunge zergehen ließ.

Jeanne errötete. „Mon Dieu! Nein. Wie können Sie so etwas behaupten! Ich mochte Herrn Wills um seiner selbst willen und habe nicht versucht, ihn zu benutzen."

In Joe machte sich eine gewisse Zufriedenheit breit. Jeanne hatte den Köder angenommen. Ihre Taktik war aufgegangen. „Frau Cassel, verstehen Sie das bitte nicht falsch. Ich darf keine Möglichkeit ausschließen bei den Ermittlungen. Doch ich kann Sie beruhigen. Auch wenn ich Objektivität wahren muss, so habe ich dennoch den Eindruck, dass Sie nicht in einer solch berechnenden Art mit Herrn Wills umgegangen sind. Wenn ich ehrlich sein darf, denke ich, dass bei Ihnen sogar Sympathie, um nicht zu sagen, ernsthafte Gefühle für Herrn Wills vorhanden sind. Ich liege doch nicht so falsch, oder?“

Jeanne spielte nervös an ihrem Armband und mied jeden Blickkontakt. Ihre Augen füllten sich mit Tränen.

Langsam öffnete Joe die Faust und schob den Lippenstift über den Tisch. „Nach dem Unfall habe ich das Hotelzimmer von Maxim Wills durchsucht und ein weißes Hemd mit Lippenstift in kräftigem Rot am Kragen entdeckt. An dem Hemd, das er vermutlich am Vorabend des Unfalls trug, also als er sich mit Ihnen in der Bar traf. Ich möchte den Lippenstift mitnehmen, um einen Abgleich vornehmen zu lassen. Ich glaube, wir beide kennen das Ergebnis bereits, nicht wahr?“

Jeanne blickte an Joe vorbei aus dem Fenster hinaus.

Joe fuhr fort: „Der Barkeeper konnte sich auch sehr gut an Sie erinnern. Ihre Vertrautheit mit Wills ist ihm aufgefallen, die ganz eindeutig über ein kollegiales Verhältnis hinausging. Warum erzählen Sie mir nicht die Wahrheit?“

Jeanne Cassel schaute verlegen zu Joe und antwortete mit leiser Stimme: „Ich habe ihn wirklich geliebt.“ Es entstand eine längere Pause, dann fuhr sie fort. „Vor zwei Jahren habe ich Maxim in Genf auf dem Autosalon kennengelernt. Niemals vorher hatte ich solche Gefühle für einen Mann. Erst habe ich mich dagegen gewehrt, da ich von seiner Frau und den Kindern wusste. Aber ich hatte keine Chance, ich konnte Maxim nicht aus meinem Leben verdrängen.“ Überwältigt von der Erinnerung hielt Jeanne inne und tupfte vorsichtig mit einem Taschentuch die Augen trocken. „Immer wenn es eine Möglichkeit gab, haben wir uns heimlich getroffen. Die Konzernleitung von Alva ist sehr konservativ, die Manager sollen alle in einem stabilen familiären Umfeld leben. Eigentlich merkwürdig für ein Unternehmen mit solch zukunftsorientierten Technologien", schloss Jeanne nachdenklich ihre Ausführungen.

„Für Maxim Wills kam also eine Trennung aus Karrieregründen nicht infrage", forschte Joe ungläubig.

„Nein, Sie verstehen das falsch. Maxim hing sehr an seiner Familie und wollte ihnen nicht wehtun. Ich hatte mich mit der Situation arrangiert und konnte gut damit umgehen, es blieb immer genug Zeit für uns."

„Niemand wusste von Ihrer Affäre, keiner hat jemals etwas bemerkt?"

Jeanne biss sich auf die Lippe und nahm einen Schluck Tee. Sie holte Luft. „Ich glaube Michael Richter hatte eine Vermutung."

Joe merkte auf. „Ihr Kollege von PSA? Er hat Ihnen ein Alibi für die Nacht vor dem Unfall gegeben. Ich habe auf der Messe bemerkt, wie überrascht Sie von dieser Aussage waren. Aber Sie haben auch nicht widersprochen. Ich hatte den Eindruck, er reagiert etwas übereifrig, wenn es um Sie geht?"

„Ich war mit dieser Situation völlig überfordert. Plötzlich stehen zwei Polizeibeamte vor mir und berichten von dem Unfall. Damit nicht genug, stellen sie Fragen nach meinem Verhältnis zu Maxim und wann ich ihn zuletzt gesehen habe. Ich war nicht in der Lage, einen klaren Gedanken zu fassen."

„Michael Richter ist also für Sie in die Bresche gesprungen. Aber wie kam es dazu?"

„Bevor ich mit Maxim zusammen kam, hatte ich ein Verhältnis mit Michael Richter", erklärte Jeanne. „Am Anfang hatten wir eine schöne Zeit miteinander. Michael ist très charmant, aufmerksam und voller romantischer Ideen. Doch nach einigen Wochen begannen die ersten Schwierigkeiten, er zeigte seine andere Seite mit krassen Stimmungsschwankungen und Überreaktionen. Er bedrängte mich, dass ich nach Deutschland ziehen solle. Dafür hätte ich meinen Job bei PSA France aufgeben müssen, das wollte ich nicht. Ich bin im Management des Marketings im Bereich Elektromobilität. Eine ähnliche Stelle gibt es in Deutschland bei PSA nicht."

Joe blickte auf ihre Notizen: „Warum hat er Ihnen ein Alibi gegeben?"

„Er hegt immer noch Gefühle für mich und meint, er müsse mich vor der Polizei schützen. Dabei habe ich mir nichts Strafbares vorzuwerfen."

„Nun Frau Cassel, ich kann Ihnen sagen, wir ermitteln in einem Tötungsdelikt. Der Wagen von Maxim Wills wurde manipuliert", sagte Joe mit ernster Stimme.

Die Französin blickte sie mit entsetzter Miene an. „Wie kommen Sie darauf und wer tut so etwas?"

Joe antwortete nur indirekt: „Ja, das wirft natürlich die Frage auf, wer die Möglichkeit und das Wissen hat, so eine technische Maßnahme überhaupt durchzuführen. Mehr darf ich Ihnen im Augenblick nicht sagen, und ich bitte Sie, diese Information vorerst nicht weiterzugeben. Der eine oder andere wird natürlich seine Schlüsse daraus ziehen, dass die Kripo ermittelt. Doch es kommt unserer Arbeit entgegen, wenn wir die Tatsache noch etwas verdeckt halten. Es ist ja auch in Ihrem Sinne, dass wir den oder die Täter finden."

Jeanne schüttelte immer noch fassungslos den Kopf und knetete das Taschentuch in ihren Händen.

Joe wartete einen Augenblick, bevor sie fortfuhr: „Hat Herr Wills mit Ihnen darüber gesprochen, ob es jemanden in seinem Umfeld gab, der ihm nicht freundlich gesonnen war? Oder hatte er anderweitige Schwierigkeiten?"

„Davon weiß ich nichts. Er hatte ein sehr ausgeglichenes Gemüt. Ich habe mich wohlgefühlt in seiner Nähe. Probleme gab es für Maxim nicht, nur Aufgaben, die es zu lösen galt", erinnerte sich Jeanne mit tränenerstickter Stimme.

„Danke, Frau Cassel. Sollte Ihnen noch etwas Wichtiges einfallen, melden Sie sich bitte. Hier ist meine Visitenkarte, ich notiere Ihnen auch meine Mobilnummer. Sie können mich immer erreichen", beendete Joe das Gespräch.

Sie legte einen fünf Euroschein auf den Tisch, erhob sich und reichte Jeanne die Hand, um sich zu verabschieden.

Joe war überzeugt, die Nachricht über den Mord kam für Jeanne Cassel nicht überraschend.

34

Joe betrachtete Jürgen Frommers Fotos. Je weiter sich Joe in ‚ihren' Fall einarbeitete, desto klarer wurde ihr, dass sie mit ihrem Wunsch nach mehr Verantwortung, nach Veränderung auf dem richtigen Weg war. Und nach dem klärenden Gespräch mit Simone letzten Samstag wusste sie auch ihre Partnerin auf ihrer Seite.

Sie hatte sich nach der Unterredung mit Jeanne Cassel ins Büro zurückgezogen, um ihren Bericht über diese Befragung zu schreiben. Auf ihrem Schreibtisch fand sie einen USB-Stick vor, auf dem ein Post-it mit einem zwinkernden Smiley klebte: Bilddateien Jürgen Frommer – bitte sichten und Bericht an Nachtwey.

Was hatte es damit auf sich?

Neugierig rief sie das Material auf und staunte nicht schlecht. Jahrelang hatte dieser Frommer Frauen fotografiert, die Dateien gingen bis ins Jahr 2007 zurück.

Aufgrund der Fülle des Materials entschied Joe sich, die aktuellsten Fotos zuerst aufzurufen. Frommer hatte die Dateien bei seiner Befragung am 18. September übergeben. Schon die ersten Klicks verschlugen Joe die Sprache: Vom 14. bis zum 18. September hatte Frommer zwar die unterschiedlichsten Frauentypen abgelichtet, aber auch immer wieder eine attraktive schlanke Frau Mitte 30 mit langen dunkelbraunen Haaren. Ungläubig klickte Joe durch die Fotos und schien verwirrt zu sein. Das war doch Jeanne Cassel, die dieser Frommer immer und immer wieder fotografiert hatte. Wie kam es zu diesen Fotos? Hatte er ihr aufgelauert?

Joe begann nun, sich auch die älteren Fotos vorzuknöpfen. Keine der Frauen war mehrfach abgelichtet.

Warum war das bei der Cassel anders? War sie für Frommer von besonderem Interesse? Attraktiv waren viele auf den Fotos, schlank und jung auch, viele hatten lange dunkelbraune Haare und doch war Jeanne die einzige, die er mehrfach fotografiert hatte.

Warum?

Joes Augen brannten, sie ging in den Waschraum. Kaltes Wasser ins Gesicht, das tat gut, es machte ihren Kopf frei.

Zurück am Bildschirm arbeitete sie sich nochmal durch alte und neue Dateien, und dann machte es Klick bei ihr: Frommer fotografierte Frauen, immer wieder, wie besessen, aber die Bilder hatten sonst keinerlei Gemeinsamkeiten. Nur auf den Bildern von Jeanne Cassel gab es eine Gemeinsamkeit: Da war jedes Mal noch eine andere Person zu sehen. Ein Mann, immer derselbe. Es gab keinen Kontakt zwischen den beiden, die Frau schien nie bemerkt zu haben, dass er da war.

Joe erkannte ihn sofort. Es war Michael Richter, der Jeanne Cassel das Alibi für die Nacht vor dem Unfall gegeben hatte. Joe änderte die Sucheingabe des Bildtools auf Michael Richter. Treffer! Wie ein Schatten, ein Bodyguard, immer wieder war im Hintergrund Michael Richter zu sehen.

Wie gut, dass sich die Fotos vergrößern ließen. Joe sah sich die Fotos im Zoom-Modus an.

Auf allen Fotos mit Jeanne Cassel war Richter zu sehen, wenn auch nicht immer das Gesicht. Joe merkte, wie sie ihr

Jagdinstinkt packte, das war die Arbeit, die zu Lösungen führte und wo Kombinationsgabe gefragt war. Volle Konzentration jetzt! In welchen Situationen waren die beiden zu sehen? Bemerkte Jeanne Richter überhaupt? Und warum beschattete Richter Jeanne? Eines war klar, die Befragung von Richter wäre dringend angezeigt. Doch jetzt erst mal Schluss. Sie musste unbedingt mit Nachtwey sprechen. Dass Richter praktisch wie ein Schatten an Jeanne Cassels Rockzipfel hing, war doch mal eine wirklich spannende Erkenntnis.

Außerdem machte Recherchearbeit Hunger und Durst.

35

Donnerstag, 21. September

Als Joe die Halle 3 betrat, hatte sie ein Déjà-vu. Sie sah sich bei ihrem letzten Besuch auf der IAA mit Jeanne Cassel in ihren bordeauxroten Pumps reden. Doch heute wollte sie nicht zu der Französin. Sie war mit Michael Richter in der ‚New Mobility World' verabredet, um einen Spezialisten zum Thema „Automobile Kommunikation" befragen zu können.

Nachdem sie sich eine Weile umgeschaut hatte, ihren Ansprechpartner aber nirgends entdecken konnte, hörte sie plötzlich hinter sich eine Stimme.

„Guten Tag, Frau Polizeioberkommissarin Kramer." Michael Richter schlängelte sich durch einige Besucher und kam direkt auf sie zu.

Er schien über den dicken, geräuschschluckenden Teppich zu schweben. Als er vor ihr zum Stehen kam, wirkte er erstaunt.

„Hallo." Joe lächelte ihn an und gab ihm die Hand.

Richter stutzte kurz. „Ich hatte ehrlich gesagt Ihren Kollegen von der Kripo erwartet. Nicht, dass ich Sie nicht auch für professionell halten würde.“ Er grinste wieder charmant. „Aber Polizeioberkommissarin ist doch wohl ein anderes Wort für Verkehrspolizei, wenn ich mich nicht täusche?“

„Wie schön, dass Sie es trotz der Hektik hier einrichten konnten“, entgegnete sie spitz. „Mir war gar nicht klar, dass Sie bei PSA/Opel die Koryphäe in Sachen ‚Autonomes Fahren‘ und ‚Kommunikation Fahrzeug-Mensch‘ sind.“

Richter lächelte sie weiter nonchalant an und beugte sich an ihr Ohr. „Wollen wir nicht kurz um die Ecke gehen. Da gibt es ein Plätzchen, wo man sich besser unterhalten kann“, sagte er laut und deutlich.

„Gerne.“

Richter bahnte sich einen Weg durch die Menschenmenge und Joe folgte ihm, so gut es ihr möglich war. Als er in einer Art Ruhezone mit etwa zehn Stühlen und drei Tischchen angekommen war, deutete er mit einer Handbewegung an, dass sie Platz nehmen solle.

„Der W-LAN-Bereich. Da vorne versteht man ja sein eigenes Wort nicht.“ Richter ließ sich auf dem Stuhl ihr gegenüber nieder, beugte sich zu ihr und breitete raumgreifend die Arme über die Tischplatte aus.

Joe sah sich kurz um. Zum Glück saß nur noch ein weiterer Besucher etwas abseits in der Zone. Er hatte einen Laptop auf den Knien und war darauf fokussiert.

„Ich versuche, mit meinen Fähigkeiten nicht allzu sehr hausieren zu gehen“, setzte Richter dort an, wo sie vorhin stehengeblieben waren. „Sie wissen ja, es ist teilweise gar nicht so schlecht, wenn andere einen erst mal für kleiner halten, als man ist.“ Er zwinkerte Joe zu.

Offensichtlich wollte Richter sie aus dem Konzept bringen. Na der sollte sie kennenlernen! Sie konzentrierte sich wieder auf ihren gedanklichen Fragenkatalog und versuchte alles um sie herum auszublenden.

„Sie wissen ja, wir ermitteln nach wie vor, wie es zu dem Unfall von Maxim Wills und dem Alva-Prototypen kommen konnte. Es gibt da noch ein paar offene Fragen, speziell zur Fahrzeug-Technik und den CAN-Bus-Schnittstellen."

Er wandte sich wieder Joe zu und seufzte. „Ja, tragisch das Ganze. Besonders für Alva." Er blickte versonnen über Joes Schulter hinweg nach draußen. „Es wird das Unternehmen um Jahre zurückwerfen. Gerade jetzt, wo es die ganzen Rückrufaktionen gegeben hat und die Leute kein Vertrauen mehr in die neue Technik haben. Dass sowas passieren musste!" Er schüttelte bedauernd den Kopf, wirkte aber so, als fände er die Geschichte unglaublich amüsant.

Joe beobachtete Richter währenddessen und versuchte, sich ein Bild zu machen. Was sollte sie von diesem Typen halten?

„Nun, wir haben Grund zu der Annahme, dass die Fahrzeugsysteme nicht gearbeitet haben, wie sie sollten", sagte sie.

Richter lachte leise auf. „Tja, das ist ja wohl offensichtlich, dass sie nicht gearbeitet haben, wie sie es sollten, oder?" Seine Miene blieb ausdruckslos, aber sein Blick bekam fast etwas Bösartiges.

Joe blieb beim Lächeln. „Der Grund meines Besuchs ist, dass ich mir von Ihnen als Software-Experten ein paar technische Dinge erklären lassen wollte. Die heutigen Systeme der Fahrzeugsteuerung arbeiten ja grundsätzlich ähnlich, richtig?"

Richter schwieg. Dann beugte er sich nach vorn, legte die Fingerspitzen an die Nase und sah sie intensiv an. „Das ist korrekt. Sie sind gut informiert, Frau Kramer. Darf ich fragen, wofür genau Sie sich interessieren?"

Joe zog Notizblock und Kugelschreiber aus ihrer Tasche und tat so, als würde sie die Fragen ablesen. Konnte nichts schaden, wenn er sie für einen kleinen Paragraphenreiter hielt. „Mich interessiert vor allem, wie man von außen eingreifen kann." Sie sah Richter direkt in die Augen.

„Nun“, Richter lehnte sich zurück, „die Programmierung von Elektro-Fahrzeugen ist hochkomplex. Nicht zuletzt, um dem Sicherheitsaspekt Rechnung zu tragen. Da kann sich natürlich nicht jeder dahergelaufene Feld-Wald-und-Wiesen-Programmierer einklinken und mal eben ein bisschen rumspielen. Es gingen zwar schon genug Berichte durch die Presse, dass sich irgendwelche Gruppen in Systeme eingehackt und ein paar lächerliche Gimmicks ausprobiert haben ...“

Joe unterbrach ihn. „Sie sprechen über Hacker-Angriffe?“

„Richtig. Wie Sie sicher verfolgt haben, ist es chinesischen Hackern letztes Jahr gelungen, die Sicherheitsvorkehrungen im System eines unserer Konkurrenten zu umgehen. Wenn Sie mich fragen, war es nur eine Frage der Zeit, so lächerlich wie die bei der Programmierung ihrer Software vorgegangen sind“, schnaubte er.

„Sie meinen die Studentengruppe, die bei laufender Fahrt die Kofferraumklappe eines Alva geöffnet und die Lichter ausgeschaltet hat?“

„Exakt. Sie sind wirklich ausgezeichnet informiert. Ich weiß gar nicht, wie ich Ihnen noch weiterhelfen könnte“, sagte Richter mit einem kleinen Lächeln.

„Na ja, dass sowas scheinbar machbar ist, hat man sogar schon in einem ‚Tatort‘ bewundern können. Ich wüsste jedoch gerne, ob sowas tatsächlich geht und wie man das konkret machen würde?“

„Sie haben bestimmt schon von den sogenannten Software-Updates im Fall des Dieselskandals gehört. Sobald beispielsweise ein Update der Fahrzeugsoftware ansteht, werden die Fahrzeuge in die Werkstatt gerufen und dort wird über den sogenannten CAN-Bus ein Update aufgespielt.“ Damit schien für ihn alles klar zu sein. Er lächelte Joe weiter einfältig an.

„Hab ich gehört. Aber sowas meine ich nicht. Könnte man so etwas aus der Ferne erledigen? Beispielsweise über eine

Drohne?" Joe behielt Richter genau im Blick. Dieser schien sich jetzt immer mehr für das Thema zu erwärmen.

„Ah, da hat jemand seine Hausaufgaben gemacht!", entgegnete er amüsiert. Er war kurz davor aufzuspringen und eine Runde zu drehen, als müsse er erst mal seine innere Datenbank abfragen, doch als er sich umsah, blieb er hocken. Das Thema schien ihn zu fesseln. „Okay, okay! Nehmen wir mal an, ich wollte ein Fahrzeug quasi per Fernsteuerung manipulieren. Wie würde ich vorgehen? Rein theoretisch wäre das natürlich möglich. Ich darf Ihnen zwar keine Firmengeheimnisse verraten, aber wir von PSA haben uns ein Beispiel an der Branche genommen, die schon seit Jahren jede Menge Updates quasi per Fernbedienung auf die Geräte bekommt, die Telekommunikationsindustrie. Rückrufaktionen in der Automobilbranche sind ja praktisch der Super-Gau. Sie sind enorm teuer und schaden dem Ruf eines Herstellers. Das konnten Sie ja bei Alva schon einige Male beobachten. Außerdem ist die Menge an Software, die heute in einem Fahrzeug untergebracht ist, natürlich ungeheuer angewachsen. Schon 2009 waren in den Premiumklasse-Fahrzeugen circa 100 Millionen Zeilen Softwarecode untergebracht. Damit Sie mal einen Vergleich haben: In einer Boeing 787 waren es damals nur 6,5 Millionen. 100 Millionen Zeilen zur Steuerung von Einspritzung, Bremsen, ABS et cetera, et cetera." Richter machte eine bedeutungsvolle Pause und starrte Joe an, bevor er fortfuhr. „Finden Sie das nicht auch ganz erstaunlich?"

Joe wusste nicht, worauf er hinauswollte. „Äh, ja, äh, schon ... Aber könnten Sie mir jetzt sagen, wie man das genau macht?"

Er schien sie gar nicht zu hören. „Heutzutage haben sie allein 60 elektronische Kontroll-Einheiten sogenannte ECUs, die die einzelnen Systeme steuern und koordinieren. Da sprechen wir schon über mehrere Megabyte an Daten, die verarbeitet werden. Und interessanterweise sind die Infotainment-Systeme die umfangreichsten Systeme. Warum also nicht von der Industrie profitieren, die schon seit Jahren eine bewährte Technologie nutzt, um ihre Updates zum Nutzer zu bringen?“ Er strahlte Joe an, als habe er den Stein der Weisen gefunden.

„Sie meinen das FOTA-Verfahren, das Handyunternehmen nutzen?“, fragte Joe dazwischen.

Richter zuckte kurz zusammen. „Mag ja sein, dass Handyunternehmen die ersten waren, aber ich habe diese Technik unendlich verfeinert,“ schnaubte er. „Sie sagen das so, als ginge es um das Einrichten von PCs in irgendeinem Internet-Café“, zischte er, besann sich jedoch wieder und sprach in ruhigem Ton weiter. „Aber Sie haben natürlich recht, ja, die Telekommunikationsbranche ist unser Vorbild. Und genau genommen geht es um Firmware-Over-the-Air, kurz FOTA. Die Übertragung erfolgt über die firmeneigene Cloud, aber auch erst, nachdem das Update strenge Sicherheitskontrollen durchlaufen hat. Und nachdem es diese Hacker-Angriffe gegeben hat, werden solche Schnittstellen sehr genau geprüft, das können Sie mir glauben. Man muss sich in dieser speziellen Materie schon recht gut auskennen.“

„Und doch ist es ein paar Studenten vor ein paar Jahren gelungen, Ihre Kontrollen zu umgehen?“

„Korrekt. Die Fahrzeug- und Unterhaltungselektronik-Systeme arbeiten zwar unabhängig voneinander, aber wenn man bei der Programmierung keine klare Trennung der Software-Architektur vornimmt, kann ein findiger Hacker auch darüber Schadsoftware einschleusen. Wir beschäftigen sogenannte ‚White-Hat-Hacker‘. Die bekommen Prämien dafür, dass sie unsere Fahrzeugtechnik auf Herz und Nieren prüfen. Die müssen sich aber schon sehr anstrengen, in meine Systeme zu kommen“, schnappte er. In ruhigerem Ton fuhr er fort: „Aber es stimmt. Es gibt immer sogenannte ‚Star-Hacker‘, die glauben, sie seien schlauer als i ... als wir. Auch wir bei PSA sind vor dieser Art Angriffen nicht hundertprozentig gefeit. Erst kürzlich ist so ein Angriff Gott sei Dank ins Leere gegangen. Mir ist es gelungen, die Schwachstelle innerhalb von 12 Stunden zu patchen." Selbstgefällig lehnte er sich zurück an seinen Stuhl und verschränkte die Arme vor der Brust.

„Sie sagen also, dass man gar nicht mehr ans Auto ran muss, wenn man etwas an der Elektronik verändern will?"

„Jein." Richter schwang nun die rechte Hand bedeutungsvoll durch die Luft, als doziere er vor Joes Augen. „Ganz so einfach ist es natürlich nicht. Wie erkläre ich Ihnen das als Laien am besten?" Er atmete tief durch und blickte sie bekümmert an.

Joe sah auf die Uhr. Das ging hier schon viel länger, als sie geplant hatte. Und eigentlich wollte sie sich jetzt nicht noch einen Vortrag von diesem Typen über sein Steckenpferd anhören.

„Eigentlich reicht mir die Erklärung ja schon", erwiderte Joe. „Grundsätzlich ist es möglich, dass auch ein Laie das Fahrzeug manipuliert, indem er eine Drohne nutzt. Er braucht nur ein wenig technisches Wissen, mehr wollte ich gar nicht wissen." Sie lächelte Richter an. Dieser sah auf sie herab, als sei sie etwas, das ihm an der Schuhsohle kleben geblieben war.

„Tja, wenn Ihnen das als Erklärung reicht, soll es mir recht sein", erwiderte er schnippisch.

„Ja, Herr Richter, mir reicht es tatsächlich für heute", bestätigte Joe und dachte mit Spannung an ihre weiteren Ermittlungen. Einen Plan, wie sie weitermachen konnte, hatte sie schon.

36

„Klaus Kleinert und Karl Kugler, richtig?“, fragte Joe, als sie den kleinen Besprechungsraum des K10 in Rüsselsheim betrat. Wie elektrisiert sprangen die beiden Mittdreißiger auf und schlossen synchron ihre Jackett-Knöpfe.

„Polizeioberkommissarin Johanna Kramer. Behalten Sie doch bitte Platz.“ Joe setzte sich beiden gegenüber, legte ihr Handy auf die Tischplatte und sah zu, wie die Herren umständlich Stühle rückten und versuchten, unauffällig ihre Jacken zu öffnen.

Joe lächelte. Dann wurde sie ernst. „Es geht um den Unfall des Alva-Managers Maxim Wills.“

„Wir haben davon gehört“, bemerkte Kugler und Kleinert fügte hinzu: „Stand ja auch im Echo.“

„Aufgrund unserer Ermittlungen gehen wir inzwischen von einem Tötungsdelikt aus“, sagte Joe und beobachtete die Reaktionen der beiden.

„Schrecklich“, murmelte Kleinert und blickte auf den aschgrauen Linoleumboden. Kugler nickte mit ernster Miene. Dann sah er Joe direkt in die Augen und fragte: „Werden wir etwa verdächtigt?“

„Dies hier wird kein Verhör werden, sondern lediglich eine Befragung“, beschwichtigte Joe.

Kugler atmete erleichtert aus, während Kleinert sich entspannt zurücklehnte.

„Sie beide sind im Hotel Adler in Groß-Gerau untergebracht?“

Kugler und Kleinert nickten.

„In welcher Funktion arbeiten Sie bei PSA?“ Joe sah Kleinert fragend an.

„Wir sind Software-Entwickler in der Abteilung Battery Development. Wir arbeiten daran, Ladezeiten zu reduzieren, Effizienz und Reichweiten der Akkus zu steigern“, erklärte Kleinert und Kugler nickte.

„Wann haben Sie Herrn Wills zum letzten Mal gesehen?“, wandte sich Joe an Kugler.

Der musste nicht lange überlegen. „Das war Mittwoch früh. Wir beide haben vor dem Hotel Adler eine Zigarette geraucht“, sagte er mit einem Seitenblick zu seinem Kollegen.

„Aus der Garage des Hotels kam Wills in dem neuen Alva-Prototypen“, erklärte Kleinert. „Den habe ich bisher nur im Internet gesehen. Live sah der noch viel besser aus.“

„Ich war auch echt beeindruckt“, stimmte Kugler zu. „Die haben schon was drauf, die Amis, wenn ich das mal so salopp sagen darf.“

Eine Weile breitete sich verlegenes Schweigen aus.

Vor ihrem geistigen Auge sah Joe die beiden vor dem Hotel stehen, wie sie den Wagen anstarrten und ihre Bewunderung nur schlecht verbergen konnten.

Joes Handy erwachte und unterbrach ihr Kopfkino. *Baker Street*, Simones Erkennungsmelodie.

Himmelhergottnochmal, dachte Joe. Immer zur Unzeit. Doch sofort meldete sich Joes schlechtes Gewissen. Sie hatte Simone seit vorgestern nicht gesehen, ihre Anrufe wegen dringender Polizeiarbeit knapp halten oder unterbrechen müssen.

Tut mir leid, Liebes, flüsterte sie Simone in Gedanken zu, schnappte das Gerät und drückte den Anruf weg.

Kugler beugte sich vor und sah Joe gespannt an. „In der Zeitung haben wir gelesen, dass der Wagen des Amerikaners manipuliert worden sein soll.“

„Davon gehen wir aus.“

„Das ist furchtbar.“ Kleinert schüttelte besorgt den Kopf und Kugler fuhr empört auf: „Also stimmt es! Wer tut denn sowas?“

Joes Handy vibrierte. Eingehende WhatsApp. Von Simone. Joe seufzte, warf Kugler und Kleinert einen entschuldigenden Blick zu und nahm das Handy, um es lautlos zu schalten.

Während sie das Icon antippte, warf sie einen kurzen Blick aufs Display: ... *jetzt in Groß-Gerau. Komm ins Kulturcafe!*

Was gibt es denn so Eiliges, schoss es Joe durch den Kopf. Sie weiß doch genau, dass ich gerade mitten drin ...

Kugler registrierte Joes finstere Blicke und Kleinert fragte verständnisvoll: „Stress mit der Familie?"

Joe beschloss, nicht darauf einzugehen. Du musst dich zusammenreißen und voll auf die Ermittlungen konzentrieren, sagte sie sich. Sonst vermasselst du es noch. Entschlossen legte sie ihr Handy mit dem Display nach unten auf die Tischplatte und wandte sich ihren Gesprächspartnern zu.

„Sie glauben also, dass es grundsätzlich möglich ist, ein Fahrzeug zu manipulieren?" Joe blickte von Kleinert zu Kugler und zurück.

Beide nickten.

„Wer in der Lage ist, Programme zu erstellen, kann sie auch verändern", bemerkte Kleinert und Kugler ergänzte: „Denken Sie bitte jetzt bloß nicht, dass jeder Programmierer in andere Software eingreifen kann. Unsere Arbeitsbereiche sind technisch streng voneinander getrennt. Ein Akku-Experte arbeitet in einem in sich geschlossenen System, genauso wie ein Steuerungs-Experte. Außerdem benutzen wir unterschiedliche Verschlüsselungen. Das wird bei Alva mit Sicherheit auch so gehandhabt."

„Und um uns kleine Lichter gleich mal aus Ihrer Schusslinie zu nehmen", sagte Kleinert laut, „wären Kugler und ich vom Fachlichen her gar nicht in der Lage, Fahrzeugsteuerungs-Software zu schreiben. Wir könnten einen Wagen mit Sicherheit nicht von der Straße abbringen."

Kugler fügte hitzig hinzu: „Oder glauben Sie, jemand fährt gegen einen Baum, weil plötzlich die Batterie ausfällt?"

„Niemand verdächtigt Sie", klärte Joe die beiden auf. Sie ließ ein paar Atemzüge verstreichen und sah, wie sich die Gesichtszüge der Befragten glätteten.

In diese Ruhe brach die Vibration von Joes Handy. Sie zuckte unwillkürlich zusammen. Das glaub ich jetzt nicht! Ich stecke mitten in meiner ersten Mordermittlung und du machst Telefonterror! Wo ist dein vielgerühmtes Einfühlungsvermögen geblieben?, dachte Joe bitter. Doch wieder meldete sich ihr schlechtes Gewissen. Oder habe etwa ich den Bogen tatsächlich so stark überspannt ...?

In düstere Gedanken über den weiteren Verlauf ihrer Beziehung versunken blickte Joe hoch und direkt in die mitleidigen Gesichter von Kleinert und Kugler. Die Sache mit Simone bringe ich in Ordnung, sobald ich hier fertig bin, schwor sich Joe. Wenn es bis dahin nicht zu spät ist, schoss es ihr durch den Kopf.

Mit gespielter Selbstsicherheit griff Joe das Handy und schaltete es aus. Sie räusperte sich, setzte sich aufrecht hin, blickte Kleinert fest in die Augen und wandte sich dann Kugler zu.

„Wie kam es eigentlich, dass Sie im Hotel in Groß-Gerau untergebracht sind? Sie wohnen doch beide in Rüsselsheim?“

„Teambuilding während der Messe. Solche Maßnahmen denkt sich unsere Personalabteilung aus“, sagte Kugler und Kleinert erläuterte mit leichtem Spott: „Motivation steigern, Gemeinschaftsgefühl aufbauen und so. Wir sollen die Messe rund um die Uhr zusammen mit den lieben Kollegen verbringen.“

„Viel Freizeit ist uns eh nicht geblieben, bei all den Terminen“, maulte Kugler.

„Die komplette PSA-Mannschaft, die am Sonntag an dieser speziellen Mobility-Veranstaltung teilgenommen hat, war also während der gesamten IAA im Hotel Adler?“

„Richtig.“

„Auch Herr Richter?“

„Der nicht. Der ist Führungskraft und muss nicht zusätzlich motiviert werden.“ Kugler zwinkerte Joe zu.

„Das heißt, er war nicht im Hotel Adler untergebracht.“

„Nein“, platzte es aus Kugler heraus. „Der war trotzdem ständig da, und zwar genau dort, wo Frau Cassel war.“

Kleinert setzte nach. „Kann es wohl immer noch nicht verwinden, dass sie ihn in die Wüste geschickt hat.“

„Und das auch noch just zu der Zeit, wo er aus diesem Joint Venture geflogen ist.“

Joes Gedanken wanderten zu Jeanne Cassels leuchtend rot geschminkten Lippen. Sie lächelte. Plötzlich fiel ein Schatten über Jeannes feine Züge. Michael Richters hochmütiges Gesicht verdunkelte die Sicht.

Reiß dich zusammen, ermahnte Joe sich im Stillen. „Welches Joint Venture?“, hakte sie nach.

„Na, vor zwei, drei Jahren, da gab es in der Branche ein firmenübergreifendes Forschungsprojekt. Es ging um erweiterte Netzwerkarchitekturen für autonomes Fahren, also ohne menschliche Interaktion. Unser Herr Richter hat dort mitgewirkt, um Fernsteuerungssysteme zu optimieren. Ist ja einer der ganz wenigen in der Branche, die darauf spezialisiert sind. Das hat er uns immer lang und breit unter die Nase gerieben. Nur eine Handvoll Experten. Weltweit. Mords Zusatzprämien hätte es gegeben. Eine Penthousewohnung in Büttelborn hat er sich zugelegt. Feldrandlage! Angegeben hat der, das können Sie mir glauben! Dann war er plötzlich raus aus dem Projekt. Und hat natürlich kein Wort mehr drüber verloren.“

„Welche Unternehmen waren denn an dem Joint Venture beteiligt?“

„Opel, PSA und natürlich Alva.“

Joe schluckte. Sie ließ diese Information einen Moment sacken. Dann vergewisserte sie sich. „Alva also auch?“

„Ja klar, Frau Kommissar.“ Kugler grinste und knuffte Kleinert mit dem Ellenbogen in die Seite. „Hat Richter Ihnen nicht davon erzählt?“

Joe starrte einen Moment die Tischplatte an. Vor ihr inneres Auge schoben sich etliche Bilder. Jeanne, die Richter küsste und ihn dann von sich stieß. Wills, der Jeanne umarmte, während Richter das Paar durch ein Fernglas beobachtete. Wills und Richter, die sich Schulter an Schulter über einen PC beugten. Plötzlich wandte sich Richter Joe zu und grinste verschlagen.

Jeanne sprang auf. „Vielen Dank, die Herren. Sie haben mir sehr geholfen." Joe schnappte ihr Handy und spurtete los.

37

Jeanne ging das gestrige Gespräch mit dieser Polizistin nicht mehr aus dem Kopf. Im Laufe des Abends war ihr ein Verdacht gekommen, der ihr nachts den Schlaf geraubt hatte. Gegen Morgen hatte ihr Entschluss dann festgestanden: Sie würde noch einmal mit Michael Richter sprechen. Allein.

Nun saß sie neben ihm im Auto auf dem Weg zurück nach Groß-Gerau und seine Stimme riss sie aus ihren Gedanken: „Was ist dir lieber? Soll ich das Radio anmachen oder eine CD einlegen?"

„Gerne eine CD. Aber was Ruhiges. Mit Saxophon."

Richter schüttelte den Kopf. „Hab ich nicht. Nur Rockmusik."

„Dann lieber Radio. Ich muss etwas zur Ruhe kommen."

Es dunkelte bereits, und sie standen im Stau, kaum, dass sie das Messegelände verlassen hatten. Sie hatten den Tag auf der IAA verbracht, die ihre Tore um 19.30 Uhr geschlossen hatte. Es war anstrengend und der Andrang groß gewesen. Die schlechte Luft in der Halle hatte ihrem Befinden zugesetzt. Jetzt, da das Adrenalin langsam sank, merkte Jeanne, wie erschöpft sie war. Nach dem langen Stehen brannten ihre Füße in den hochhackigen Pumps.

„Sehr gesprächig bist du ja nicht", ergriff Richter wieder

das Wort, nachdem einige Lieder verklungen waren. „Oder ist die Musik zu laut?"

„Ich bin nur müde", erwiderte sie. In Wirklichkeit dachte sie fieberhaft darüber nach, wie sich das Gespräch in die gewünschte Richtung lenken ließ: Was immer ich sage, muss natürlich wirken. Er darf keinesfalls misstrauisch werden. Sonst ist alles vorbei. „Ich muss mich ein wenig von dem Gewimmel erholen. Gut, dass ich nicht bei jeder IAA dabei sein muss. Auf Dauer wäre das nichts für mich."

„Wie du willst."

Michael ist nicht gut drauf, schoss es Jeanne durch den Kopf. So kurz angebunden. Ich werde vorsichtig sein und mir jedes Wort gut überlegen müssen.

Die ständige Aufmerksamkeit den Tag über hatte ihre Unruhe zwar verdrängt, aber nie vollends beseitigt. In den Momenten, die sie trotz aller Hektik für sich gehabt hatte, war sie wie ein Bumerang zurückgekommen und hatte erneut mit voller Wucht von ihr Besitz ergriffen. Das Gespräch mit Michael Richter hatte sie daher genauso sehr herbeigesehnt wie gefürchtet. Schließlich hatte sie sich ein Herz gefasst und ihn angesprochen, vorgegeben, dass die Fahrgemeinschaft, mit der sie nach Frankfurt gekommen war, noch in die Stadt hatte gehen wollen und ihn gebeten, sie ins Hotel zu bringen.

Richter trommelte mit den Fingern auf dem Lenkrad herum. „Fahrt endlich, ihr Eierköpp da vorne!", fluchte er und hupte. „Was ist denn da los?"

„Wieso bist du denn so aggressiv? Ist das nicht immer so, wenn hier Messe ist?"

„Immer dasselbe Elend. Außerdem hab ich auch einen harten Tag gehabt. Ich will einfach nach Hause."

„Das wollen die anderen auch."

„Ja, aber das beweist nur, dass das Leben ein ständiger Kampf ist. Du musst um alles ringen. Und wenn es um jeden Meter Straße ist." Er hupte erneut.

Jeanne sagte nichts. Geduld war noch nie Richters Stärke

gewesen.

Es ging wieder weiter. Sie näherten sich einer Kreuzung. Die Ampel sprang um.

„He! Da vorne wird's rot!"

„Ruhig, Süße! Das schaffen wir noch." Richter drückte das Gaspedal durch. Mit quietschenden Reifen ging es um die Kurve.

„Spinnst du?", entfuhr es ihr. „Du bist nicht allein im Auto."

„Wir machen das anders", erwiderte Richter. „Die wollen alle Richtung Autobahn. Wir nehmen lieber die Landstraße. Da wird's hoffentlich besser sein." Kurz darauf bog er in die entsprechende Richtung ab.

Es staute sich weiter auf dem Weg aus der Stadt. Sobald der Verkehr weniger wurde, fuhr Richter erst recht wie ein Henker, als wolle er die verlorene Zeit aufholen. Er hielt keine Sicherheitsabstände ein, überholte rigoros, scherte ein und zeigte wütend hupenden Autofahrern den emporgestreckten Mittelfinger. Dabei grinste er hämisch.

Die Nachrichten liefen. Jeanne hörte kaum zu. Richter riss sie aus ihren Gedanken, als er nach den Verkehrshinweisen unvermittelt das Wort ergriff: „Wie geht's dir, Jeanne? Wie kommst du ohne Maxim zurecht?"

„Nicht gut." Sie räusperte sich. Ihre Stimme war belegt. Richter hatte ihren wunden Punkt getroffen. „Es ist alles noch so frisch. Ich brauche Zeit, seinen Tod zu verkraften. Was glaubst du, wie es einem geht, der einen geliebten Menschen verliert?"

Er sah sie kurz an. „Ich weiß. Aber vergiss nicht: Ich habe beide Eltern viel zu früh hergeben müssen. Meine Mutter an den Krebs und meinen Vater an den Alkohol. Wenn es jemanden gibt, der sich in dich hineinversetzen kann, dann ich."

Sie passierten das Ortsschild Mörfelden-Walldorfs. Richter drosselte notgedrungen die Geschwindigkeit, wobei er zu dicht an das Fahrzeug vor ihnen auffuhr.

Jeanne schloss die Augen und hörte es im Geiste schon knirschen, sagte diesmal aber nichts. Sie befanden sich nun im Ortsteil Walldorf. Soviel hatte sie noch mitbekommen.

„Es ist nicht einfach, jemanden leiden zu sehen", ergriff er wieder das Wort. „Wie du weißt, ist Mutter qualvoll gestorben. Das hat sich über Wochen hingezogen. Es war schrecklich, das mit ansehen zu müssen und nichts machen zu können. Und als das mit Vater losging, hat sich alles wiederholt."

Jeanne staunte. So gefühlvoll kannte sie ihn gar nicht. Sollte er sich wirklich geändert haben? „Aber du hattest wenigstens die Gelegenheit, dich von ihnen zu verabschieden." Sie warf ihm einen Blick zu. In der Dunkelheit konnte sie nur mehr seinen Umriss erkennen. „Ich zweifle nicht daran, dass das, was du durchmachen musstest, sehr schmerzhaft gewesen ist. Aber Maxim war nicht krank. Er stand mitten im Leben, hatte noch so viele Pläne. Wir hatten beide noch so viel gemeinsam vor. Und mit einem Mal ist alles vorbei, ohne dass ich die Gelegenheit hatte, mich darauf vorzubereiten. Ein Lebensfaden durchgeschnitten. Aus. Für immer." Sie schluchzte kurz auf.

Schweigen, in das sich lediglich die Stimme des Moderators mischte. Sie folgten noch immer dem vorausfahrenden Wagen. Die Straßenlaternen erhellten die Fahrbahn samt den Bürgersteigen. Es ging auf halb neun zu. In den Fenstern der meisten Häuser, die sie passierten, brannte Licht.

Die Musik im Radio überlagerte die sich zwischen ihnen ausbreitende Stille. Sie verließen Walldorf. Kaum hatten sie das Ortsschild hinter sich gelassen, gab Richter Gas und überholte ohne vorheriges Blinken das Auto, dem sie durch die Stadt hatten folgen müssen. Das ihnen entgegenkommende Fahrzeug beachtete er nicht und scherte mit Vollgas ein. Reifen quietschten auf beiden Fahrbahnen. Wütendes Hupen folgte, aber da entfernten sich ihre Rücklichter schon Richtung Mörfelden.

„Willst du uns umbringen?“, rief Jeanne wütend. Sofort bereute sie ihren Ausbruch, doch Richter schien ihn ihr nicht übelzunehmen. Sie schloss die Augen. Froh darüber, dass Richter die Unterhaltung nicht fortsetzte, lauschte sie den Fahrgeräuschen und einem ihrer Lieblingslieder. Der Sender, den er eingestellt hatte, war gut.

Sie dachte an ihre Zeit mit Richter. Sätze wie *Ich lasse mich nun mal nicht kontrollieren* und *Ich will meine Freiheit* hatten ihre Beziehung beendet. Der Grund: Michael lebte zu sehr in seiner eigenen Welt, wollte über alles die Kontrolle haben. Er war derjenige, der sich sofort bevormundet fühlte, sobald er sich nach einem anderen richten musste. Solange es nach ihm ging und andere machten, was er wollte, war alles in Ordnung. So wie damals, als sie mit ihm in Frankreich Urlaub machen und Paris besuchen wollte, während Michael unbedingt nach Imola wollte, weil er die Möglichkeit gehabt hatte, an Formel 1-Karten zu kommen. Natürlich musste man in einer Partnerschaft immer ab- und zugeben. Aber wenn es einseitig wurde, stets derselbe ab- und der andere zugab, fühlte sie sich nicht wohl. Sie fand es erbärmlich, wenn der eigene Partner nicht mal zugunsten seiner Freundin auf etwas verzichten konnte.

Sie fuhren durch ein Waldgebiet. Gegenverkehr gab es keinen. Ihre Scheinwerfer schnitten Schneisen in die Nacht.

Kurz darauf näherten sie sich dem Falltorhaus. Jeanne gruselte es. Dort lag die Unfallstelle. Hier war es gewesen. Jetzt!, schrie es in ihr. Das ist die Gelegenheit. Frag ihn! Nur Mut! „Du, Michael, ich wollte mal mit dir reden.“

„Gerne. Was hast du auf dem Herzen?“

„Maxims Unfall. Was hältst du von der Sache?“

Richter zuckte mit den Schultern. „Ich weiß nicht. Maxim ist von der Straße abgekommen. Passiert wahrscheinlich tausendfach in Deutschland. Was soll damit sein?“

Jeanne schluckte, um ihre Nervosität zu verbergen. „Ach, diese Polizistin war gestern Abend wieder bei mir und hat

Fragen gestellt. Da ist noch irgendwas im Busch. Sonst würde die nicht so bohren."

„Was hat sie denn gesagt?"

Jeanne, unschlüssig darüber, wie weit sie gehen durfte, zögerte mit ihrer Antwort. Was sie erfahren hatte, war sicher nicht zur Weitergabe bestimmt gewesen. Könnte es negative Folgen für sie haben, falls sie sich irrte? Sie bemühte sich, möglichst beiläufig zu klingen. „Um mein Verhältnis zu Maxim. Ob ich daran dächte, zu Alva zu wechseln. Auch von dir war die Rede."

„Echt?" Lag Nervosität in Richters Stimme? War ein schwaches Zittern herauszuhören? Obwohl Jeanne auf solche Zwischentöne hatte achten wollen, war sie sich unschlüssig.

„Weil du mir ein falsches Alibi gegeben hast."

„Doch nur, um dich zu schützen."

„Ich weiß", gab Jeanne sich einsilbig. Zu spät war ihr eingefallen, dass sie auf die Bemerkung, dass er Teil des Gesprächs gewesen sei, besser verzichtet hätte. Hoffentlich würde er jetzt nicht näher nachfragen, kam es ihr in den Sinn. Wenn er erführe, dass sie der Polizistin Informationen über ihn gegeben hatte, könnte ihn das gegen sie aufbringen. Sie musste sich besser überlegen, was sie sagte.

„Diese Polizistin ist zäh", versuchte sie abzulenken. „Vielleicht liegt es daran, dass Maxim Amerikaner war. Da wollen die deutschen Behörden den amerikanischen gegenüber glänzen und legen sich doppelt ins Zeug."

Richter ging darauf ein. „Unsinn. Das sind Hirngespinste. Lass dir keinen Floh ins Ohr setzen!"

„Na ja, die Frau ist immerhin Polizeioberkommissarin. Wäre es ein gewöhnlicher Verkehrsunfall gewesen, würde sich doch jemand anderes darum kümmern, oder?"

„Darüber würde ich mir keine Gedanken machen", wiegelte Richter ab. „Vielleicht hat auch Maxim einen Fehler gemacht?"

Jeanne schüttelte den Kopf. Daran sieht man, wie wenig du

ihn kennst, dachte sie. „Maxim war ein besonnener Fahrer. Und der Unfall ereignete sich auf gerader Strecke. Was sollte er falsch gemacht haben?"

„Vielleicht war es ein Wildunfall. Da kann man das Steuer schon mal verreißen."

„Davon hat die Polizei nichts gesagt. Außerdem sind wir jetzt schon am Falltorhaus vorbei. Ich hab nicht darauf geachtet, ob da Wildwechsel-Schilder stehen."

„War auch nur so eine Idee", sagte Richter sanft. „Wenn du Glück hast, kommt eines Tages ans Licht, wie es wirklich war. Dann kann die Wahrheit grausam sein. Aber egal, woran es lag: Ich bin für dich da!" Noch während er sprach, spürte Jeanne Richters Hand auf ihrer Kniescheibe. Seine Finger bewegten sich nicht, aber sie ruhten dort jene zwei Sekunden zu lange, die das Angenehme vom Unangenehmen unterschieden. Eine tröstende Geste? Jeanne fing seinen Blick auf. Er sah zu ihr hinüber.

„Nicht, Michael", rief sie irritiert. „Konzentrier dich lieber aufs Fahren."

Sofort zog Richter die Hand zurück und ergriff das Lenkrad wieder beidhändig, ohne sich jedoch zu entschuldigen.

Jeanne entschloss sich, nicht näher darauf einzugehen. „Und wenn etwas mit Maxims Auto nicht gestimmt hat?"

„Wie kommst du denn darauf?"

„Was, wenn es manipuliert worden ist?"

„Hat das die Polizistin gesagt?"

Jeanne nickte. „Und du hast es auch unterstellt. Bei unserem Gespräch in der Fasanerie."

„Da muss ich mich geirrt haben. Das Fahrzeug, das Maxim fuhr, war noch gar nicht auf dem Markt. Es war ein firmeneigener Wagen. Das Modell war ausgereift. Sonst hätte man ihn nie damit auf die Straße gelassen."

Jeannes Mund war vor Aufregung trocken. Sie versuchte, mit Spucke Abhilfe zu schaffen, verschluckte sich jedoch und musste husten. Sie griff nach ihrer Handtasche, fand darin ein

Bonbon und lutschte ein paarmal, bevor sie weitersprechen konnte. „Aber es geht doch um Manipulation."

„Nein, Jeanne." Richter zeigte sich geduldig. „Autos werden entwickelt und gebaut, um sie zu verkaufen. Das muss ich doch nicht wirklich sagen? Und Maxim fuhr eines, das es offiziell noch gar nicht gibt. Von außen kann daher niemand Einfluss genommen haben!"

„Und intern?" Komm schon, Michael, lass dir doch nicht jedes Wort einzeln aus der Nase ziehen.

„Auch nicht. Jedes verkaufte Auto sichert doch den Arbeitsplatz der Beschäftigten. Egal, um welchen Hersteller es sich handelt. Stell dir vor, ein Mitarbeiter verhindert die Neueinführung eines Modells. Der schadet nicht nur dem eigenen Unternehmen, sondern sägt zugleich an dem Ast, auf dem er sitzt."

„Aber ..."

„Jetzt hör auf, Jeanne!" Richter schlug unwillig mit dem Handballen gegen das Lenkrad. „Du verrennst dich, glaub mir! Ich kann verstehen, dass dich Maxims Tod beschäftigt und es nicht einfach für dich ist, mit seinem Verlust zurechtzukommen. Aber man muss auch die Kirche im Dorf lassen können."

„Aber die müssen etwas gefunden haben. Wenn der Wagen wirklich sabotiert worden ist, dann war es Mord! Was wiederum erklärt, weshalb sich die höheren Chargen dafür interessieren."

Richter machte eine beruhigende Geste. „Jetzt beruhig dich doch! Das ist nichts als eine fixe Idee. Maxim ist Auto gefahren und hat die Kontrolle verloren. Das passiert. Da ist nichts mit Mord."

Jeanne warf ihm einen Blick zu, als habe sie seinen Einwand nicht wahrgenommen. „Und der Mörder müsste jemand wie du sein."

„Wie *ich*?" Richter riss die Augen auf und die Kinnlade fiel ihm herunter. „Ich glaube, du fantasierst!"

„Aber ich frage mich wirklich, ob du es gewesen sein könntest." Jeanne sprach langsam, berechnend und kühl.

„Spinnst du?", rief Richter erregt. „Ich bringe doch niemanden um. Das wird mir jetzt wirklich zu blöd."

„Lenk nicht ab, Michael!"

„Ich lenke nicht ab. Ich habe nur etwas gegen haltlose Verdächtigungen."

„Wieso regst du dich so auf? Jemand wie du, habe ich gesagt. Es muss einer sein, der Ahnung von der Software im Auto hat." Sie beobachtete ihn. Im Scheinwerferlicht des Gegenverkehrs flackerte sein Antlitz sekundenlang auf. Ihr schienen seine Züge versteinert, das Gesicht eine Maske. Oder regte sich etwas kaum Merkliches darin? Sie war sich nicht sicher.

Sie hatten Groß-Gerau Nord erreicht und fuhren über die Autobahnbrücke auf die Kernstadt zu. Im Kreisel bog Richter plötzlich rechts ab.

„Halt!", protestierte Jeanne. „Zum Hotel musst du die nächste Ausfahrt nehmen. Soweit kenne ich mich in Groß-Gerau schon aus."

„Ich will dir was zeigen", erwiderte Richter.

„Was denn?"

„Überraschung."

Sie folgten der Straße, die einen großen Bogen machte. Jeanne fiel das riesige Feuerwehrgebäude an der Kurve auf, das die Lichtkegel ihrer Scheinwerfer sekundenlang der Nacht entrissen. Kurz darauf fuhren sie über eine Brücke. Dahinter war wieder nichts als Dunkelheit.

„Los, sag schon! Was hast du vor?"

„Soll ich?" Er schien sich wieder beruhigt zu haben. In seiner Stimme lag jetzt etwas Spitzbübisch-Geheimnisvolles. Dann schien er sie aber doch nicht auf die Folter spannen zu wollen. „Okay, ich sag's dir: Ich dachte, wir beschließen den Abend in meiner Wohnung und machen eine kleine Wiedersehensfeier, der alten Zeiten wegen. Immerhin bist du schon einige Tage in Deutschland, aber dies ist die erste Gelegenheit, bei der wir länger miteinander reden können. Vorher gehen wir natürlich noch was essen. Hab grad wenig im Kühlschrank."

Jeanne überlegte kurz, war dann aber einverstanden. „Gute Idee. Aber bitte nicht ins Restaurant. Ich habe keinen Hunger."

„Einem guten Tropfen bist du hoffentlich nicht abgeneigt? Ich hab den Wein da, den du so liebst."

Wie Maxim, schoss es Jeanne in jäher Freude durch den Kopf. Maxim hat auch immer gewusst, was ich mag.

Da er ihr Lächeln nicht sehen konnte, sagte sie: „Na, wenn das kein krönender Abschluss des Tages ist. Füße hoch und ein Glas Wein in der Hand."

Am Ende der Straße bog er links ab, um deren Verlauf über etliche Ampeln hinweg weiter zu folgen. Dabei war er erneut schweigsam. Die Musik dudelte noch immer.

Jeanne fiel auf, dass sie am Stadtrand entlangfuhren. „Eine Runde um die Stadt", kommentierte sie, worauf Richter nichts Bestimmtes erwiderte.

Als sie nach der Unterführung durch das Ortsende-Schild angezeigt bekamen, dass sie die Groß-Gerauer Gemarkung verließen, kam ihr die Strecke fremd vor. „Musst du nicht über Berkach?"

„Nein, diese Straße gibt's schon immer. Zumindest, solange ich denken kann. Warte einfach ab."

Jeanne akzeptierte seine augenblickliche Wortkargheit. Momentan war er noch angespannt von dem hinter ihm liegenden Messetag und konzentriert, weil er fahren musste.

Sie fuhren nach Büttelborn hinein. Es war eine andere Route als die, die Jeanne aus der Zeit ihres Zusammenseins gewohnt war.

„Das ist doch nicht der Weg zu deiner Wohnung", protestierte sie.

„Nachdem wir uns getrennt hatten, bin ich umgezogen",

erklärte Richter. „Du weißt doch, dass ich unseren Hof nicht habe halten wollen. Nachdem ich ihn verkauft hatte, hab ich mir ne schicke Penthousewohnung zugelegt. Ist nett!"

Wenig später parkten sie. Richters Wohnung lag im ersten Stock. Jeanne folgte ihm voller Neugier die Treppe hinauf und sah sich nach ihrem Eintreten um. Sie sah deutlich, dass Richter keinen Besuch erwartet hatte: Es war unaufgeräumt. Der größte Raum war modern eingerichtet und schien eine Mischung aus Wohnzimmer und Büro zu sein. Auf der Couch lag Wäsche. Der Schreibtisch, der mit der schmalen Seite zum Fenster stand, war mit Papieren übersät, ein Wunder, dass der Computer noch Platz darauf hatte. In der Küche entdeckte sie ungespültes Geschirr. Gelüftet worden war ebenfalls schon länger nicht. Kein Zweifel: In diesem Haushalt hatte schon geraume Zeit keine Frau mehr nach dem Rechten gesehen.

Richter hatte, während sie sich verstohlen umsah, bereits Kleidungsstücke verschwinden lassen.

„Setz dich!", bot er ihr einen Platz auf der Couch an. „Die ist bequem."

Jetzt, da sie ordentlicher anmutete, wirkte die Sitzecke durchaus einladend. Die Möbel waren in dunklem Braun gehalten, die Polster von hellerer Farbe. Vor der Couch stand ein rechteckiger Tisch, vor der einen Schmalseite ein Sessel, gegenüber ein Schränkchen, auf dem der Fernseher stand. Sich Richter vorzustellen, wie er sich am Wochenende eine Serie nach der anderen streamte, fiel ihr nicht schwer.

Jeanne legte ihre Handtasche auf den Sessel und folgte seinem Vorschlag. Er hatte nicht übertrieben. Das Möbel war gut gepolstert und behaglich.

Während er Wein und Gläser holte, streifte sie einem Impuls folgend die Schuhe von den schmerzenden Füßen. Das dumpfe Geräusch, mit dem sie auf dem Teppich auftrafen, ging in Richters „Ich freue mich, dass wir diesen Tag so beschließen können" unter. Kurz darauf prosteten sie sich zu.

Jeannes Hoffnung wurde nicht enttäuscht. Sie schwelgten in Erinnerungen und Anekdoten. Das Essen war ihrem Wunsch gemäß ausgefallen. Richter saß neben ihr auf der Couch und hatte lediglich einige Knabbereien auf den Tisch gestellt, von welchen sie nur zögerlich aß. Von der Angespanntheit, die er im Auto gezeigt hatte, war nichts mehr vorhanden. Vielmehr erwies er sich als ein gelöster, angenehmer, unterhaltsamer Gesellschafter. Jeanne hatte das anders im Gedächtnis, doch Richter schien wie verwandelt. Vielleicht hatte ihm das Alleinsein gutgetan. In der Einsamkeit musste eben nicht jeder seltsam werden. Oder es war einfach die Freude darüber, dass sie seinen Vorschlag auf einen Wein angenommen hatte?

Es blieb nicht bei einem Glas Wein, dem schnell ein zweites folgte. Jeanne trank in kleinen Schlucken, hatte jedoch bereits gemerkt, wie die Wirkung des Alkohols von ihr Besitz ergriff. Richters Redseligkeit lullte sie ein, bis die Vergangenheit sie einholte.

„... und dann hatte ich mal die Gelegenheit, beim Jazz-Festival von Montreux dabei zu sein“, erzählte Richter gerade. „Du weißt doch, es liegt am Ostufer des Genfer Sees. Ein Freund hatte die Karten gewonnen und ursprünglich mit seiner Freundin fahren wollen. Als sie jedoch kurz vor dem Konzert krank wurde, dachte er sofort an mich. Ich hab mich natürlich gefreut.“

Als Jeanne das Wasser in die Augen schoss, griff sie sofort zu ihrer Handtasche. „Wo sind nur die Taschentücher?“, murmelte sie und schniefte.

Richter war sofort bei ihr. „Aber du weinst ja, Jeanne. Was hast du? Hab ich was Falsches gesagt?“

Jeanne schüttelte den Kopf und räusperte sich. „Geht schon wieder.“ Sie führte das Glas an ihre Lippen. „Es ist nur wegen ... wegen Maxim. Als du eben den See erwähnt hast, kamen die Erinnerungen wieder hoch. Mit Maxim habe ich dort herrliche Stunden verbracht.“

„Das tut mir leid. Das wollte ich nicht."

Sie machte Anstalten, aufzustehen und schaffte es beim zweiten Anlauf.

Richter registrierte es sofort. „Wohin willst du?"

„Zur Toilette. Wo ist die?"

Er wies ihr den Weg. Sie schloss die Tür ab und ließ den Blick schweifen. Ein Gästehandtuch fehlte.

Als sie das Wohnzimmer wieder betrat, saß Richter noch genauso da, wie sie ihn verlassen hatte. Irgendwie wirkte er steif, künstlich. Wie eine Puppe.

„Ich glaube, ich bin ein bisschen beschwipst", sagte sie. „Das hast du mit Absicht gemacht." Jeanne sah auf die Uhr. „Bring mich bitte ins Hotel. Es ist spät geworden."

„Geh noch nicht, Jeanne." Richter stand auf und legte seinen Arm um sie.

Sie nahm dies mit ihren berauschten Sinnen nur zeitverzögert wahr und ließ ihn daher gewähren. Seine Stimme war plötzlich so sanft wie zuvor. „Du könntest doch hierbleiben."

Seine andere Hand legte er auf ihren Po, die dort einen Augenblick verweilte, um anschließend langsam in Richtung Schenkel zu wandern. Weit kam er nicht. Das Unliebsame dieser Berührung ließ Jeanne augenblicklich aufbegehren.

„Lass das, Michael!", sagte sie mit schwerer Zunge, löste sich aus seiner Umarmung und rückte ein Stück von ihm ab. „Bis jetzt war es ein schöner Abend. Mach das nicht kaputt!"

„Meinst du nicht, dass wir, jetzt, da Maxim tot ist, es nochmal miteinander probieren könnten?"

„Michael! So einfach ist das nicht." Sie sah ihn ernst an.

„Ach, komm schon, Jeanne. Jetzt, wo er nicht mehr zwischen uns steht ..."

Er vollendete den Satz nicht, sondern lächelte. Und in diesem Lächeln erkannte sie etwas, das sie niemals für möglich gehalten hätte. Und plötzlich war ihr alles klar ...

38

Freitag, 22. September

5.55 Uhr. Joe hatte gut geschlafen und war sehr früh aufgewacht, was sie verwunderte. Irgendetwas arbeitete in ihr, das spürte sie genau. Die Gespräche mit Michael Richter und seinen beiden Kollegen gingen ihr nicht aus dem Sinn. Richter kannte sich wirklich gut im Automotive Software Engineering aus.

Am Abend zuvor war sie abgelenkt worden. Ihr Bruder Markus hatte angerufen. Lilly, seine Tochter, wollte gerne mal ohne den älteren Bruder bei ihrer Tante Joe übernachten. Nachdem sie nun ein Schulkind war, konnte sie auch alleine kommen. Sie quatschten noch eine ganze Weile und das Gespräch kam auch auf die ‚Nacht der Sinne' zu sprechen.

„Das war mal wieder was. Man kam ja kaum durch. Toll, was sich in Gere so alles tut."

Joe hörte kaum zu. „Hm."

„Du warst doch auch unterwegs, oder?" Ihrem Bruder schien die Unaufmerksamkeit nicht zu entgehen. „Es war wirklich super, nur mit Lena ohne die Kinder. Mal wieder ein Gefühl von Leben! Und dann sind wir an dieser neuen Kneipe hängengeblieben. Also eigentlich gibt es die ja noch gar nicht. Aber sie wollten es dort eröffnen. Rumpelstilzchen heißt die."

„Rumpelstilzchen?", unterbrach ihn Joe. „Wo soll das denn sein?"

Nachdem sie einige Minuten die genaue Lage des Burgerrestaurants erörtert hatten, kam Markus auf sein Anliegen zurück. Joe musste aber eine Übernachtung an diesem Wochenende ablehnen. Sie steckte ja noch mitten in den Ermittlungen und wollte sich wieder melden.

Rumpelstilzchen. Klang komisch, aber Burgerladen klang gut. Sie hatte gespürt, wie sich ihr Magen meldete und bestellte sich eine Portion Spaghetti beim Italiener und auch noch einen Salat. Nach dem Essen und einer halben Flasche Rotwein war sie ohne Probleme eingeschlafen.

Trotz der frühen Uhrzeit fühlte sich Joe ausgeschlafen und energiegeladen. Eigentlich fing ihr Dienst erst in zwei Stunden an. Aber sie fuhr in die Dienststelle, um dort die Aussagen der drei Befragungen fertig zu protokollieren.

Dort angekommen, griff sie sich das erste Protokoll des Gesprächs mit Michael Richter und nahm noch einmal ihre handschriftlichen Notizen zur Hand. Das war doch schon merkwürdig, dass er einerseits so viel über die Software und das ganze Engineering Bescheid wusste, aber andererseits so eigenartig distanziert wirkte. Eigentlich war er erst richtig aufgeblüht, als sie ihn befragt hatte. Außerdem hatten seine Kollegen Kleinert und Kugler geäußert, dass er sogar für das Joint Venture „Autonomes Fahren" mit Alva gearbeitet hatte. Sie ging die Protokolle von Kleinert und Kugler durch, ja richtig, hier stand: *Herr Richter hat dort mitgewirkt, um Fernsteuerungssysteme zu optimieren.*

In ihrem Kopf rumorte es. Richter. Schadt. Nein, das war abwegig. Alva. Wills. Wills und Jeanne Cassel. Sie verbat sich fast den Gedanken, der in ihr aufstieg. Und Richter und Jeanne. Sie stand auf und ging auf den Flur. Dort lief sie hin und her.

Wie ein Tiger im Käfig, dachte sie. „Das war doch nie und nimmer der Schadt", sprach sie zu sich selbst. „Im Leben nicht. So gut, kennt er sich nicht ..."

Plötzlich sprang der Kinderreim in ihr Gedächtnis: *Ach wie gut, dass niemand weiß, dass ich Rumpelstilzchen heiß.*

„Ach wie gut, dass niemand weiß!", schrie sie plötzlich.

Zu laut, denn ihr Kollege Lars rief aus seinem Zimmer zurück: „Suchst du Rumpelstilzchen? Das war ein einfacher Fall. Der hatte sich ja selbst verraten und ein Bote konnte es der Königin sagen. Wenn es nur immer so einfach wäre."

Aber ja! Was, wenn alles ganz einfach wäre? Richter und

Jeanne Cassel. Wills und Jeanne Cassel. Was wäre, wenn Richter, der sich sehr gut mit der Software auskannte, selbst ein genialer Hacker war? Und wenn er tatsächlich von außen und zu jedem x-beliebigen Zeitpunkt zuschlagen konnte? Sie stürzte zurück in ihr Büro. Setzte sich auf ihren Stuhl und tippte die ersten Worte in die Google-Suchmaschine ein. Nach dreißig Minuten hatte sie zwar viel über einen Studiengang Automotive Software Engineering und verschiedene Unternehmen herausgefunden, aber ob Richter wirklich bei diesem Joint Venture mit Alva beschäftigt war, konnte sie noch nicht bestätigen. Der Westen der USA lag neun Stunden zurück. Vielleicht erreichte sie dort bei Alva jemanden, der ihr Auskunft geben konnte. Sie suchte im Internet die Nummer raus, wählte und hatte sofort jemanden an der Strippe.

Etwa fünf Minuten später klickte sie das Gespräch entnervt weg. Erstens war ihr Englisch miserabel, zweitens wollte ihr niemand auch nur eine einzige Info zu Michael Richter geben.

Frustriert surfte sie weiter im Internet. Es vergisst nichts. Sie tippte die Worte Michael Richter, Fair, Show, Technology und Car. Die ersten zehn Artikel bezogen sich auf die IAA in Frankfurt. War ja klar. Sie blätterte aufs Geratewohl weiter und stieß auf die Consumer Electronics Show CES in Las Vegas. 2016 war einer der Schwerpunkte ‚Car Technology'. Sie fand einen Vortrag von Alva über Self-Driving Cars, gehalten von ... Michael Richter. Hier stand es schwarz auf weiß. Sie konnte es kaum glauben. Sie suchte das Kurzprofil. Michael Richter war 2016 einer der leitenden Ingenieure bei diesem Joint Venture und hatte dort wohl maßgeblich die Software entwickelt, die mittlerweile in dem Alva-Prototyp zum Einsatz kam. Und dann wäre sie fast vom Stuhl gefallen. Sie hatte ein Bild entdeckt. Richter stand neben dem Alva-Prototypen und grinste fett in die Kamera!

Nun passte alles zusammen, die Puzzlestücke fielen an ihren richtigen Platz.

Sie stand auf, nahm ihre Jacke und ging hinaus zu ihrem Adam. Von unterwegs würde sie Nachtwey eine Nachricht schicken.

39

Nachtwey schaute auf seine Jäger Lecoultre Armbanduhr. Es war 7.45 Uhr. Das Gespräch mit Joe am Dienstag ließ ihn nicht los. Es hatte ihn berührt, dass sie sich ihm gegenüber geöffnet hatte, erinnerte sie ihn doch in vielem an seine Tochter Marion. Auch sie hatte Intuition und Bauchgefühl und lag damit in mehr als 90% der Fälle richtig. Also, selbst wenn er die anderweitig orientierte Sexualität nicht als so schwerwiegend empfand, dass man sich lieber wahrheitswidrig zu einer Straftat bekannte, als dass ‚es' herauskommen könnte, so gedachte er dennoch, Joes Bauchgefühl nachzugehen. Gestern Abend hatte er die Auswertung des Bildmaterials der Drohne vom Unfalltag auf den Schreibtisch bekommen. Die früheren Aufnahmen würden noch eine Weile dauern.

Nachdem er Horst Schadt zwei volle Tage in U-Haft hatte schmoren lassen, war es nun an der Zeit für einen Abstecher nach Weiterstadt in die JVA. Dorthin hatte man Schadt nach seinem Geständnis überstellt.

Nachtwey war schon viele Male dort gewesen und kannte den Knast. Die Justizvollzugsanstalt Weiterstadt war nicht nur hier im Landkreis eine Besonderheit. In den 90er Jahren des letzten Jahrtausends hatte man nach Vorbildern in Schweden und den Niederlanden geplant, die bisherigen schlechten Zustände der bestehenden Gefängnisse, egal ob Untersuchungs- oder Strafanstalten, zu verbessern.

Traurige Berühmtheit erlangte die JVA Weiterstadt schon vor

ihrer Eröffnung. Die RAF hatte dort im März 1993 ihren letzten Terroranschlag durchgeführt, bevor sie sich 1998 auflöste. Mit knapp 200 kg Sprengstoff wurde sie vom ‚Kommando Katharina Hammerschmidt' fast komplett zerstört. Für den Wiederaufbau benötigte man vier Jahre und etwa 90 Millionen Mark.

Nachtwey bog in die Zufahrt zur JVA ein. Diese lag kurz hinter dem Waldstück zwischen der Mülldeponie Büttelborn und Weiterstadt. Nachtwey korrigierte sich selbst. ‚Abfallwirtschaftszentrum' hieß das ja auf Neudeutsch.

Er stellte seinen Wagen auf dem reservierten Parkplatz für die Staatsanwaltschaft ab und betrat das Gebäude.

„Hallo Herr Nachtwey. Haben Sie ihre Badesachen dabei?"

„Nee, Herr Wörner, heute wird's nix mit Schwimmen gehen!", flachste Nachtwey. Er erinnerte sich noch sehr genau daran, dass die JVA Weiterstadt als ‚Luxusknast' kritisiert worden war. Die gewaltigen Kosten für Innenhöfe mit dekorativen Natursteinquadern, Wasser und Zierpflanzen, Kirche, Sportanlagen und eben einem Schwimmbad brachten den damaligen Justizminister von Plottnitz erhebliche Kritik von Bürgern, Rechnungsprüfern und der Opposition ein. Auch heute spottete man noch öfter über das angebliche ‚Erholungsheim für Knackis'.

„Ich muss ein Verhör führen. Bitte seien Sie so gut und lassen Sie den U-Häftling Horst Schadt in das Vernehmungszimmer führen, Herr Wörner."

„Gerne Herr Nachtwey, gehen Sie doch schon mal mit Friedhelm vor."

Horst Schadt sah nicht gut aus. Sein ohnehin schon teigig graues Gesicht war eingefallen, seine Bewegungen verhuscht und fahrig.

„Die Handfesseln können Sie ihm abnehmen, bitte." Nachtwey wandte sich an den JVA-Bediensteten, der Schadt in das Verhörzimmer gebracht hatte.

„Herr Schadt, möchten Sie etwas trinken? Ich habe Ihnen

aus dem Automaten einen Kaffee mitgebracht." Nachtwey deutete auf den Stuhl auf der anderen Seite des Tisches und bat ihn, Platz zu nehmen.

Schadt setzte sich und nahm das dampfende Getränk dankbar entgegen.

„Herr Schadt", startete Nachtwey, „wir konnten inzwischen weitere Indizien überprüfen und wissen jetzt, was Sie mit Ihrer Drohne aufgenommen haben." Nachtwey beugte sich vertraulich vor und sagte fast verschwörerisch: „Unter uns Männern können Sie es mir doch jetzt sagen, was sie dort eigentlich vorhatten."

„Sie wissen doch eh schon alles", kam es kaum hörbar vom sichtlich zusammengesackten Schadt.

„Herr Schadt, Sie haben recht. Aber ich würde es gerne aus Ihrem Munde bestätigt bekommen." Nachtwey lehnte sich entspannt zurück. Er wusste, dass er am Ziel war und nur noch etwas Geduld brauchte.

„Bitte sagen Sie meiner Mutter nichts!" Schadt nestelte an seinem Ärmel.

„Wenn Sie uns jetzt die Wahrheit sagen, besteht für uns kein Grund, nochmal mit Ihrer Mutter zu sprechen."

„Also ich ... Ich habe mit der Drohne Pärchen beim Sex gefilmt." Endlich war es raus. „Frauen ansprechen ... das ... das kann ich nicht. Also hab ich Pärchen beobachtet. Mit Fernglas und Kamera. Bin aber erwischt worden. Aber dann ... die neue Technik ... mit der Drohne kann ich Aufnahmen machen, ohne in der Nähe zu sein." Seine Augen leuchteten. „Da an der B44 ... die Stelle ist sehr gut ..." Schadt atmete laut aus, als wenn eine große Last von ihm genommen worden wäre.

„Und was genau haben Sie am Freitag dort beobachtet?"

„Ich wollte die neue Kamera ausprobieren, hab die Drohne fliegen lassen. Stand versteckt hinter den Bäumen. Da war kein Verkehr ... kein Geräusch ... aber plötzlich: Rummmms! Ich schau auf die Straße ... da war nur ein Radfahrer, starr vor Schreck! Und dann hab ich das Auto gesehen, qualmend am

Baum. Ui, hab ich gedacht, hau lieber ab!"

Nachtwey war beruhigt. Seine Aussage deckte sich mit den Bildern von der Drohne vom Unfalltag. Und die KTU würde bestimmt noch die früheren Bilder der Pärchen beim Sex finden.

Nachtwey erhob sich. „Ich danke Ihnen." Er wandte sich an den Vollzugsbeamten. „Bringen Sie Herrn Schadt bitte in seine Zelle zurück."

Gedankenversunken verließ er das Verhörzimmer.

40

Himmelherrgottnochmal, Richter hatte sein Handy ausgeschaltet.

Joe spürte, dass sie handeln musste, und zwar schnell. Sie nahm ihr Handy und suchte im Internet nach Richters Privatadresse. Bingo!

Mit ihrem Adam raste sie jetzt auf der Bundesstraße 42 nach Büttelborn.

Keine zehn Minuten später kam sie an. Die Haustür stand offen. Im Treppenhaus tippte sie die letzten Buchstaben einer WhatsApp an Nachtwey und drückte rasch auf den Sende-Button. Ihr Atem ging schneller. War es der Spurt über die Treppenstufen oder ihre innere Anspannung?

Cool bleiben, beruhigte sie sich selbst. Auf meine Intuition kann ich mich verlassen. Das weiß ich. Wenn ich die Puzzleteile dieses Falles richtig zusammengesetzt habe, kann das mein Ticket zur Kripo bedeuten. Wenn ich Richter jetzt festsetze ... Wenn, ja wenn ...

Etwas mulmig war ihr schon zumute, wie sie sich selbst eingestand. Warum war Richter nicht erreichbar? Hatte er sich was angetan oder wollte er womöglich noch mehr Menschen umbringen, bevor ...?

Joe wollte diese Vorstellung nicht zu Ende denken. Sie atmete tief durch. Entschlossen griff sie mit ihrer rechten Hand in die Jacke und öffnete den Klettverschluss ihres Schulterholsters. Dann klingelte sie.

„Momentchen! Komme gleich.“ Das war Richters Stimme. Er war also zu Hause. Sekunden später öffnete er die Tür.

Joe zuckte ein wenig zusammen, als sie ihn erblickte. Er war unrasiert, die Haare wirr, sein Hemd sah aus, als hätte er die letzte Nacht darin geschlafen.

„Guten Tag, Herr Richter. Sorry, wenn ich Sie zu so früher Stunde ‚überfalle‘. Ich konnte Sie telefonisch nicht erreichen. Im Zusammenhang mit dem Autounfall von Herrn Wills haben sich noch ein paar Punkte ergeben, die Sie als Experte vermutlich erklären können.“

Falls sie Richter damit irritiert haben sollte, so ließ er sich nichts anmerken. „Na, dann mal rein in die gute Stube.“ Er machte eine einladende Handbewegung.

Sie folgte Richter ins Wohnzimmer, wobei ihre Augen flink durchs Penthouse huschten.

„Wollen Sie sich nicht setzen?“ Richters Stimme klang leicht gereizt, aber er bemühte sich um einen freundlichen Grundton.

Joe nahm im Sessel Platz, zog ihren Notizblock aus der Jackentasche und tat so, als würde sie darauf etwas suchen. Bei dem gestrigen Gespräch mit Richter auf der IAA hatte das prima gewirkt.

„Ich hab nicht so viel Zeit. Was kann ich für Sie tun?“ Richter, der auf der Couch saß, trommelte mit den Fingern auf die Armlehne.

„Sie haben mir gestern einiges über das FOTA-Verfahren erklärt. Die Datenübertragung von Updates erfolgt über eine firmeneigene Cloud. Klar, inklusive Sicherheitskontrollen. Und Sie hatten erklärt, dass bei der Programmierung eine klare Trennung der Software-Architektur erforderlich ist, um Hackerangriffe auszuschließen beziehungsweise enorm zu erschweren."

„Ja, und?" Richter wirkte gelangweilt. „Brauchen Sie noch weitere Infos?"

Joe wollte nun aufs Ganze gehen. Sie hatte ihn am Haken, das wusste sie. Jetzt musste sie nur noch die Schlinge zu ziehen.

Um bequemer sitzen zu können, änderte Joe die Stellung ihrer Füße. Plötzlich stieß sie mit ihrem rechten Fuß am unteren Sesselrand gegen etwas. Was war das?

Sie improvisierte. „Tja ... wissen Sie ... Ich wollte Sie ..." Joe hob die rechte Hand, dabei entglitt ihr der Kugelschreiber.

„Ups!" Joe bückte sich. Sie tastete schnell mit der Hand unter den Sessel. Es fühlte sich an wie ein Schuh. Sie versuchte, einen Blick darauf zu erhaschen. Ein Schuh mit hohem Absatz. Schlagartig ploppte ein Bild in ihrem Kopf auf: Jeanne Cassel.

War Jeanne etwa hier in der Wohnung? Ihr Schuh lag jedenfalls unter dem Sessel. Oder hatte Richter sie vielleicht ... Sie musste sich unbedingt in den anderen Zimmern umsehen.

Da Richter sie unverwandt ansah, ohne ein Wort zu sagen, fragte sie: „... Äh, Entschuldigen Sie. Darf ich bitte mal Ihr Bad benutzen? War wohl etwas zu viel Kaffee heute Morgen ..."

„Im Flur, zweite Tür rechts", erwiderte Richter kurz.

Joe stand auf, verließ das Wohnzimmer und öffnete die Tür zum Bad, schaute jedoch nur kurz hinein und schloss sie geräuschvoll. Auf Zehenspitzen schlich sie auf die Tür schräg gegenüber zu, drückte leise die Klinke nach unten. Abgeschlossen! Aber der Schlüssel steckte. Vorsichtig drehte sie ihn im Schloss um und öffnete die Tür einen Spalt. In dem Raum herrschte Dämmerlicht. Die Jalousien waren fast komplett heruntergelassen.

Joe schlüpfte in den Raum; ihre Augen gewöhnten sich schnell an die Lichtverhältnisse. Sie war in Richters Schlafzimmer. Da bemerkte Joe etwas. Eine Regung. Lag da nicht jemand im Bett?

„Frau Cassel!“, flüsterte sie. „Frau Cassel, hören Sie mich?“

Joe streckte ihre Hand aus. Sie trat ein, zwei Schritte nach vorne und wollte gerade wieder rufen, als ihr die Luft weg blieb.

Richters rechter Unterarm schlang sich von hinten fest um ihren Hals.

Fest und unerbittlich drückte er gegen ihre Kehle. Mit dem linken Arm hielt er ihren Körper umklammert.

„Du kleines Miststück!“, zischte Richter dicht an ihrem Ohr. „Du schnüffelst hier rum! Hätt ich mir denken können!“

Reflexartig stieß Joe ihren rechten Ellenbogen mit voller Wucht nach hinten. Ein unterdrückter Schmerzenslaut von Richter und sie spürte, wie der Druck an ihrem Hals nachließ. Sekundenschnell drehte sie sich aus der Umklammerung und trat gegen sein Knie. Während Richter nach hinten taumelte, zog Joe blitzschnell ihre P30 aus dem Schulterholster.

„Fuck!“, schrie Richter aus Leibeskräften. „Das wird dir noch leidtun. Mit dir bin ich ruck-zuck ...“

Michael Richter sammelte sich und sprintete mit schmerzverzerrtem Gesicht auf Joe zu.

„Stehenbleiben!“

Der Schuss dröhnte laut in Joes Ohren.

Für einen Moment schien die Zeit still zu stehen.

Scheiße! Ich habe geschossen! Wieso Scheiße? ... Der hätte mich kaltgemacht und die Cassel vermutlich auch. Aber Himmelhergottnochmal! So war das nicht geplant ...

Joe gab sich einen Ruck. War total fokussiert. Sie sah, dass Richter sich an die linke Schulter griff und einen Schritt nach hinten wankte. Er strauchelte, verlor den Halt, stürzte. Stöhnend blieb er auf dem Boden liegen.

Joe reagierte blitzschnell. „Sie sind verhaftet, Michael Richter! ... Los, umdrehen! ... Auf den Bauch!"

Joe hielt die ganze Zeit ihre Pistole auf Richter gerichtet. Es gelang ihr mit einer Hand, ihm die Handschellen anzulegen. „So, hoch mit Ihnen!"

Sie wollte ihn an seinem rechten Arm unterstützen, damit er aufstehen konnte, was jedoch misslang. Richter war schwer wie ein Sack und nicht fähig, beide Füße auf den Boden zu setzen, um selbst stehen zu können. Es gelang ihr lediglich, ihn aufrecht hinzusetzen. Er lehnte an der Schiebetür des Kleiderschranks und stöhnte vor Schmerzen.

Joe schnappte sich kurzerhand eines der T-Shirts, die gestapelt auf einem kleinen Schränkchen neben der Tür lagen. „Lassen Sie mal sehen ...! Streifschuss. Pillepalle, dürfte in ein bis zwei Wochen verheilt sein." Richter verzog sein Gesicht, als Joe ihm das T-Shirt auf die Wunde presste.

Sie behielt den Mann im Auge, während sie auf ihrem Handy die 110 wählte und einen Krankenwagen anforderte.

„Was ... wie ... was ist denn hier los?"

Joe wandte den Kopf in Richtung der Stimme. Jeanne. Sie war aufgewacht, hatte sich im Bett aufgesetzt und wirkte benommen.

„Ich habe geträumt und plötzlich gab es einen Knall und ..." Jeanne schrie auf, sie hatte Michael auf dem Boden vor dem Kleiderschrank entdeckt, sein blutbeflecktes Hemd.

„Frau Cassel ...", setzte Joe an, aber Jeanne schien sie nicht wahrzunehmen.

„Du warst es, Michael! Du hast Maxim auf dem Gewissen!" Jeannes Stimme bebte und klang traurig. „Du hast alles ruiniert. Maxims Leben, mein Leben – deins! ... Du hast verloren, Michael, und zwar nicht nur mich."

„Blöde Kuh", schnauzte er Jeanne an. „Ich habe dir immer mehr geboten, als dieser verheiratete Lackaffe dir jemals hätte bieten können. Hab dir Honig ums Maul geschmiert. Und für was? Für nichts! ... Gottverdammt für nichts!"

„Wie haben Sie es gemacht?“, hakte Joe nach. „Wie konnten Sie den Alva so manipulieren, dass er an der richtigen Stelle die Spur gewechselt hat und alle Sicherheitssysteme versagt haben?“

Richter grinste, hielt sich die Schulter und schwieg.

„Herr Richter, wir wissen, dass Sie zu dem Entwickler-Team bei diesem Joint Venture mit Alva gehört haben, das die Software für den Prototypen programmiert hat. Sie sind ein absoluter Experte, wenn es um Fahrzeug-Software geht. Das haben Ihre Kollegen bestätigt. Und Sie wussten genau über die Schwachstellen des neuen Alvas Bescheid. Somit wäre es für Sie ein Leichtes gewesen, den Wagen von Maxim Wills zu manipulieren.“

„Bravo! Die junge Dame hat ihre Hausaufgaben gemacht! Die Sache hat nur einen Haken: Ich habe ein Alibi. Ich war letzte Woche Donnerstag im Hotel Adler von 7.25 bis 8.30 Uhr. Dafür gibt‘s Zeugen.“

„Michael!“, drängte nun auch Jeanne. „Sag mir, was du getan hast! Sag mir, wie du es getan hast! Das bist du mir schuldig!“

Richters Stimme klang eiskalt, als er antwortete: „Unsere clevere Polizistin hat es bestimmt schon gecheckt ... Ich habe in der Software für die Prototypen eine ‚Umleitung’ in die Software-Architektur programmiert. Alle Updates wurden zuerst an meinen Rechner geroutet, in einen versteckten Ordner. Damit konnte ich sicher sein, dass ein Update meine ‚Umprogrammierung‘ nicht außer Kraft setzen würde. Es war übrigens ganz leicht, das Kollisionswarnsystem und den Airbag umzupolen. Ich brauchte nicht einmal in der Nähe zu sein und mein Rechner hat mir sogar sofort die andere Route angezeigt, die Wills genommen hat. Mir genügte mein Smartphone, mein GPS und ein Klick ... Maxim Wills adieu – ein für alle Mal.“

„Warum haben Sie das alles getan?“, wollte Joe wissen.

„Na wegen der blöden Kuh da." Er hob den unverletzten Arm und deutete auf Jeanne. „Ich ... ich ... ach, leckt mich!"

Joe bemerkte, wie Jeanne bei seinen Worten die Augen verdrehte.

Dann brach Richter zusammen. Joe konnte es nicht fassen, der Kerl heulte. Damit hatte sie nicht gerechnet.

Richter räusperte sich. „Auf einer dieser Auto-Shows hat Jeanne diesen Alva-Typen kennengelernt. Aber das ... das konnte ich doch nicht zulassen. Ich ... ich dachte, sie kommt zu mir zurück, wenn der Kerl weg ist. ... Wenn die Amis in Wallerstädten ihre Fabrik wirklich gebaut hätten, wäre die Reaktion von Opel vermutlich Personalabbau gewesen. Möglicherweise hätten sie auch meinen Job eingespart. Was wäre mir dann noch geblieben ...?"

Richters letzte Worte konnte Joe kaum verstehen, so leise hatte er gesprochen.

„Jetzt erzählen Sie noch, was gestern Abend beziehungsweise heute Nacht geschehen ist. Warum haben Sie Frau Cassel im Schlafzimmer eingesperrt?" Joe deutete auf einen halb gepackten Koffer, der auf dem Boden lag. „Und was hat der zu bedeuten?"

Richter schluckte. Er schien sich wieder im Griff zu haben. Seine Augen blitzten Joe böse an. „Ganz einfach: Die Lady hat ein wenig zu viel getrunken ..."

„Das ist nicht wahr!", unterbrach Jeanne aufgebracht. „Zwei Gläser Wein, mehr nicht ... Ich wollte heim ... und du hast mich überredet, wenigstens noch mein Glas auszutrinken. Kurz danach wurde mir übel ...."

„Genau ein Schluck zu viel!" Er lachte hämisch.

„Was haben Sie mit Frau Cassel gemacht, Herr Richter? KO-Tropfen?"

Richter nickte. „Ging nicht anders. Jeanne wusste Bescheid." Er nickte mit dem Kopf in Richtung Koffer. „Die ganze Nacht hab ich einen Fluchtplan ausgearbeitet. Hätte super funktioniert, wenn Sie nicht geklingelt hätten ..."

„Auch wenn ich mich wiederhole“, erwiderte Joe. „Sie sind verhaftet wegen Mordes an Maxim Wills. Sie haben die Tat heimtückisch und mit Vorsatz geplant. Da dürfte der Staatsanwalt auf ‚Mord‘ plädieren. Dazu kommen Freiheitsberaubung sowie tätlicher Angriff gegen eine Polizeibeamtin. Machen Sie sich auf eine sehr lange Zeit hinter Gittern gefasst.“

In diesem Moment hörte Sie von der Straße die vertraute Tonfolge der Martinshörner von Polizei und Rettungswagen.

Joe atmete tief durch. No risk – no Kripo!, dachte sie. Bei dem Gedanken musste sie lächeln.

41

Sonntag, 24. September

Herbst lag in der Luft, bemerkte Joe, als sie am Sonntagmorgen das Fenster in ihrem Schlafzimmer öffnete und einen tiefen Atemzug nahm. Der Mordfall hatte am Freitagmorgen seinen spektakulären Abschluss gefunden und sie musste den ganzen Samstag mit Vernehmungen und Berichte schreiben im Büro verbringen. Heute wollte Joe sich mit Simone treffen. Gestern hatte es nur zu einem kurzen Telefonat gereicht. Dabei zeigte Simone sich entsetzt darüber, dass es erneut zu einem Schusswaffeneinsatz gekommen war.

Die Nacht hatte Joe schlecht geschlafen. In wirren Sequenzen begegneten ihr die Personen aus Maxim Wills‘ Umfeld und die Ereignisse rund um den Mord. Das galt insbesondere für die aufreibende Verhaftung Richters, sodass sie kaum mehr unterscheiden konnte, was Traum und was Realität war. Sie hatte in den letzten Tagen einige Originale kennengelernt: den ‚schrägen‘ Wilfried Katz, der vorläufig auf freiem Fuß war, aber sich wegen unerlaubten Waffenbesitzes und Bedrohung von Polizisten mit einer Schusswaffe würde vor Gericht verantworten müssen; den ‚spannenden' Horst, dessen Hintergründe für seine Drohnenaktivitäten möglicherweise bekannt werden würden, denn Groß-Gerau war ein Dorf, in dem Klatsch und Tratsch schneller die Runde machten, als offizielle Presseberichte. Kaum auszudenken die Reaktion der Mutter und die Auswirkungen auf ihren Alltag in Wallerstädten. Joe empfand eine Spur von Mitleid. Nicht zu vergessen der ‚getriebene' Jürgen Frommer, der in Untersuchungshaft saß wegen des Mordes an Alois Zimmer. Morgen würde sie sich erkundigen, ob schon Obduktionsergebnisse vorlagen. Dass sie schon dachte wie ein vollwertiges Mitglied bei der Mordkommission, machte sie froh.

Der Fall ‚Maxim Wills' war abgeschlossen. Sie hatte einen Alleingang unternommen, sich mit der WhatsApp an den leitenden Ermittler aber Rückendeckung verschafft. Joe fühlte einen geheimen Stolz, dass sie ohne zu zögern nach ihrer Waffe gegriffen und Richter damit außer Gefecht gesetzt hatte. Nachtwey hatte in der Nachbesprechung angedeutet, dass er sie weiterhin gerne in seinem Team hätte, wurde aber nicht konkret. Sollte das nicht nur ein folgenloses Kompliment für ihren vorbildlichen Einsatz gewesen sein, müssten solche Überlegungen natürlich mit den Vorgesetzten abgestimmt werden. Joe wollte vorbereitet sein auf dieses mögliche Angebot. Die Erfüllung ihres großen Wunsches lag greifbar nah.

Dennoch, der Preis konnte hoch werden. Sie wollte ehrlich mit sich selbst sein. Der Wechsel nach Rüsselsheim zur Kripo würde die Arbeit und Karriere in den Mittelpunkt ihres Lebens stellen und Simone an den Rand drängen. Ob ihre Beziehung dem Druck auf Dauer standhalten würde? Trennung und Scheidungsrate waren nirgendwo so hoch wie bei Polizisten.

In ihre Überlegungen hinein klingelte das Telefon. Auf dem Display erschien der Name ihres Kollegen Chris. Er gratulierte ihr zum Erfolg und erkundigte sich nach ihrem Befinden.

„Danke, alles okay, mir geht's bestens", log Joe. Ihre privaten Probleme gehörten nicht in dieses Gespräch.

„Stell dir vor, kleine Joe, am späten Samstagabend gab es in Crumstadt einen Großbrand bei dem dort ansässigen Busunternehmen. Mehrere Busse sind ausgebrannt; Ursache ungeklärt. Außerdem gab es einen schweren Unfall auf der A67. Am Rüsselsheimer Dreieck ist ein LKW auf Geisterfahrt gewesen. Die Autobahn musste gesperrt werden bis zum Mönchhofdreieck."

Joe hörte interessiert zu. Es überkam sie das Gefühl, an ihrem alten Arbeitsplatz gebraucht zu werden. Am liebsten hätte sie gleich losgelegt. Eine mögliche Versetzung nach Rüsselsheim fühlte sich zum jetzigen Zeitpunkt falsch an. Die Groß-Gerauer, wenn auch nicht immer die liebevollsten Kollegen, waren ihr ans Herz gewachsen. Sie gehörte dazu. Nach ihrem Erfolg würde man sie respektvoller behandeln. Sie konnte erhobenen Hauptes ihren nächsten Dienst antreten und malte sich die erste Begegnung mit ihrem „Gerer" Team mit einem stolzen Lächeln auf den Lippen aus. Rüsselsheim hatte Zeit. Den ersten Fuß hatte sie in der Tür. Doch die Tür zu Simone mochte sie dafür nicht zuschlagen.

Joe machte sich auf den Weg zum Bäcker und anschließend ins Wahllokal. Diesmal nahm sie nicht den Adam, sondern entschied sich zu einem Spaziergang. Die Bundestagswahl stand an und schien das Spannendste dieses Tages zu werden.

Es war ein trockener kühler Sonntagvormittag. Heute war letzter Tag der IAA 2017, die einigen Menschen in dauerhafter Erinnerung bleiben würde. Sie dachte an Jeanne Cassel zurück. Diese attraktive Frau, intelligent, mit dem Herz auf dem rechten Fleck, hatte am Ende ihren ganzen Mut zusammen genommen, um die Tat an ihrem Geliebten, Maxim Wills, aufzuklären. Sie war bereit gewesen, dabei ihr eigenes

Leben zu riskieren. Joe glaubte es ihr immer noch nicht, dass der erste Kontakt zu Wills uneigennützig im Hinblick auf ihre Karriere gewesen war. Letztendlich war es unwichtig, denn am Ende hatte Jeanne Cassel auf den richtigen Weg gefunden.

Joe war in den letzten Tagen gewachsen und hatte viel an Erfahrung gewonnen, wenn Chris sie auch immer noch als „Kleine“ bezeichnete.

Sie beendete ihren Rundgang und schloss ihre Wohnungstür auf. Ihre Katzen begrüßten sie maunzend und Joe freute sich, ihnen heute ausreichend Zeit widmen zu können.

Als sie das Wohnzimmer betrat, sprang Simone von der Couch auf. Sie eilte auf Joe zu und nahm sie in den Arm: „Ich bin so froh, dass dir nichts passiert ist. Ich könnte es nicht ertragen, dich zu verlieren.“ Simone holte tief Luft. „Ich verstehe deinen Wunsch, zur Kripo zu gehen. Tu, was du tun musst! Ich stehe hinter dir, auch wenn es mir schlaflose Nächte bereitet.“

„Ich bleibe erst mal in Groß-Gerau und gehe meinem Chef weiter auf die Nerven“, grinste Joe und zog Simone enger an sich.

„Kaffee und spätes gemeinsames Frühstück?“, fragte Joe beim Loslassen und schwenkte die Bäckertüte.

„Gerne“, gab Simone zurück.

„Später muss ich noch rüber zu Jasper“, sagte Joe. „Ich hab ihm ein neues Autoquartett besorgt, das ich ihm schenken will.“

Nachdem Joe den Kaffee aufgesetzt hatte, drehte sie sich zu ihrer Freundin um. „Sag mal, was hältst du davon, wenn mein nächster Wagen einen Elektroauto wird?“

Epilog

6 Tage zuvor auf Alois' Hof

Andrea Zimmer näherte sich, mit ihrer Zigarette im Mundwinkel, ihrem Mann. Er lag auf dem Boden vorm Schweinestall und atmete nur noch flach. Ein Flackern ging durch seine geschlossenen Lider, Arme und Beine waren schlaff ausgestreckt. Die Mistgabel steckte in seinem Unterleib und ragte hoch wie ein Mahnmal. Aus den Einstichlöchern quoll Blut.

„Alois ... lebst du noch? Kannst du sprechen?"

Sie rüttelte an seinem reglosen Körper. Was sollte sie tun? Krankenwagen und Polizei rufen?

Das Quieken der Schweine war zu einem ohrenbetäubenden Lärm angeschwollen, die Fütterungszeit war schon lange überschritten und sie hörte seine gepressten Worte kaum.

Zaghaft öffnete ihr Gatte seine Augen. Als sie sich zu ihm hinunter neigte, stöhnte er: „Jürgen, die Sau! ... Ruf nen Arzt! ... Oder bist du sogar dafür zu ... zu blöd?"

„Alois, bleib ruhig, gleich kommt deine Erlösung."

Frau Zimmer wollte pflichtbewusst zum Haus rennen, um den Rettungswagen zu verständigen, hielt jedoch plötzlich inne. Sie drehte sich zu Alois um. Erneut durchströmte sie dieses warme Gefühl. Jetzt wusste sie genau, was zu tun sei.

Sie richtete sich auf, inhalierte gierig das Nikotin ihrer Zigarette und ging mit hoch erhobenem Kopf in seine Richtung. Frau Zimmer schaute sich auf dem Hof um, keine Menschenseele war zu sehen. Dann blickte sie ihrem Gatten tief in die Augen, ihre Blicke trafen sich in einem intensiven Moment der Abrechnung.

„Jetzt mach schon! Ich verblute ..." Angst, Wut und Zorn vermischten sich in seinen weit aufgerissenen Augen.

„Asche zu Asche", entfuhr es ihr.

Sie zog ihre Kittelschürze aus, legte sie in ihre Hände, umfasste damit den Stiel der Mistgabel und zog sie ein winziges Stück aus seinem fetten Leib. Ihren rechten Fuß setzte sie auf die Gabel und trat sie mit einem Schauer der Befriedigung tief hinein. So tief es nur ging.

„Fahr zur Hölle!“, waren die letzten Worte, die Alois vernahm, bevor die Dunkelheit ihn für immer umfing.

Am liebsten hätte Andrea Zimmer ihren Gatten gevierteilt und den quiekenden Schweinen zum Fraß vorgeworfen, sah aber schweren Herzens davon ab.

Befreit und gelöst überquerte sie den Hof, trat durch die geöffnete Haustür und wählte die Nummer des Notrufes, während sie sich einen Cappuccino zubereitete. Sie lächelte zufrieden.